U0038399

瞧，這些女人！（一）

《淑媛》編輯部

國家圖書館出版品預行編目資料

瞧，這些女人！／《淑媛》編輯部編.－－初版一刷.－
－臺北市: 三民, 2012
冊； 公分.－－(歷史天空)

ISBN 978-957-14-5505-1 (第一冊:平裝)
ISBN 978-957-14-5506-8 (第二冊:平裝)
ISBN 978-957-14-5609-6 (第三冊:平裝)

855　　100010825

編　者	《淑媛》編輯部
責任編輯	吳尚玟
美術設計	李唯綸
發行人	劉振強
發行所	三民書局股份有限公司 地址　臺北市復興北路386號 電話　(02)25006600 郵撥帳號　0009998-5
門市部	（復北店）臺北市復興北路386號 （重南店）臺北市重慶南路一段61號
出版日期	初版一刷　2012年1月
編　號	S 630340

行政院新聞局登記證局版臺業字第〇二〇〇號
行政院新聞局局版臺陸字第101315號

ISBN 978-957-14-5505-1 (第一冊：平裝)

http://www.sanmin.com.tw 三民網路書店

出版說明

十九世紀末以來，長久被壓抑、埋沒的女性意識開始慢慢覺醒，女人們試著掙脫社會加諸的束縛鐐銬，與男人一樣追求自我及夢想的實現，開拓自己的道路與人生。於是我們可以看到越來越多女性自信美麗的身影，出現在精彩斑斕的歷史彩頁中。

《瞧，這些女人!》原由廣西師範大學出版社所出版，為《淑媛》雜誌「女人地理」專欄的集結，一系列共有三集。本局為饗廣大臺灣讀者，特別刊行繁體中文版。因兩岸語言習慣略有不同，在編輯過程中，除了將特殊用語、翻譯名詞調整為臺灣的習慣用語與通用譯名外，我們盡量維持原書的面貌。配圖方面則置換品質更清晰鮮麗的圖片，期望能讓讀者擁有最佳的閱讀享受。

序 言

1930年代，全世界都籠罩在經濟大蕭條陰影下的低迷年月，一名女子放言挑戰極限，她以瘦弱之軀獨自一人駕駛著飛機橫渡大西洋，這次「歷史上女性的第一次跨洋飛越」震驚了全世界，而這位被永久載入史冊的「世界第一人」原本卻只是一名普普通通的家庭主婦——艾蜜莉亞・埃爾哈特。

1875年前後，成千上萬的移民翻山越嶺到美國西部開拓新領地，隨行的人群中有位已經五十多歲的老嫗，而正是這位已過半百的老人，在美國甚至世界婦女史上，第一次為女性爭取到了選舉權——埃斯特・賀伯・莫里斯，這位俄亥俄州以及全美的第一位女法官，在她所處的時代，在世界範圍內的法律條文裡，女子均被認為並不能稱為「人」。

同樣在二十世紀初的歐洲，伍爾夫姐妹以其細膩的才情、過人的談吐使得倫敦的住所高朋滿座，歐洲的女子文化沙龍在迷迭情殤之間，滋養了一批又一批的有志青年，海明威正是在巴黎花園街 27 號沙龍女主人格特魯德・斯泰因那充滿母性的朗朗笑聲中，才信心十足地喊出「太陽照常升起」。

還有波娃姐妹、勃朗特姐妹、大師背後的女人們、默片時代那些無聲的花朵、都鐸王朝玫瑰色戰爭的女王們……。這些浩瀚歷史中的偉大女性以她們頑強綻放的魅力穿過層層塵埃最終展現在我們面前，出現在《淑媛》雜誌上，重現在這本《淑媛》「女人地理」專欄精選集裡。

作為中國第一本高尚女性時尚生活週刊，《淑媛》雜誌比任何一本時尚類女性雜誌都蘊涵更深層次的閱讀內容。它報導一切你所期待的生活，富於全球視野、內容豐富、女性視角、獨樹一幟。《淑媛》的讀者是活躍的、富有的、工作體面的、生活幸福的、精神獨立的、心智成熟的、朋友眾多的現代女性。她們擁有良好的教育背景，享受生活，關注正在發生的時事的同時，也重視自己的內心需求和精神世界。作為整本雜誌中探尋女性精神世界的重要專欄，「女人地理」向讀者展示特殊歷史時期下女性的生活方式和生活態度，翻看歷史的軌跡，想像無限可能的明天。「女人地理」專欄中出現的女子，她們的人生總是豐富多彩的，她們經歷過世界的跌宕變化，在這場跌宕變動中，能夠享受最好的，也能承受最差的。

生活，對於淑媛式女子，從來都是一份榮耀與征程。

因而，為了更好地展現這些歷史上的傑出女性，「女人地理」專欄自創立以來，就專享著雜誌最豐厚的頁碼，每期八頁，每篇近萬字的文章，力爭將這群特殊歷史時期下的偉大女子展現得淋漓盡致，她們生活中的喜與怒，幸與不幸，哀傷與歡樂，透過這些文字細膩的筆觸，再次與讀者共鳴。為了將最佳效果呈現給讀者，每一期，雜誌的編輯都會對適宜的女性群體展開掘地三尺似的材料掃蕩，網路、書店、外文圖書館……，再加上大量的採訪和資料核實，最終所呈現的一萬字背後，是每一位編輯近十萬字，甚至十多部書籍材料廣泛閱讀、消化總結後凝結而成的碩果。大浪淘沙，濃縮到最後的都是精華，這樣的讚譽對於本書、對於本書中的任意一篇文章而言，都不會過分，因為就在重新梳理這些創刊以來六十多期的文字過程中，雜誌的編輯們又憶起了曾經為製作「衛斯理女子學院」而瘋狂購進英文原版書籍材料的經歷；又想起了曾經為了確保文章品質，而毅然放棄生日慶祝的經歷，只是，看到這本書，看到讀者認真閱讀的表情，我們知道，所有這一切，都值得。

這些歷史上的傳奇女性，她們值得被銘記，而我們，作為現代女性的你我，值得閱讀並享受這最好的一切。

You are an intelligent confident and independent elegance woman.

與所有讀者共勉。

謝謝每一位關注《淑媛》和正在關注《淑媛》的讀者。

《淑媛》編輯部

瞧，這些女人！（一）

目　次

巴黎情人

在愛中重返自己

「巴黎情人」四個字，挑起的幻想足夠豐富，她們是這座活色生香的城市裡遊走的一個個優雅靈魂。

巴黎女人大多對愛人從來都是舉重若輕、若即若離的，因為與其說她們是愛上某個人，不若說她們是愛上了愛情。

在愛中，她們依然保持獨立、充滿智慧、維持理性。在那個男性主宰的時代，她們用自己的行動與思想，向世人宣告：我們絕不是他們的附麗，愛只是愛。

在她們和他們愛的故事裡，我們重返她們的生命、認識真正的她們，也思考我們自己。

艾珍妮 (Isabelle Adjani) 和卡蜜兒 (Camille Claudel) 頗為神似，她也能夠把卡蜜兒的獨立和稍許的迷狂表現得淋漓盡致。（圖片出處／Corbis）

寫作與情人，便是生活

不知疲倦地寫作和我行我素地追求愛情，構成了她們多姿多彩的人生。很多時候，你分不清究竟是寫作給了她們自我完全釋放的空間，還是一段段愛情的激情給了她們創作的靈感，她們只是用行動告訴我們：寫作與情人，便是生活。

巴黎女人個個是鮮明的個體，難以用族群歸類。相同的是，她們都把「自我獨立」看做生命最重要的支點，即便在愛情中，也決不放鬆。享譽世界的女作家西蒙・波娃 (Simone de Beauvoir) 如此，瑪格麗特・莒哈絲 (Marguerite Duras) 這樣，法蘭絲瓦・莎岡 (Françoise Sagan) 亦如是。

波娃早在十九歲時便發表過個人的「獨立宣言」：「我決不讓我的生命屈從於他人的意志。」這個少女時代的誓言一直被她完好地實踐著，即便是遇到偉大的存在主義傑出代表沙特 (Jean-Paul Sartre)。

她曾在《回憶少女時代》中這樣描述心中的另一半：「我們共同攀登高峰，我的丈夫比我稍稍敏捷、強壯一些，他常常要助我一臂之力，與我一級一級地向上攀登。……命中註定能成為我丈夫的人，不能是有別於我的一類人，他既不比我差，也不超出我許多。他保證我很好的生活，但不剝奪我的自主權。」沙特完全符合她心中的理想，除了沒有成為她正式的丈夫。

很多人會質疑，為什麼找到了完美的意中人，卻又一再地更迭其他情人，這卻正是波娃為獨立精神而奮鬥一生的佐證。《第二性》(*The Second Sex*) 的中心論點是「婦女真正的解放必須獲得自由選擇生育的權力，並向中性化過渡」。成年後的她，把婚姻看做是對自由女性的絕對束縛，也因此每當有情人向她提出結婚請求時，她便斷然中止與他們的關係。而沙特能夠跟她保持超過半個世紀的情人關係，正是因為他從不試圖給她造成婚姻的壓力，更因為，「生平第一次，感到在智能上受人統御」(波娃回憶與沙特初次在哲學問題上交鋒時的自己)，沙特恰是那一個能與她一起攀登高峰、引領她思想向上的男子。

在如今的巴黎，很多人依然把波娃和沙特奉為完美情侶的典範，他們羨慕那種靈魂見靈魂的真誠與坦蕩，在波娃的身上，他們看到了「自由情侶」的可能。

與波娃的伴侶關係建立在自由、平等的基礎之上不同，晚她六年出生的莒哈絲在愛情上卻是個絕對的暴君和支配者。

除了作品被一代代人譽為經典，莒哈絲和她一個個情人的故事也總是被拿來大談特談。的確，跟一個比自己小上足足四十歲的年輕男子談戀愛，別說女性難以想像，男人怕是更無法理解，但莒哈絲就是具有這樣的魅力，在愛情中，她永遠只做別人的主宰，無關乎年齡、身分及國籍。這種觀念似乎從她十五歲時便已然形成，從在中南半島跟那個來自中國北方的情人擁有的「絕對」一年開始。

自此，她的生活只剩下兩樣東西：寫作和愛情，她全心地投入其中，因此說出這樣的話：「人們總是在寫世界的死屍，同樣，總是在寫愛情的死屍。」對於寫作，她說：「一個作家不能喜歡不愛他書的人，因為作家在書中傾注了自己最真實的東西。」對於愛情，她向世人毫無畏懼地宣告自己的放蕩，說女人的心中如果有情欲，才自然會吸引男人，她一次次地奔向愛情，那種絕望又欲罷不能的愛情。

記得莒哈絲的最後一個情人楊・安德烈 (Yann Andrea) 在《我的愛》裡提到她甚至不准他和家人聯絡：「她要的是全部的我，全部的愛，包括死亡。」她是個渴望被注目且被絕對環抱的人，在創作和愛情上她都要握有絕對的霸權。她是個書寫的王者、愛情的暴君，她如此地生活在自己建構的世界裡。有人這樣評價她：「莒哈絲擁有他者，都是為了證明自己的存在，個體神祕的莊嚴存在。」

據說樣貌不俗、才華橫溢的莒哈絲一生中最嫉妒的女人是莎岡，以致於從不肯與她單獨會面。在法國，莎岡的時代晚於波娃和莒哈絲二十多年，她漂亮出眾，個性鮮明，備受法國人鍾愛，被他們譽為上世紀 1950、1960 年代的青春代言人。但她和她們一樣，懂得感情一定要收放自如，而寫作終究要進行到底。

「新小說」派的掌門人羅伯・格里耶 (Alain Robbe-Grillet) 曾這樣評價莎岡：「世界上只有兩種東西最出名：新小說和莎岡。莎岡是個作家，是法國的通俗小說家，世界上所有的國家都翻譯了她的作品。」

1954 年，年僅十八歲的她寫出了小說《日安憂鬱》，一舉奪得了當年法國的文評人獎。這本關於少年、愛情和孤獨的小說，五年之內被翻譯成二十二種語言，全球銷量高達五百萬冊，它還被改編成電影，成為轟動一時的文化事件和出版現象。當時法國

莎岡一生朋友很多，她經常花費巨資請大家大快朵頤、休閒度日。在這些時候，大部分被攝入鏡頭的她，總是菸不離手。（圖片出處／AFP）

著名的文學評論家安德烈・盧梭曾在《費加羅文學報》撰文：「法蘭絲瓦・莎岡是個在男人世界裡自由穿梭的女孩，她清澈敏捷的目光閃電般地穿透男人的肉體，直至他們的欲望、憂慮和自卑。用祖輩們的話說，女孩子深諳世事，從她們的眼睛就可以看出來。她們早熟了十年，或者比現在某些懵懂的女孩早熟了一生。她們已經知道了一切，如果人們讓她們暢所欲言，她們將言而無忌。」

十八歲的處女作，奠定和昭示了莎岡的一生：「行動跟隨感覺遊走，情愛的收放隨心所欲。」「寫作是一種激情，沒有它，生活將是死水一潭。」而沒有了愛情，便亂了生活的步調。法國人曾經想讓她進入法蘭西學院，她卻認為「這是一個欄杆，許多文學家失望了才去當院士。」生活中的她就是這樣離經叛道，她抽菸、酗酒、賭博、飆車，還吸過大麻。但她始終沒有忘記和影響自己的寫作，一旦開始寫作，她就會拋開一切，躲到一個安靜的地方，不寫得自己滿意，她絕不會重回社交場。她結過兩次婚，卻都無疾而終，因此對婚姻有所懷疑：「人只有千分之一的機會獲得幸福的婚姻。」長久以來，她與多位男士保持著曖昧關係，卻始終不再走入婚姻。其中最著名的是和舞蹈家雅克・夏佐 (Jacques Chazot)、沙特和法國前總統密特朗 (François Mitterrand) 之間的故事。她說過，愛情是種病態的麻醉，而自己愛一個男人只能持續三或四年，絕不會更長久。

永恆之女性，引導我們上升

周國平說：「我們說女性拯救人類，並不意味著讓女性獨擔這救世主的重任，而是要求男性更多地接受女性的薰陶，世界更多地傾聽女性的聲音，人類更多地具備女性的性格。」吉吉 (Kiki) 是最知名雕塑家、畫家和攝影師的繆斯、靈感來源；在眾多著名詩人的詩篇中，閃耀著南希・庫納德 (Nancy Cunard) 的身影。

這正應了歌德的那句話：「永恆之女性，引導我們上升。」

眾多藝術評論家把畢卡索 (Pablo Picasso) 的七個情人借代為他作品的七個時期，研究者認為是她們激發了這位大師一次又一次的繪畫高潮。而他的第六個情人法蘭西絲・姬洛 (Françoise Gilot) 所說的話，「畢卡索需要一個繆斯，一個能啟發他靈感的女人，一個在他的生活裡走來走去的生命。正是這個人的存在，使他找到了色彩的和諧、光與影的對比以及線條和符號等等一切自然的魔力，並以此展現身體和靈魂的聯繫。也正是這些聯繫，促使畢卡索進行一次又一次的創新。」似乎早已證實了這一點。

畢卡索的藝術才華展露於上個世紀巴黎的蒙馬特，這個地方和與之對應的巴黎另一座山丘蒙巴那斯，一起孕育了巴黎的藝術輝煌。它們是上個世紀最偉大藝術家的誕生地，這些年輕人雖然來自不同的國家和地區，卻都匯聚於此，共同鑄就了世界的藝術高峰。和畢卡索一樣，在這些享譽世界的畫家、詩人、雕塑家和音樂家背後，是一個個鮮明的女性，是「她們的靈氣與性情，淨化了原本可能被濁世汙染的靈魂，讓他們在塵土中捧出純潔的藝術之花」。

吉吉：蒙巴那斯的女王

藝術家的「超級模特兒」

吉吉是誰？如今，人們只能在世界大大小小的博物館珍藏的偉大藝術家名作中去尋找她當年的側影，這位他們創作的靈感繆斯。

吉吉長著一張娃娃臉，身材豐腴，乍看上去天真爛漫，卻也喜怒分明，性格開朗，因此深受藝術家們的喜愛。巴黎的諸多畫家都奉她為女神。畢卡索、莫迪里安尼 (Amedeo Modigliani) 等人雇她做過模特兒，基斯林 (Moise Kisling) 為她畫過一百多張肖像，而日本畫家藤田嗣治則用「粉彩」的手法使她的身體具有了一種東方主義的魅力，立體主義畫家雷捷 (Fernand Léger) 與曼・雷 (Man Ray) 一起，還用電影攝影機把她全身分解，然後剪輯出了一部名為《芭蕾機構》的名片。

在每一個藝術家的雕塑刀、畫筆下，吉吉都呈現出不同的側面。她的厲害之處在於，她能夠在每一個藝術家面前「認真地逢場作戲」，令他們感覺到要表現出吉吉的美妙「捨我其誰」，以激發出他們的創作熱情。

1929 年，4 月號的《巴黎一蒙巴那斯》雜誌專門出版了吉吉特輯，這個事件具有強烈的象徵意義，它意味著吉吉被公認為蒙巴那斯無可爭議的「面孔」。現在，在歐美的一些古舊書籍店裡，吉吉封面的這期雜誌售價已高達五千美金。

吉吉的美，是那個時代的縮影。她不可抗拒的魅力，是激發一個時代藝術靈感的源泉。

愛情是這個樣子的？

曼・雷在遇到吉吉之前，是個在巴黎頗受歡迎的名人肖像攝影師，而吉吉，早已是畫家們的寵兒。曼・雷被吉吉的美貌和氣質吸引，第一次見面，便對她極盡讚美之能事，但吉吉只是一笑置之，說所有畫家都這麼對自己說話。曼・雷不放棄：「我的畫法與其他人不一樣。我是要拍你的照片，那是一瞬間的作業。」不料吉吉冷冷地說，到處都是她的照片，自己已經不感興趣了。她還

曼・雷為女朋友吉吉拍攝了很多照片。這些美麗與魅力兼具的影像是他成為成功攝影師的轉折點。

高談闊論道，畫家可以對事物的外形作變形，而攝影家太拘泥於事實了。她甚至說，人體攝影弄不好容易變成色情的東西。曼・雷為她的高論所驚，但仍然爭辯：「我不一樣。我像畫畫那樣拍照片。」吉吉終於被他說動，於是定下到他工作室拍攝照片的日期。

這一去，卻開始了兩人長達八年的愛情之路。因為他的幽默、隨和、令人忍俊不禁的法語和無可匹敵的才華，吉吉結束了和基斯林三個月的同居生活，而曼・雷也從蒙馬特搬到了蒙巴那斯。

從此，曼・雷不再只是個名人肖像攝影師，他那些傳世的、充滿奇思怪想的作品開始不斷湧現。他所拍攝的吉吉的照片成為「一個地方與一個時代的聖像」，譬如《安格爾的小提琴》、《黑與白》；而他以吉吉為主角的實驗性電影《埃瑪基・瑪基婭》、《人流》

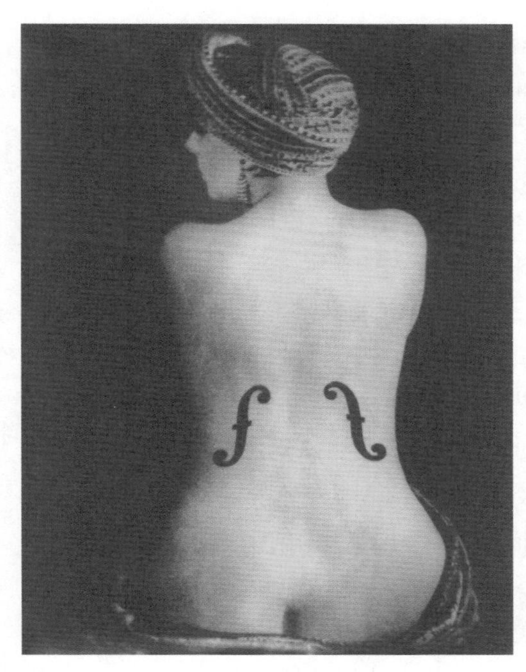

1924 年，曼・雷為吉吉拍攝著名的《安格爾的小提琴》。

則讓他被後人尊為「達達——超現實主義電影的開創者」。

在曼・雷的鏡頭下，一向開朗明快的吉吉，總是流露出一種莫名的哀傷，在被沖印出來的照片裡，人們似乎看到了一個內心更豐富更真實的吉吉，這是一個不為人知的另類的她。或許是因為她只有在充分信任的人面前才能一展愁容，又或者是這種神情稍縱即逝，而只有曼・雷這樣眼明手快的攝影師才能捕捉。

在和曼・雷同居的較穩定生活中，吉吉為消磨時光，開始嘗試畫畫，這也得到了曼・雷的鼓勵。吉吉的畫雖然不可與專業畫家相比，但卻出手大膽：用色斑斕，線條有力，造型獨特。她畫巴黎的大街、馬戲團、教室、花店，雖然技巧幼稚，但趣味盎然。

1927 年，她在畫廊舉辦了個展，大獲成功。1930 年，她又再次舉辦個展，與曼・雷的愛情，讓她走入了畫家的行列。雖然後來由於窘迫的生活，她沒有在畫畫上持之以恆，但她曾經的嘗試，為模特兒成為畫家的可能性提供了啟示：原來模特兒不只是在畫家面前按他們的要求搔首弄姿，她們也有自己的思想、對藝術的理解，而且有能力表達出來。

他們相親相愛，可動不動就吵架。曼・雷不能對吉吉和其他男人的曖昧關係充耳不聞，而吉吉也不喜歡他給自己買的高檔時裝，更不喜歡他那個叫做李・米勒的女模特兒，直到不能忍受，她離開了曼・雷，跟亨利・布羅卡結了婚，他是個會畫畫的記者，在巴黎辦了好幾份報紙。

此後，她離婚，更換情人，到不同城市的夜總會跳舞維持生計，在愛和窮困的路上，她越來越疲乏。有一天，在柏林演出的時候，她接到電報被告知母親去世，母親的死激起了她的深思，她這樣寫道：「我相信，我對她的愛超過任何一個曾經備受憐愛的女兒的愛。她是我唯一依賴的親人，她是我的家，她走了，我什麼也沒了！情人？不，不能比。況且，媽媽，到死她還是你的媽媽；而情人，終有一天，他會離你而去……或者，你拋棄他！」

女王是這樣造就的

1901 年 10 月 2 日，一名養路工的女兒在家附近的路邊生下了私生女，取名愛麗絲・普蘭 (Alice Prin)。母親產後不久去巴黎打工，愛麗絲和其他五個表兄妹由外祖母照料生活。因為家裡太窮，她總是飢一頓飽一頓。十二歲那年，愛麗絲被母親接到巴黎，為了日後做排字工而上了一年學，之後她當過麵包店女傭、私人

吉吉的畫作《梳妝》

女傭，卻因為不願對女老闆的無禮責罵忍氣吞聲，而開始在街頭流浪找生活。沒有地方睡覺，她便到在街上相識的女友處混上一夜；沒有食物果腹，她便空著肚子。後來，她開始到史特拉斯堡大街找醉漢，兩塊錢可以讓他們看看身體，五塊錢可以摸摸乳房。直到有一天，她在藝術家齊聚的洛東達咖啡館碰到蘇丁 (Chaim Soutine)，他領她走上了模特兒的道路。

吉吉這個名字，是她的一個畫家男朋友取的，他說那是她名字的希臘語發音，後來被證實是假的，但她喜歡這個名字，就一直保留著。雖然做模特兒的收入還不錯，但卻不夠穩定，吉吉憑藉著天生的美麗外型和美妙嗓音開始在賽馬師夜總會登臺，她喜歡演唱那種色情小調，她的拿手好戲是表演倒立，這通常讓整個夜總會發瘋，因為吉吉從來不穿內褲，而只穿一雙黑色的長筒襪。有人問她為什麼不穿內褲，她就回答說是因為酒館裡沒有女士專用的廁所，其實她沒有錢買內褲倒是個真實的原因，即使再寒冷的冬天，她也只在身體上罩一件大衣。

在自傳中，對於那些斑駁陸離的生活，吉吉這樣描繪：「如果我稍微有點像娼妓一樣的話，我該得到多少好處吧！一連好幾個月，每天晚上，一輛富麗堂皇的轎車在賽馬師夜總會門口等我。車裡一個面無表情的司機，等著把我送到克拉里吉飯店……去和一個極為富有的南美全權使節共進晚餐。每天晚上，一個鋪滿鮮花的房間，一頓準備就緒的珍饈佳餚……每天晚上，我讓一個女友……不像我那麼拘泥的女友坐上這輛車。其實，那個男人挺可愛，我本來可以愛上他，或許吧，要是沒有那麼多錢的話！噗！為了錢做這個！在那些狂歡之夜中，我唯一沒有玷汙的就是：愛！」

吉吉是個多情女子，但這多情與金錢無關，只與愛有關。吉吉的自傳寫到 1938 年，在最後一篇題為「1938」的文章中，她寫到自己剛剛在情人的陪同下從戒毒所恢復健康回到家中，她說：「現在，我很幸福，很快活，我又有了力量。我活著，我呼吸著，我相信未來。我有一個情人，他愛我，我愛他，我們會很幸福。」

不知道有愛情的日子在吉吉日後的生活中繼續了多久，我們只知道她那宛如奇蹟的生命終止於 1953 年 4 月 29 日。

南希：二十世紀最迷人的女性坐標

遊走在多位詩人的筆端

南希是大西洋航線的創始人英國人薩繆爾・庫納德 (Samuel Cunard) 爵士的曾孫女，直到今天，庫納德公司還是世界上唯一能夠提供橫越大西洋的豪華郵輪航線的兩家船運公司之一。她的父親貝奇・庫納德 (Bache Cunard) 古板嚴厲，在運輸業卻也成績斐然。她的美國母親穆德 (Maud Alice Burke) 貌美放蕩，是英國上流社會的社交名媛。

從小看著母親遊走在不同男人的身邊，南希比其他女孩子更早熟，性觀念尤其開放。在母親把她送到各種寄宿學校後，她學會了英語、法語、西班牙語、義大利語和德語。同時，母親的作家情人給予了她文學的啟蒙。

在南希二十歲的時候，她曾奔赴一戰前線，為戰場的士兵籌集善款，並用她的肉體撫慰他們戰爭的創傷。後來她把那段時光寫進詩集《視差》，記敘著當時的她思想處於極度矛盾中，她為在戰場上死去的年輕人感到內疚，又為自己妄圖用性來撫慰士兵感到痛苦。她人生中受到的最大傷害也發生在那時，她深愛的人在停戰前一個月死在法國的戰場上，她曾發表聲明說自己將永遠無法從失去愛的傷痛中復原過來。後來，她嫁給了一名軍官，婚姻只持續了二十個月，從此她沒有再走入婚姻。

1920 年，南希從倫敦遷到巴黎，那裡顯然比倫敦更適合南希。在巴黎，她陸續出版了自己的三部詩集。那時她是巴黎文藝圈裡最活躍的分子，參與了溫德姆・路易斯 (Wyndham Lewis) 引領的「漩渦派繪畫」浪潮，被「達達團體」和超現實主義的小圈子所接納。從此，她開始穿梭在貝克特 (Samuel Beckett)、艾略特 (T. S. Eliot)、聶魯達 (Pablo Neruda)、阿拉貢 (Louis Aragon) ……這些最傑出的詩人之間。

艾略特在《荒原》裡用一個章節 "FRESCA" 來描寫南希・庫納德，後來這個章節被同是詩人的艾茲拉・龐德 (Ezra Pound) 給刪掉了，後來龐德還寫了首長詩來詛咒那些愛上南希的男人。可是男人們依舊義無反顧。流亡到法國的智利詩人聶魯達也為她留下詩篇：「要不是因為你的眼睛有著月亮的顏色，有彩虹，有勞動，有火焰的白天的顏色……。」還有人這樣描述：「她有一個像用最纖細的金屬絲雕塑成的身體和一張用一百萬塊碎片拼貼成的臉，構成比空氣還要輕盈的立方體，在這其中，她的心在生活與愛的微風中，和她的靈魂的漩渦一起跳動。」而赫胥黎 (Aldous Huxley) 和海明威 (Ernest Hemingway) 也視她為繆斯。

為她撰寫傳記《南希・庫納德：女繼承人，繆斯，政治理想主義者》的露易絲・戈登 (Lois Gordon) 總結道：「詩人們愛她並非僅僅因為她的美貌、地位或者放肆的性觀念，還有她的熱忱、正直以及對文學與他們同等的才情。」

為人類事業作出貢獻

雖然南希從沒有正式加入過共產黨，但因為跟共產黨領袖阿拉貢相戀，她為共產主義事業也作出了貢獻。她在諾曼第買了一座房子和阿拉貢一起創立了時光出版社，出版了喬治・莫爾(George Moore)、龐德和年輕的貝克特等作家的作品。

但後來她不再愛阿拉貢，毅然離開了他，阿拉貢卻差點為她自殺。

1927 年南希回到了巴黎，住在巴黎近郊的 Reanville 農莊，繼續時光出版社的工作。

一年後，南希認識了美國爵士鋼琴家亨利・克勞德 (Henry Crowder)。他大概是她最愛、關係最長久的情人了，但他是個黑人。南希的交際花母親堅決反對這段關係，輕蔑地對記者說：「你是說，我的女兒認識一個黑人?」南希在報紙上撰寫了兩篇文章回擊母親，一篇是〈有人「認識」黑人嗎?〉，另一篇是〈黑人男性與白人婦女的關係〉，母親一氣之下剝奪了她的繼承權。她不但絲毫不屈服，相反卻自費編輯、出版了詩集《黑人》。這部詩集有八百八十五頁，當中南希對非洲歷史與文化及全球黑人的縱觀式描述，大約是最早的具有全球視角的黑人研究著作。

1936 年西班牙爆發內戰，進而演變成為反法西斯戰爭。南希被《曼徹斯特衛報》聘為戰地記者，作為堅守在西班牙的少數記者之一，她寫文章抨擊弗朗哥暴政，並幫助難民離境。雖然被母親剝奪了繼承權的她生活已捉襟見肘，但她寧願自己吃不飽也要接濟反法西斯力量。

同時，她與聶魯達共同創辦了名為《世界詩人捍衛西班牙人

1925 年，南希和男性友人在紐約。她是美國黑人解放運動的先驅。（圖片出處／ Corbis）

民》的詩刊，每一期都包括英語、法語以及西班牙語的詩歌，在倫敦和巴黎銷售，他們以此為西班牙共和國爭取國際援助和募集資金。因為南希的個人魅力，加上詩人的愛國熱忱，她使得阿拉貢、阿爾貝蒂 (Rafael Alberti)、尼古拉斯・紀廉 (Nicolás Guillén)、阿萊克桑德雷・梅洛 (Vicente Merlo)、威斯坦・休・奧登 (Wystan Hugh Auden)、岡薩雷斯・圖尼翁 (Raúl González Tuñón) 都成為詩刊積極的支持者和熱情的撰稿人。

時尚風向標

南希的晚年很悲涼，二次世界大戰之後，南希在諾曼第的家已是一片廢墟，她的出版社也破產了。因為顛沛流離、抽菸和酗酒，她落下了一身病。在生命最後的時刻，她一個人住在巴黎。可能她不想讓太多人看到她生命衰竭的樣子。

她留在人們心中的彷彿永遠是英國肖像攝影師塞西爾・比頓曾經拍過的一張照片：南希在一塊圓點圖案的背景布前，用冰冷刺骨的眼神望著遠處，她的脖子上掛著琥珀項鍊，兩隻胳膊上戴著幾十只巨大的象牙手鐲，象牙手鐲是她最著名的商標。對非洲歷史與文化的癡迷，讓南希顯示出不同於其他女人的風采。

在上世紀 1920、1930 年代，南希是 *Vogue* 雜誌的常客，她是當時的時尚風向標。羅馬尼亞雕塑家康斯坦丁・布朗庫西曾經創造過這樣一座雕塑作品：一直以極簡主義風格著稱的布朗庫西僅僅用一個不規則的半圓形和一小塊雲朵形狀的造型勾勒出了他心中的女神，作品的名字叫《南希・庫納德的肖像》。雕塑家說：「那就是我 1923 年遇見的她。」

七十年後，Celine 的創作總監 Ivana Omazic 仍將南希作為靈感源泉，用黑色、煙灰、乳白的主色調搭配斜紋軟呢、貂皮襯鱷魚皮、真絲薄綢以及手工編織的馬海毛等材質，打造出像南希・庫納德一樣穿衣的女人。「她是一個無比自信的女人，從來都不會捨棄她的女性特質。」Ivana Omazic 如是說。

《南希・庫納德：女繼承人，繆斯，政治理想主義者》一書的作者露易絲・戈登歷時七年終於完成了對南希人生的審視。露易絲說：「我站在她的墓前，似乎體會到一種超常的體驗——我正在觸摸她的靈魂。那裡很熱，那裡是巴黎，我筋疲力盡。但我因為跟她成為心靈上的朋友而感到欣慰。」南希的骨灰埋在著名的拉雪茲神父公墓 9016 號。她身邊有蕭邦、巴爾扎克、鄧肯……。

愛情烈士註定畫下驚嘆號

1980 年，人們開始「發現」卡蜜兒・克勞黛這位一生被掩埋在羅丹 (Auguste Rodin) 陰影下的女子的才華，承認她在現代雕塑史上的地位和貢獻；1920 年 1 月 24 日，義大利畫家阿姆多・莫迪里安尼因結核性腦膜炎死在醫院。第二天，他的妻子珍・赫布特尼 (Jeanne Hébuterne) 帶著腹中七個月的小生命從娘家樓上跳下，追隨丈夫而去。

如果拋開卡蜜兒和羅丹的恩恩怨怨，不去計較珍對親子生命的不負責任，她們只是為愛而生的女人，一生只為這一段情守候。

卡蜜兒：愛情使人瘋狂

曾經，卡蜜兒被視為羅丹藝術和人生的附麗，這種評述纏繞於女雕塑家的生前和死後。有關她的傳記和電影，本以她的名字命名，卻最終被改為「羅丹的情人」。直到 1980 年，這一長期的不公才被打破，卡蜜兒獲得了她本應擁有的認識和尊敬。

古往今來，從米開朗基羅到羅丹，雕塑一直是男人的事情。但卡蜜兒就是想要在男人的世界和事業裡，做得和他們一樣好，甚至還要好！當她捏起泥巴、握緊雕刻刀柄，她就為雕塑增加了女人的特質：個體性的敏感、飄逸與細膩。她的《哀告的女人》被視為「現代雕塑的宣言」。

卡蜜兒六歲雕塑出第一尊「作品」，十二歲，拜師阿爾弗雷德・布雪 (Alfred Boucher)，十七歲完成弟弟保羅的頭像，十八歲自立雕塑室。天生的才華和過早的成就，賦予她桀驁、驕傲的個性。這樣的女人，即使遇到愛情，也一定要得到最完整、最無私的愛才肯罷休。但不幸的是，她偏偏碰到的是羅丹，那個只把雕塑視為一生摯愛的人。

1883 年，卡蜜兒與羅丹相遇，此時她十九歲，而他四十三歲。羅丹被她的才情和美貌折服，她進入他的工作室。在那個屬於男人的大工廠裡，女人只是以模特兒身分出現，但她不同，她是去做雕塑的。很快，她得到了資歷最深的同事們的尊敬，而羅丹也開始把自己作品的手和腳的局部交給她做。幾乎所有羅丹的女學生都會驕傲地介紹自己：「羅丹先生的學生」。但她不同，她會自稱「羅丹先生、布雪先生和杜勃瓦先生的學生」。她毫不懷疑自身的才華，而並不甘於活在羅丹的陰影下。為擺脫羅丹的遮蔽，她努力了一生，直至死亡。

弟弟保羅評價她：「天性中有種駭人的暴戾。」除了美麗、勇敢、驕傲和富有才華，她是強悍的。在愛情裡，她決不甘於成為安靜的隨從，而是要成為唯一的一個、與伴侶並駕齊驅的另一半。為了不再讓羅丹跟別的女性有來往，1886 年，他們簽下了一份「愛的合約」，他在合約裡承諾，永遠照顧她，保護她，對她忠實不二，從此不收女學生，不用女模特兒……。然而，羅丹怎麼可能做到?!要知道，羅丹這樣一個把雕塑視為終身伴侶的人，不可能再給任何一個女人全部的自己和愛情；要知道，對於他，需要的是一個全心奉獻的女人，比如，羅絲，那個一生為他做飯、並為他生下

1988 年，電影《羅丹與卡蜜兒》上映。演員伊莎貝・艾珍妮飾演卡蜜兒。（圖片出處／ Alamy）

一子的女人。

1892 年，卡蜜兒向羅丹提出分手，並搬到布爾多奈大街 1 號，她開始只為自己創作。流傳於世的《克洛索上半身像》、《成熟》、《華爾滋》等，都創作於此時。六年後，她和羅丹徹底決裂，1913 年，她被母親送進精神病院，直至 1943 年去世。

很多人評價說：卡蜜兒「成也羅丹，敗也羅丹」，其實不然，說到成，她成功於自己的才華，若論敗，她是輸於愛情本身，輸於個性，輸給那個時代。

珍：此世有限，不夠與你相伴

吉吉這樣描述安娜：「莫迪里安尼有三個情人……第三個情人風度很好，人很漂亮，但是過分溫和，甚至有點遲鈍！長得完全像莫迪里安尼的畫：只有脖子和臉。她把漂亮的金髮打成兩條辮子，分別盤在兩隻耳朵的上方，牛奶一樣的皮膚，溫柔的眼睛。是她把另外兩個蓋過去了。」吉吉口中莫迪里安尼的前兩位情人是俄羅斯女詩人安娜・阿赫瑪托娃和英國女作家露尼婭・捷克沃斯。

1920 年 1 月 24 日，三十六歲的莫迪里安尼死於結核性腦膜炎，聽到丈夫去世的噩耗，珍顯得異常平靜，她好像並不悲痛，而只是說：「死不算什麼！我知道，不久，他對我來說則又是活著的了！」第二天淩晨三點，她從娘家的六樓窗口跳下，帶著那個已經懷了七個月的小生命。

由於家人的反對，珍被安葬於巴涅，不能與莫迪里安尼合葬。直到十年後，她的父母才同意將女兒移至拉雪茲公墓與莫迪里安尼合葬。兩人的墓碑上寫著：「最後，他們終於安息在一起。」

雖然那曾經令世人震驚的一跳成為後世許多電影、小說的摹本，但人們只是在想像中編織著兩人的故事。對於珍，我們知之甚少，只知道她出生於法國的一個小康家庭，是個具有繪畫天賦、有修養的女孩兒。1916 年的一天，她與莫迪里安尼巧遇。雖然父母極力反對女兒跟一個不名一文的猶太畫家戀愛，但她還是義無反顧地投入了愛人的懷抱，兩人開始在尼斯同居。

1919 年 5 月，在莫迪里安尼從尼斯回到巴黎的三週後，珍也到了巴黎。她身邊帶著小珍・莫迪里安尼，這個他們一年前生的女兒，一家三口在大茅草屋——莫迪里安尼的家兼畫室——過著極其貧窮的日子。從十九歲開始，珍就用自己默默的、真摯的甚至是堅忍的愛陪伴著癲狂與放蕩的藝術家丈夫，為飄零、癲狂的他提供著休憩的安寧空間。

巴黎女人一個又一個，看不完，也寫不盡。

簡寧　小娜

迷迭·情殤

記二十世紀初歐洲女性沙龍

二十世紀早期，當時世界上最著名的三大沙龍分別坐落在英國倫敦的布魯姆斯伯里、法國巴黎的花園街 27 號和雅各布街 20 號，巧合的是這三大沙龍的掌門人均是女性，正是她們的絕代風華孕育出那樣一個情感激蕩的文藝年代。如果說才華、風度、名門出身，都是要踏進這些沙龍的敲門磚，那麼天才、巨著、驚鴻靈感則是這些沙龍回饋給人類的鑽石，直到百年之後回眸，依然餘香蕩漾、眩目無比!

布魯姆斯伯里的凡妮莎有一雙美麗而憂鬱的眼睛。

亂世流年　玫瑰盛放

二十世紀早期的歐洲是一個玫瑰與硝煙並行的亂世，新思想、新運動、新興的帝國……，也只有在那樣一個時代，真正的尋歡之徒才能放開懷抱。在當時最偉大的沙龍裡，真正香豔的女子與真正天才的男人懷揣著驚世妖嬈在這裡往來穿梭，儼然巡禮於聖殿之上。

「美國派」與「英倫玫瑰」

當時這三大著名的沙龍雖然都地處歐洲，但其中位於法國的那兩個擁有的都是美國主人，她們或大膽奔放、或先鋒前衛的風格吸引了大批文人藝術家前去朝拜。而相比之下，只有靜靜開放在倫敦布魯姆斯伯里的「沙龍玫瑰」仍然保持著純正的歐洲氣質。

生於美國俄亥俄州的娜塔麗・巴涅 (Natalie Barney) 在 1909 年遷入了巴黎雅各布街 20 號，據說那裡過去的主人是路易十四的情人。房子不大，位於拉丁區的一條十七世紀的窄路上，不過，娜塔麗的布置優雅時髦，織毯裝飾的牆壁、絲絨鋪的桌子、金框的鏡子，還有一架大鋼琴。屋子前面有個深深的庭院，完美地將雅各布街隔開，而每週五，巴涅小姐的沙龍就在這裡舉行。1940 年代，當楚門・卡波提 (Truman Capote) 第一次來到這個沙龍的時候這樣評價道：「巴涅小姐家的裝飾是全然的世紀末風格，再加上一

美麗而放蕩的「女唐璜」娜塔麗・巴涅

點點土耳其味道，半是教堂，半是妓院。」1972 年 2 月，《華盛頓郵報》發的娜塔麗・巴涅小姐的訃告中曾寫道：「她的晚會雲集各地名流智者，包括普魯斯特、詹姆斯・喬伊斯、里爾克等。這串名單基本是從 1910 年到二戰的歐洲文壇和知識界的『名人錄』。」從 1909 年開始，沙龍不間斷地持續了六十年。回憶起當年的情景，鄰居們至今無限豔羨：「橢圓形的餐桌很大，蕾絲桌布，一端是茶具，一端是水果罐。我一直記得他們用的三角形三明治和五顏六色的小蛋糕。那些小小的黃瓜三明治就像潮濕的手帕一樣，紀念的是奧斯卡・王爾德 (Oscar Wilde) 家的那些小三明治。」這些非同一般的黃瓜三明治在半個世紀以後，都被娜塔麗的友人們在回憶沙龍往事時不約而同提到過，他們親切地叫它：「星期五黃瓜三明治！」

巴黎花園街 27 號的主人是著名的美國女作家格特魯德・斯泰因 (Gertrude Stein)，這個一向以「天才」形容自己的女人開辦了一個以激烈睿智的腦力交鋒為最大特點的藝術沙龍，在二戰前後的三十多年裡，這裡一直是左岸拉丁區最重要的藝術據點，無數的天才爭相到這裡來朝聖：畢卡索、馬諦斯、塞尚、布拉克，接著是舍伍德・安德森、費茲傑羅、龐德、海明威……。斯泰因並沒有天鵝一樣修長的脖子和大理石雕刻一樣高聳的胸脯，她肥胖而臃腫，甚至連那鑲滿巴洛克花邊的蓬蓬裙都有些潦草。但她精神飽滿，常常響亮地放聲大笑，擁有一種不可置疑的母性力量，而這種力量也賦予她的肥胖以理智，使她顯得格外權威。許多尚未成名的天才們就是從這個掛滿畢卡索、雷諾瓦、塞尚、馬諦斯的名畫卻並不顯得招搖的房間裡走向歷史的前臺的。在這個沙龍裡，你可能很少見到娜塔麗那裡的鶯歌燕舞，但你卻常常看到年輕得差不多可以做斯泰因兒子的海明威，拿著自己的作品謙恭地請她指教，而她就像一個刻薄大師般毫不客氣地提出意見。

但情況到了英國則大不相同，布魯姆斯伯里是倫敦市中心著名的文化區，這裡匯聚了大英博物館、倫敦大學以及一些知名的書店、出版社，當然還有鼎鼎大名的布魯姆斯伯里文化沙龍。沙龍的靈魂人物是一對姐妹花——史蒂芬家的凡妮莎和維吉尼亞，在她倆的「調控」下，沙龍顯現出一派寧靜與安詳，彷彿玫瑰種在鄉土上。姐妹二人白衣白裙，寬沿帽子繫長飄帶，手持陽傘款款而來，一樣蒼白、一樣美麗，正如後來成為維吉尼亞丈夫的倫納德·伍爾夫 (Leonard Woolf) 在《自傳》中所寫：「見到她們，不愛上她們，對男人來說幾乎不可能。」

維吉尼亞·伍爾夫 (Virginia Woolf) 是二十世紀最著名的女作家之一

在這個二十世紀最自命不凡的文化沙龍裡，聚集著一大批大英帝國最難收編的文化貴族：小說家福斯特、美學家羅傑·弗萊、哲學家伯特蘭德·羅素、傳記作家利頓・斯特雷奇、經濟學家凱恩斯、詩人艾略特、畫家鄧肯・格朗特……，他們眾星捧月般地圍繞著這兩姐妹，在她們的客廳裡一邊談情說愛，一邊引領著當時整個英國的思想與道德流變。而姐妹倆似乎也只能容忍才華橫溢與妙語連珠，倫敦的才子才女們被她們大浪淘沙般地過了一遍，留下來的就成了布魯姆斯伯里的常客，而那些不知深淺貿然登門的平庸者，迎接他們的只有毒舌與冷眼。智者們在這裡聚談終夜，用他們波希米亞式的生活套路來徹底砸碎維多利亞時代偽善僵硬的道德倫理。

愛情消融於時間　寫作消融於愛情

自從十六世紀首個沙龍在法國誕生開始，沙龍女性就藉由自己獨有的人性魅力與社交手腕來塑造大師、哺育思想，也一步一步積蓄起歐洲文化的精華。

娜塔麗・巴涅

娜塔麗・巴涅到底有多美？這的確是個問題。

1909 年，隨著三十三歲娜塔麗的遷入，雅各布街 20 號頓時成為巴黎最負盛名的地標！海明威、費茲傑羅在這裡與紀德、尚・考克多、柯萊特和阿波利奈爾同桌進餐；伊莎朵拉・鄧肯在這裡宣揚她的現代舞理念；著名的爪哇藝術家在這裡表演裸舞；喬治・

安鐵爾則在這裡獻出了他弦樂四重奏的處女秀……。

正因為有了娜塔麗・巴涅，這個小小的沙龍先後經歷兩次世界大戰卻一直保持著嬌豔欲滴的鮮亮色彩。對於無數天才的文學家、藝術家，乃至當時巴黎無數的政客來說，娜塔麗就是沙中的玫瑰、谷中的百合，是蘋果樹在伊甸園裡，是小花鹿在香草山上……，男人女人，趨之若鶩，拼了性命都只為見到她！

那麼或許這位來自美國鐵路大亨加銀行總裁家庭的美人，自1876年出生起就註定會書寫傳奇！金髮高鼻、櫻桃小嘴，一雙藍眼睛亮若星芒，舉手投足間似有巫氣彌漫。她如此美就不該富有才華，可偏偏她精通十八世紀的法文、德文和義大利文，熱愛時尚，她還是纏綿悱惻的小提琴手、詩人、技術精湛的馬術專家。而這渾身的浪漫氣質全得感謝她那位自由張揚的畫家母親，她縱容娜塔麗去過那種頹唐放蕩的生活，甚至不顧丈夫震怒，替女兒的第一本同性戀詩集畫上美麗的插圖。那位可憐的父親剛想把女兒召回身邊好好管教就不幸去世，而他留給娜塔麗的巨額遺產在客觀上對女兒今後不同尋常的人生起到了推波助瀾之用。

金髮高鼻，櫻桃小嘴，一雙燦若星辰的眼睛，這就是娜塔麗・巴涅。

在娜塔麗的最後一本著作《輕率的回憶》(*Souvenirs Indiscrets*) 中，她說她從小就感到自己控制不住地受同性的吸引。十六歲那年她去拜訪了她母親從前畫過的模特兒，一個叫卡門的女人。風情萬種的卡門把她帶到了床上，給了她啟蒙教育。在此之前，娜塔麗還以為上床就意味著懷孕。從卡門家出來，她一路控制不住地對自己說:「我有一個情婦了! 我有一個情婦了!」她就這麼滿懷激情地叫著，叫著，她的一生也如同蒙太奇般，開始了一段又一段收服同性的征程。從最難忘的蕾妮・薇薇安(Renee Vivien) 到同鄉作家杜娜・巴尼斯 (Djuna Barnes)，從名妓蓮妮・珀姬 (Liane de Pougy) 到一直忍受著她的不忠卻共同生活了五十年的羅美尼・布洛克絲 (Rolnaine Brooks)，甚至奧斯卡・王爾德的侄女朵麗 (Dolly Wilde) 都把畢生的文字奉獻給娜塔麗那個「W 字母下的文件夾」裡的書信。她幽怨地感嘆:「啊，你是怎樣地占據著我的思想! 你多麼輕易地就擁有了我的心緒，占領了我! 你手裡握著那麼多的信，你摟著那麼多的腰肢，寫著那麼多的情書……。」當然這個和叔叔有著同樣死亡結局的姑娘不會懂得，每一隻穿梭在繁花中的蝴蝶都是色盲。

娜塔麗・巴涅本人和她的沙龍一樣是巴黎傳奇。她認識她那時代的所有巴黎藝術家、政客和美人，她留下的詩文無數，有生之年出版過十二本書，同時她至少是六部小說的主人公，無數回憶錄的靈魂人物。在她八十五歲時，依然有天真熱烈的情人為這位著名的「女唐璜」赴湯蹈火、萬死不辭地奔波在情路上。她來這世上便是征服，以及摧毀。她終其一生周旋在這樣一個光芒四射的人群當中，無往而不利。異性的、同性的，她的一生就是忙著愛與被愛，並且，從來不屑扮演一位忠貞的情人。

歲月都來向她俯首稱臣，這便是娜塔麗。

格特魯德・斯泰因

比起妖冶嫵媚的娜塔麗，花園街 27 號的女主人格特魯德・斯泰因的氣勢更加磅礴、姿態更加激進。從她的沙龍裡走出來的人物幾乎無一不成為文藝界的大師，聲名甚至蓋過斯泰因本人。這非但沒有削弱她，反而讓她把「現代文學首席沙龍女主人」這一稱號擔當得更加光彩和無愧!

其實，一位不美且體態肥胖的沙龍女主人何以在那個綺麗年代立足是很難理解的。相對地，我們就可以想見這位像「一個十噸重的花崗岩從美國移到國外」的女人擁有怎樣蔑視群雄、氣吞山河的智商與能量。在這世上恐怕唯有她敢於盛氣淩人地指著才華橫溢的海明威說:「噢，你們都是迷惘的一代!」海明威如獲珍寶地把這句話題在《妾似朝陽又照君》(*The Sun Also Rises*) 的扉頁上，然後，全世界那些憂鬱質的、多愁善感的小青年們都急急忙忙用它來自許。而這樣的女人，唯有斯泰因一個! 有關斯泰因身體最為著名的視覺表達，是畢卡索在 1906 年所繪的肖像，豐滿的胸部、臀部、髖部及大腿上披蓋著黑色的衣服。然而，臉和身體都是有力的。因為坐者衣服的褐色和橙色融合了背景的褐色、橙色及深藍色，身體似乎安適自在，適得其所。

1874 年，斯泰因出生在美國匹茲堡一個富裕的猶太家庭，青少年時代曾在美國的萊德克利夫女校（與哈佛為鄰）及巴爾的摩城約翰霍普金斯大學讀書。學生時代的她就絕對是一個「破壞者」，最為囂張的舉動發生在交了白卷的哲學考場上——她瀟灑地在卷子上寫道:「真是抱歉，今天我一點也不喜歡這張哲學考卷。」然

畢卡索為格特魯德・斯泰因繪製的肖像

而那學期的哲學課她還是拿了最高分。

即便被奉為「迷惘一代」的教母，斯泰因身上卻沒有一絲的迷惘氣質。二戰時期，整個歐洲大陸滿目瘡痍、人心惶惶，她竟然勞師動眾、百折不撓地要為愛犬弄到一張系出名門的狗證書，面對此起彼伏的非議和指責，她總是置若罔聞，耍賴似的扎進香軟紅塵，戀戀不肯離去。生活快活終究是自己的事，無須向旁人交代，她的人生永遠只要活在興頭上！

在巴黎的斯泰因並不豔羨其他美人的窈窕嫵媚，她總是穿著喜愛的男裝，戴一頂碩大無朋的男式帽子，同女伴們在跳蚤市場走來走去，理直氣壯地索取身邊人對她的照顧和順從。憑藉作品中深奧晦澀的變革意識以及一整套不落人後的自我推銷，這位才智銳利卻又恃才傲物的猶太女子最終讓巴黎人接納了她。雖然她寫出來的文字沒有多少人看得懂，卻往往能夠預見來訪人士將來的藝術命運，這是她甚為著迷的遊戲：馬不停蹄地批判外面的世界，充滿流逝的隱喻，叫囂與鄙棄，毫不留情。於是她中氣十足地宣稱：「英國文學創造了十九世紀，美國文學創造了二十世紀，而我創造了二十世紀的美國文學。」換言之，她才是二十世紀文學的真正締造者！

她像大地之母一樣滋養了無數的大師，迷惘的一代們汲取了她的營養，然後遺棄了她。好比成名後的海明威立刻翻臉，總是以不屑一顧的口吻提到這位曾經的「親愛的母親」，在一些回憶文章中更多提及的也是他如何與斯泰因練習拳擊，如何用「拳頭擊中她那巨大的胸脯」。而自戀者們也學到了她的性格特點，除了才華。不過，在所有這些迷惘者和自戀狂中，只有格特魯德・斯泰因活得如此精彩和耀目！

凡妮莎與維吉尼亞

史蒂芬家的凡妮莎與維吉尼亞，這對外表清麗如同修女的雙生花只需坐在布魯姆斯伯里戈登廣場 46 號的客廳裡，就能輕易「收編」一票大英帝國的文化貴族，他們都心甘情願地放下高傲與尊嚴，爭先恐後地去做她們的情人、伴侶、奴隸……。而對於她們，因為囿於史蒂芬家族高貴的姓氏，男人們不過是冗長日子裡的零碎花邊，永遠無法承擔女子生命中最清寂軟弱亦最傷痛的時刻。關於沙龍究竟由哪些成員組成，至今沒有一個定論，只是簡單地根據凡是兩姐妹與誰交往，誰就屬於「布魯姆斯伯里」，兩姐妹嫌誰蠢鈍，就一腳把他踢出名單，於是這份名單冗長而不確定。

這時的倫敦，有著英國社會表面上一致的清貴，但它的內在卻比巴黎還要混亂，異性戀、同性戀、雙性戀……就像倫敦常年不散的濕霧一般稀鬆平常。維吉尼亞與姐姐凡妮莎的明爭暗鬥自從兩人記事起就沒完沒了：愛人同敵人，依戀與對峙，任何人都看得一清二楚，除非姐妹倆願意，否則死亡也無法將她們分開。她們給予彼此的深愛同嫉妒一樣多，誰也不甘心活在誰的光環下。另一方面，她們又聯合起來「對付」那些企圖追求自己的男士，讓他們那麼痛苦，又那麼快樂！

妹妹維吉尼亞有著明淨的額頭，尖刀背似的大鼻子和富有知性氣質的鵝蛋臉，這個沒有進過學校卻在十一歲時便顯露出文學才華的姑娘被身邊的男人們比喻為「英格蘭的百合」。她的姐夫，著名評論家克萊夫・貝爾 (Clive Bell) 這樣寫道：「一戰期間，有那麼幾天，我和林頓一起在鄉間打發漫漫的陰沉冬日。午飯後，滂沱大雨帶來黑暗，林頓就會問，此刻你最期待誰到來？我稍一猶豫，他就說出了答案：『當然是維吉尼亞。』」不過單論外表，凡妮莎更勝一籌。維吉尼亞的丈夫倫納德・伍爾夫曾經說過：「凡妮莎，我認為，比維吉尼亞還更美麗。她的形式更完美，她的眼睛更大更有神，她的皮膚更有光澤。她的美令人屈服，因為它混合了三位女神的美。」畫家鄧肯・格朗特是凡妮莎的情人之一，在他的筆下，凡妮莎的性感不具備攻擊性，斑斕光影下她像玲瓏的靜物，鄧肯永遠記得看到那樣的一雙眼眸的感覺，從那時起他才知道什麼叫做盪氣迴腸。

克萊夫・貝爾絞盡腦汁思索很長一段時間，終於決定向凡妮

維吉尼亞・伍爾夫擁有明淨的額頭、尖刀背似的大鼻子，雖然相貌比不上姐姐，但她的知性魅力依然吸引了大批崇拜者。（圖片出處／ Corbis）

莎求婚，而倫納德・伍爾夫則對他感激不盡，因為他幫他做出了選擇（後來他娶了維吉尼亞）。至於羅傑・弗萊終身眷戀凡妮莎，但是在美人移情鄧肯後，又一度和維吉尼亞情投意合……。此類豔事，在布魯姆斯伯里簡直層出不窮，當事人永遠擺出洋洋自得且興味盎然的態度去迎接它們，因為這是兩姐妹「分享」彼此一切的最佳實踐。

幼年時遭到兩位同母異父哥哥性侵犯的經歷嚴重損毀了維吉尼亞的身心，姐姐斯坦拉懷著身孕死去更令她將性與死亡聯繫在一起，維吉尼亞終其一生都沒有徹底消除對性和婚姻的恐懼，而她與姐姐凡妮莎的感情卻逐漸親密而曖昧。在很長一段時間裡，凡妮莎承受了維吉尼亞全部的激情。每天，維吉尼亞都向她的姐姐發出呼籲：「你明天會親吻我嗎?」而當她自己出外度假時，她就會天天寫信向凡妮莎報告行程，並毫不遮掩地向她表白最赤裸的思念：「啊，多麼希望，一起在丘陵草地上打滾，然後從你最隱蔽的地方偷竊到親吻!」1906 年，姐妹倆共同愛戀的哥哥索比(Thoby Stephen) 死於傷寒，心灰意懶的凡妮莎答應了克萊夫的第三次求婚，這讓維吉尼亞備受打擊，甚至搬家離去。不過新婚之夜，維吉尼亞還是給姐姐寫了一封信：「離開了你的島嶼，我依然是你謙卑的小畜生。」凡妮莎被這些情深義重的詞組感動得心旌搖盪。她們面對彼此，像面對另一個自己。父母雙亡，姐姐與哥哥相繼早逝，此生她唯一的親人只剩這個面色中布滿憂憤與心碎的偏執狂妹妹。不論她怎樣踐踏揮霍男人的愛情，一旦與妹妹天真粗野的柔情兵刃相向，她又不可救藥地敗下陣來。她決計寵溺精神瀕臨崩潰的維吉尼亞一生，她說怎樣，便是怎樣。即使走得再遠，只要維吉尼亞一開口，她依然會飛撲到她身邊，給予她一個滿懷真情的擁抱。

神經質的維吉尼亞日後成了意識流文學領域裡大名鼎鼎的伍爾夫，畫像裡她昂著一張高傲靜氣的側臉，目光懨懨去到很遠的地方。她最後發了瘋，給丈夫倫納德留下一封語帶懺悔的「情書」後就急急裝著滿口袋石塊自沉而去。正如她在《波浪》的結尾所言：「死亡，即使我置身你的懷抱，我也不會屈服，不受宰制。」這也是天才維吉尼亞的墓誌銘，至此，聞名遐邇的布魯姆斯伯里沙龍日漸黯淡下去。

特立獨行的沙龍皇后

她們卓爾不群，她們亮麗華美，她們用鮮花和美酒裝飾了一個奢靡的時代，那即使悲傷也帶著三分沉醉的旖旎人生，永遠令後世望塵莫及。

同性之愛，是罪惡？是溫暖？

大抵美人之所以為美人，不是要看她傾倒了多少男人，而是要看她收服了多少同性。於是，這三大沙龍的女主人們在這場同性追逐戰中都顯示出了空前實力：屬於娜塔麗的各路名媛，凡妮莎與維吉尼亞之間互相需要又彼此傷害的愛，還有像保姆一樣照顧了斯泰因大半輩子的艾麗絲・托克拉斯，無微不至地為這個文學上的教母、生活中的白癡打理著一切，還要用一生的時光來仰視她的才華，鍥而不捨。

而這種思想上的大解放大概也正是來自於那個躁動不安的時代——二十世紀初期，西方私人壟斷資本得到充分發展，各種新式消費品湧入歐洲市場，它們在造就了經濟大繁榮的同時也使得整個歐洲的社會文化心理發生巨大轉折。這一時期，西歐各國在社會政治經濟與人文藝術領域出現了種種背離傳統的新浪潮，大家都在急於打破一種古舊的秩序，開創一片新天地。其中最引人注目、對後世影響最深遠的兩大思潮便是現代主義和早期女性主義。而後者又主要表現在對男女不平等地位的譴責以及對男女共性的強調上。激進的女先鋒們以男性為標準，試圖藉由強調男女共性來淡化性別差異，為女性在男性主權的殿堂裡爭得一席之地。於是，越來越多的女同性戀們在女性主義的光輝旗幟下大行其道。時至今日，「同性戀」依然是一個在世界範圍內處境尷尬的詞彙，而娜塔麗、斯泰因、凡妮莎與維吉尼亞卻不約而同地以社會精英的姿態向古老沉悶的價值觀、戀愛觀發起挑戰。這一時期的歐洲，人們對同性戀者的容納程度達到了二十世紀 1960 年代之前的最高值。

她們為世人所不敢為之事，愛世人所不敢愛之人。在這樣一種「集體無意識」狀態下，她們娛樂了自己，亦昭告了天下：我們是全新的！她們用無可匹敵的勇氣選擇了同性愛人，然後用更

娜塔麗・巴涅在三十三歲時成為巴黎雅各布街 20 號的女主人，在她的布置下，室內裝潢呈現出世紀末的奢華風範。

大的勇氣接受世人的評判。對她們而言，男人始終是另一種生物，無論其人多麼紳士高雅，其心多麼柔軟溫潤，對女人——尤其是特立獨行的女人——男人永遠束手無策！

或許娜塔麗並沒有意識到自己與同性間放誕不羈的行為多麼具有革命性與歷史性，斯泰因也只想藉由與男人們頗具深度的思想交鋒來磨礪自己才華的鋒刃，然而這些「追求性靈的富家仕女」（沙龍女主人 saloniere 原義）的確憑藉自己過人的才貌與膽識把私人會客廳變成了公共領域，為飽經滄桑的歐洲書寫了濃墨重彩又活色生香的一筆。

適度的、被掩住的才華

早在兩百多年前，勒伯漢公爵就曾蠻橫地評價道：「女人的使命是激發他人的靈感，而不是自己寫作。」雖然這話在今天聽來真是不甚妥貼，但對這位長期沉迷於老式法國沙龍裡的貴族男人來說，這樣的句子非但不是諷刺，倒反而完全是出於對沙龍女主人魅力的崇拜。

在傳統的思維中，那些沙龍的女主人一般都是美貌異常、光彩照人的花朵，她們充分掌控著自己的這方天地，而其中的關鍵就來自機巧的恭維。這種恭維技巧對於這些女人來說大都是一種天賦，是她們智慧的火光，而這些火光又主要是表現在激發他人的才華上的。也就是說，一個沙龍女主人的成功與否並不直接取決於她個人在創作上的成就，而關鍵是要看她所「孕育」出的天才的大小與多少！在沙龍這種七嘴八舌、靈感飛濺的場所裡，女主人需要的是一種適度的、被掩住的才華。這種隱沒的才華需要

娜塔麗・巴涅總是將自己裝扮得高雅而時尚。

處在一種剛剛好的位置上，正好足夠用來低調處理自己的個性，不刺眼也不退縮，更善於誘導而非掠奪。

譬如傳奇的娜塔麗，一生中留下詩文無數，但對她而言，自己的文字如何閃亮也不及把自己的形象留在別人的文字裡發亮。而作為無數本回憶錄的靈魂人物，娜塔麗・巴涅的名字這才真正被銘記在了人間。而凡妮莎的情形也頗為相似，作為一名有天賦與才情的畫家，她本人的作品雖也有著相當的造詣，卻始終比不上她留在別人畫作中的倩影。至於那個人人推崇的「迷惘教母」，她對天才們的點化與啟發當然是比自己那些很少有人能讀得懂的作品更加引人注目！

維吉尼亞・伍爾夫在文學上有著傲人的成就，她的文字本身是大於她的人生的，而她註定這一生都是圍繞在姐姐身邊的衛星。即使姐姐手中沒有一支能夠寫盡人世情感的金筆，在布魯姆斯伯里，她依然是最耀眼的焦點。凡妮莎個性開朗，雍容大方，可以說凡妮莎的家在哪，「布魯姆斯伯里」就在哪，這個團體被她隨身攜帶。而維吉尼亞猶豫敏感，精神脆弱，生存能力遠不如姐姐，「凡妮莎擁有一打生命」，這是維吉尼亞對姐姐的豔羨之詞。從這方面來說，上天還真是公平的，才藝雙佳是可能的，但要兩絕則幾乎不能！

幸而生活並不全是由這樣的「英雄列傳」所構成，歷史同樣也記錄下這些盡力促成「作者」，自己卻又竭力避免成為一個「作者」的女人們那光影迷人的蹁躚人生！她們的美貌、激情、歡樂、哀傷都在這種剛剛好的分寸的保護之下成為一種如星光雲影般的自然存在。

遲暮的美人依舊是美人

無論是雅各布街 20 號，還是花園街 27 號，抑或布魯姆斯伯里，在時間之神面前都要無可避免地走向冷清、老暮以及蕭索。

暮年的娜塔麗憑藉撰寫回憶錄溫習著她青年時代光怪陸離的綺夢；斯泰因年逾古稀仍堅持「過得快活」是生命第一要事；凡妮莎的女兒安潔莉卡・加涅特直到晚年都沒有停止過曝露布魯姆斯伯里的大小醜聞，並對自己的身世（她叫了十七年父親的克萊

格特魯德・斯泰因被譽為「迷惘一代」的教母。（圖片出處／Corbis）

夫並不是自己的生父，而那個比母親小六歲的「格朗特叔叔」既是她的生父，又是她丈夫大衛・加涅特的同性戀人）和母親生前的風流韻事耿耿於懷。可憐的凡妮莎，不僅早早失去了摯愛的親妹妹維吉尼亞，而且到死都無法得到女兒的寬恕與認同。

沒有了娜塔麗、斯泰因及史蒂芬家族姐妹的三大沙龍相繼褪去光環，聲勢大減，最終煙消雲散。

然而要知道，一個美人永遠是美人，即便她老去，甚至即便她已死去，她依然美麗。就像年老的莒哈絲，滿臉皺紋似足一張樹皮，卻依然有不畏天高海深的男子在公眾場合對她說：「我覺得現在的你比年輕的時候更美，那時你是年輕女人，與你那時的面貌相比，我更愛你現在備受摧殘的面容。」只不過大多數情況下，人的記憶總是奇妙地附帶選擇性，在被光陰日漸美化的回憶裡，人們情願記得的永遠只會是青春爛漫、天真無畏的沙龍女主人，而非日後那一個個早已修煉成精的老面孔。所幸，作為歐洲文化符號的三大沙龍成為後世學術界繞不開的奇異花叢，而沙龍女主人隨性豪邁乃至驚心動魄的行事作風，亦被後世大部分獨立自強的女性視做典範，積極效仿。

廖雯雯　陳思蒙

顛覆與回歸

穿越大蕭條時代的女性們

一股全球範圍內的經濟寒潮，讓 2009 年的春天顯得寒意十足，不停傳來的倒閉、破產、裁員、失業更是讓人們的心情泛起一陣陣戰慄。我們沒有魔法師的水晶球，也許無法預知未來，但是不妨沿著時間的長河溯流而上，去擷取浩瀚長河中與當下有著驚人相似的歷史碎片，看看身處上個世紀大蕭條時代的美國女性是如何度過那段艱難歲月的。過往的歲月雖然無力阻攔時間巨輪的滾滾前行，但至少希望那些故事，可以給依然在路上的我們，傳遞不變的希望和勇氣。

埃爾薩・夏帕瑞麗 (Elsa Schiaparelli) 誇張的太陽眼鏡設計，「驚人的」一直是她的設計關鍵詞。

性別版圖的顛覆

這註定是一個顛覆的年代，經濟危機不僅改寫了世界經濟的版圖，也改寫了性別的版圖。蕭條讓女人們前所未有地拾起獨立與自信。

戴著鐐銬跳舞的女人

1929 年到 1941 年的十餘年，是美國至今為止最為漫長的經濟大蕭條時期。工作成為女人解決生存與生活問題的最好手段，然而這也是一段戴著鐐銬的舞蹈，有著無比的尷尬與無奈。

1929 年，美國華爾街股票指數的暴跌拉開了一場歷時十年的大蕭條時代的序幕。這場經濟危機為歐美世界的經濟造成了前所未有的重創，工業生產量和國民生產總值的急劇下降，失業人數的驟增，讓充斥著爵士樂靡靡之音的紙醉金迷的 1920 年代一去不復回，留給人們的只有心中巨大的落差。

大蕭條帶來的裁員和失業將男人們的自信擊得粉碎，隨之而來的是女人們對歲月靜好的期望完全被打破。面對巨大的生活壓力，越來越多的女人不得不選擇像男人一樣，用她們並不寬厚的肩膀，挑起養家糊口的重任。據統計，大蕭條期間，將近 25% 的美國女性外出工作。電話接線生、家政服務員、衛生護理員、紡織工人、政府公務員、推銷員……，女人們將自己的戰線慢慢擴

葛麗泰・嘉寶 (Greta Garbo) 因為特立獨行的行事風格，被上世紀 1930 年代的美國女性奉為偶像。

展開來，逐漸延伸到生活各個層面。

經濟蕭條為女人走入社會打開了方便之門，但事實是，女人們更像是戴著鐐銬跳舞。一方面，相比起男人，女性員工在蕭條時期更加受到雇主們歡迎，因為她們為了提高競爭力不但讓自己像男人一樣工作賣力，且薪水更加低廉。但與此同時，女人們也飽受同工不同酬的困擾，據統計，1937 年，美國男性的平均年收入是 1027 美元，而女人只有 525 美元。另一方面，雖然女人們為了生存與生活，不得不外出工作，但在失業率居高不下的情形下，男人們並不願意再多出一群競爭對手。公眾和政府把阻撓的力量對準了女性，尤其是已婚女性，「不要奪走丈夫的工作」成了規勸女性回歸家庭的最好理由，甚至有法律禁止雇用已婚女性。

然而這註定是一個顛覆的年代，婦女勞動組織的成立、女性維權運動的興起，女人們對自己權益平等的要求從未像此時那麼強烈。在這種時候，女人們的偶像不再是甜心般的清純女星或是欲望女孩，她們崇拜的是《亂世佳人》中野性難馴的費雯麗，《藍天使》中一身男裝的瑪琳・黛德麗，以及我行我素的葛麗泰・嘉寶，堅毅、獨立、有思想、舉動大膽、特立獨行的成功女性總能得到女人們的追捧。

艾蜜莉亞・埃爾哈特：搶占男性的領空

大蕭條中，公眾對女性走上社會的非議和阻力就像企圖用烈酒熄滅火焰，激起女人們對成功強烈的欲望，沒有什麼時候像現在這樣，讓她們如此渴望著突破束縛。於是，艾蜜莉亞・埃爾哈特 (Amelia Earhart) 的出現頗具時代意義。

在上個世紀被大蕭條籠罩的整個 1930 年代，恐怕沒有哪個女性偶像如艾蜜莉亞・埃爾哈特般散發著英雄般的光芒。

1927 年，一位叫查爾斯・林白 (Charles Lindbergh) 的飛行員獨自飛越大西洋的事蹟震動了世界，引起一股飛行熱。隨之，社交名媛艾米・菲普斯・蓋斯特不甘示弱地發表聲明，表示將提供資金贊助飛越大西洋的航行，但前提是——需要一個「形象良好的姑娘」。

艾蜜莉亞被看做是女權主義的代表人物，她的成功鼓勵了同時代的女性，促使她們勇於追求她們的夢想。

於是，出版商希爾頓・萊利找到了艾蜜莉亞・埃爾哈特。艾蜜莉亞不僅「形象良好」，更重要的是，她自己也是一名飛行員。她從 1921 年就開始接受飛行訓練，並在兩年後成為第十六位從國際航空聯合會獲得飛行執照的女飛行員。就在應邀進行飛越大西洋計畫時，艾蜜莉亞已經積累了近五百個小時的單獨飛行時間，而且沒有任何嚴重事故——這是一個相當優秀的成績。

1928 年 6 月 17 日，作為三位飛行員之一的她登上了「友誼號」飛機，從紐芬蘭到威爾斯，飛行了二十小時四十分鐘。這次成功的航行讓艾蜜莉亞・埃爾哈特一下子聲名鵲起。

然而在這次轟動美國的飛行中，艾蜜莉亞的工作只是寫飛行日誌，為此她在落地後曾自嘲地說：「在飛機上我就是行李，或者

艾蜜莉亞成功飛越大西洋後，一舉成為社交界的名流。

就像一袋馬鈴薯。」然而，即使這樣，作為第一個敢於冒險飛越大西洋的女乘客，她還是獲得了人們的熱烈歡迎，甚至被稱為「林白女士」。美國總統柯立芝 (John Clavin Coolidge) 也在白宮舉行了盛大的歡迎儀式。

雖然艾蜜莉亞內心中對自己獲得的盛大榮譽備感尷尬，然而她也看到了，自己的行為對大多數想在社會上為自己爭得一席之地的女性來說，是一種莫大的激勵。於是，接下來，她花了一年的時間巡迴演講，還出版了書籍《二十小時四十分鐘》。就在此時，席捲美國的大蕭條時代降臨了，在一片恐慌中，艾蜜莉亞充滿堅定、勇敢和百折不撓精神的演說給了人們莫大的安慰與鼓勵。

對艾蜜莉亞來說，這是她從小就夢想的成功——像男人一樣成就一番英雄偉業，從不甘於平凡的她不停拓展著女人們所能取得的成就。接下來，她還成為當時最受歡迎的品牌代言人，在行李箱、香菸、女裝等等商品上都能看到她的肖像或身影。她甚至有了自己的服裝品牌，生產由自己設計的款式簡單自然的女性時裝，並且採用不起皺的材質，打消了女性運動時對服飾美觀的顧慮，解放了女人身體的自由，而所有服裝的上面都繡有一個細長的她名字的縮寫 “A. E.” 作為標誌。此外，她還接受了 *Vogue* 雜誌的助理編輯的職務，並利用這個機會來引導公眾對於飛機的認識。更重要的是，她利用自己的影響力創立了九九飛行俱樂部——一個國際女飛行員組織。

於是，在公眾心目中，艾蜜莉亞的神話就這樣被建立起來，而相應的這些出版和廣告收入又使得她有足夠的資金可以繼續在藍天上書寫她的傳奇。

1931 年，三十四歲的艾蜜莉亞步入了婚姻，丈夫是化學工程師賽繆爾・普特曼。在此之前，普特曼曾多次向她求婚，直到普特曼再三承諾不會破壞她一直追求的自由，艾蜜莉亞才猶猶豫豫地走入婚姻。婚禮當天，她寫了一封信給丈夫，其中這樣寫道：「我希望你理解我，我不想將你束縛在任何中世紀的信任諾言裡，我也不想自己被這樣束縛。」在婚後，她保持了自己「埃爾哈特」的姓氏，並拒絕被稱為「普特曼太太」，以至於當有媒體將普特曼稱做「埃爾哈特先生」時，公眾絲毫不感到奇怪。

婚後艾蜜莉亞的蜜月在推廣自轉旋翼機和為口香糖做廣告中度過。然而在她心中卻始終對 1928 年那次越洋飛行耿耿於懷。「總有一天我會單獨飛行，哪怕只是為了證明我自己。我現在是個名不副實的英雄，這讓我感到受之有愧，有一天我會維護我的自尊，我不能沒有它。」

1932 年 5 月 20 日，她終於決定洗刷前恥，獨自駕機從紐芬蘭飛往巴黎。這是一次危險卻激勵人心的飛行，艾蜜莉亞在高度表失靈、遭遇暴雨、油箱破裂等等危機四伏的情況下，最終在倫敦降落。雖然這不是她的目的地，但她卻是二度飛越大西洋的第一人。這次飛行終於為她贏得了實至名歸的榮譽。國家地理協會授予她特別金獎，而五年前獲得這個獎項的正是林白。

在這之後，艾蜜莉亞繼續著她偉大的冒險。1935 年，她成為獨自從夏威夷飛到加利福尼亞的第一人、獨自飛越大西洋和太平洋的第一人。據統計 1928 年至 1935 年埃爾哈特駕駛不同型號的飛機創下了七項女飛行員飛行速度和飛行距離的紀錄。她的飛行被看做是一次又一次冒險的組合。

她的最後一次飛行是圍繞赤道，行程長達二萬七千英里，如果成功，將會是航空史上最長的一次飛行。然而這次飛行讓艾蜜莉亞永遠與天空融在了一起——起飛二十一個小時後她的飛機神祕地消失在太平洋上。儘管官方海軍和海岸警衛隊耗資四百萬美元進行了有史以來最昂貴和最嚴密的搜尋行動，可依然一無所獲。

有時候這種結局對英雄來說是最完美的，艾蜜莉亞已經成為人們心目中理想女性的化身——親切、堅毅、勇敢、自主，以及勇於追求。可以說，在那個解放了女人又讓她們備感迷茫的年代，艾蜜莉亞給了她們一種自信。正如愛蓮娜・羅斯福 (Eleanor Roosevelt) 夫人對這個具有開拓者精神的女性飛行員的評價：「她讓女性感覺沒有什麼事情是她們不能做的。」

挑戰佛洛伊德的女人

在經濟的動盪中，「顛覆」註定是時代的精神，如果說艾蜜莉亞・埃爾哈特以身作則，向女人們證明了男人的成就並非不可染指，為女人樹立了成功的榜樣。那麼卡倫・霍妮 (Karen Horney) 則從根本上解決了女人們的束縛，這位從德國移民到美國的女子旗幟鮮明地向佛洛伊德充滿男性本位色彩的女性性心理理論發起挑戰，她讓女人們開始從女性視角出發看待社會，認同自己。

卡倫・霍妮出生在德國，在那裡度過了並不幸福的童年。霍妮的父親嚴苛得像個暴君，這讓她在心底一直認為父親是看不起

卡倫・霍妮是二十世紀西方當代新精神分析學派的主要代表，她的名字與阿德勒、榮格、蘭克、弗洛姆等著名精神分析學家相比毫不遜色。（圖片出處／ Corbis）

她的，認為她外貌醜陋、天資愚笨。於是，從小她就發誓說：「如果我不能漂亮，我可以使我更聰明！」長大後霍妮在母親的支持下進入學校學習醫學，為此母親和百般阻撓女兒接受教育的丈夫毅然分手。

1915 年，霍妮在德國取得醫學博士學位並在一戰後成為一名精神診療師。作為一名女性診療師，她的病人也主要是女性，然而親身的實踐讓她開始對人們奉為真理的佛洛伊德理論產生了深深的質疑。

1932 年，在納粹取得德國政權後，霍妮移民到了美國。1930 年代的美國正沉浸在大蕭條時期，然而這個時候卻成為霍妮心理學理論的成熟期。此時的她，已經與正統的佛洛伊德理論漸行漸遠。她發表了大量的論文，大多是在女性問題上提出和佛洛伊德不同的觀點。她極力反對佛洛伊德的戀母情結和本我、自我、超我的人格劃分。在美國大蕭條時期，她認為佛洛伊德理論並不適應美國人在此時碰到的問題，對於在這種特殊形勢下產生的各種問題來說，性欲僅僅是次要的問題。人們並非為性欲問題，而是為失業、沒錢付房租、沒錢買食品、沒錢支付子女必要的醫療保健費等問題憂心忡忡。

1939 年，卡倫・霍妮出版的第二部著作《精神分析的新途徑》徹底顛覆了佛洛伊德理論中對於女性性心理的認識。如果用佛洛伊德的性心理理論解釋女性的行為和心理，那麼女人必須從男性的觀點出發，渴望她所沒有的東西。霍妮恰恰認為佛洛伊德的這種理論僅僅是出自男人盲目的自戀與陶醉，是對女性自主意識的削減，並降低了她們的性別身分。她創立了另一種女性社會心理學，霍妮相信用社會心理學說明人格的發展比佛洛伊德的性概念更適當。而她以女性本位發展出的學說，讓大蕭條時期渴望獲得與男人平等的權益和成就，卻備受傳統勢力束縛和阻撓的女性們，在心理和性觀念上獲得進一步的解放。

然而，霍妮充滿異端色彩的理論因為違背公認的佛洛伊德標準而遭到了嚴厲責難。1941 年她被免去紐約精神分析協會與學院培訓分析師一職。而霍妮毫不示弱，她立即辭去協會職務，與幾位同行創立了精神分析發展協會和美國精神分析研究所。

對於霍妮理論的價值，德博拉・G・費爾南在《女人的一個世紀》裡這樣評價道:「霍妮的著作，與西蒙・波娃的《第二性》、貝蒂福里坦的《女性的奧祕》一起構成了二十世紀瞭解女人的最重要的基礎書籍。」實際上霍妮寫作於上世紀 1930 年代的著作是 1953 年才面市的《第二性》和《女性的奧祕》的啟蒙和基礎。霍妮學說的重要性在於，她向以男性為主導傳統的思想，以及社會長久以來頑固不變的心智模式發起挑戰，讓女人們不管在社會層面還是心理層面，重新接受和認識自己，並充滿自信地認同自己的女性身分。

女性主義的典雅回歸

經歷了蕭條歲月的 1930 年代，時尚對於女性來說，像是奔跑向兩極又融合在一起的矛盾體，一邊是充滿幻滅意味的超現實主義華服，一邊是彰顯她們自由獨立的女性主義優雅剪裁。然而，無關高下是非，這一切都是女人們內心的寫照。

奢華與自然並行

上世紀 1930 年代，時尚的意義在於，讓女人們可以將職業妝容與摩登優雅兩者兼得。

1929 年，崩潰的股市在一夕之間讓人們手中的鈔票變成廢紙，席捲而來的經濟蕭條將一戰後人們歌舞昇平的生活瞬間從天堂拉到谷底。這一切來得太快，以至於被破產擊中的人們無法適應現實的殘酷，將對經濟的恐慌和憤怒的情緒漸漸轉變為對人生無常的感嘆和對往昔的留戀。也許此時只有逃避現實才能給人們一個麻醉自己繼續生活下去的勇氣，於是，在一片零落中，時尚卻以無比奢華的風範拉開了 1930 年代的序幕。

一向對人們的生活方式和審美趣味產生巨大影響的好萊塢，此時也成為引導人們重溫安穩與富足生活的造夢地，用奢華亮麗的場景、載歌載舞的表演、happy ending 的結局為人們編織出一個個旖旎綺麗的理想世界。構造歡樂氣氛的歌舞片推波助瀾了時尚的浮華與絢麗。超現實主義所營造出來的虛幻和美妙，讓社交名媛們為之深深著迷，因為她們深恐，眼前短暫的美麗時光，也許不知何時就會灰飛煙滅。

然而，縱觀上個世紀整個 1930 年代，奢華只是一個開端和表象，女性主義的典雅回歸才是綿亙貫穿了整個蕭條時代的時尚精神的神髓。

經濟的一蹶不振，讓風行整個 1920 年代搖擺女郎式的豔麗輕佻漸漸落伍，因為在物質貧乏的時候，人們更加需求是精神上的自然平和，自然主義和美國文化根系中的清教徒精神又一次突顯

好萊塢歌舞明星琴姐・羅傑斯（Ginger Rogers，左）和佛雷・亞斯坦（Fred Astaire，右）。琴姐・羅傑斯華麗誇張的舞服是當時好萊塢奢華時尚風的代表。

出來，對安穩平靜生活的渴望和對簡樸本真的崇尚讓人們對女性的審美更趨於自然典雅。而另一方面，大量的女性步入職場讓相對穩重知性的過膝長裙流行起來，受工作服的影響，簡潔的線條開始呈現。

應時而生，服裝設計師瑪德麗・維奧內特 (Madeleine Vionnet) 在此時發明的斜裁法於蕭條時期大行其道。維奧內特注重人體曲線和立體造型，她對服裝結構與人體的理解達到了爐火純青的地步，她的剪裁突出了女性身體的曲線美，同時這種突出又是含蓄的，是自然體態的流露。這種線條流暢簡潔，直垂而下，能自然突出身體曲線的剪裁樣式成為十年蕭條時期人們審美的主

模特兒身上的服裝是蕭條時期奢華與簡潔風的混合，裙襬的皮草是當時華貴的象徵。

流，不僅影響了同時期的設計大師，甚至直到今天還被後人們朝拜頂禮。

與此同時，職業女性的激增，讓身體的解放和行動的自由比起 1920 年代更往前邁進了一步。從一戰時就以解放身體為原則的可可・香奈兒 (Coco Chanel) 的設計在 1930 年代繼續著她的輝煌。同時女性運動款的服裝潮流開始興起。女飛行英雄艾蜜莉亞・埃爾哈特隆重的聲譽讓她中性又方便行動的裝扮成為風行一時的潮流。1933 年，網球運動員愛麗絲・瑪博爾 (Alice Marble) 在一次比賽中穿短褲上場引起了轟動，很快掀起一股網球短褲熱。同時，滑雪、登山、自行車等運動也在 1930 年代開始風行，於是女式運

好萊塢明星珍・哈羅 (Jean Harlow) 身上的絲質長裙是蕭條時期最流行的剪裁和款式：設計簡潔又自然地突顯了女性性感的曲線。

動服裝開始出現。更多褲裝被帶入到女性生活中，而不再僅限於騎馬裝或是沙灘長褲。這些褲裝設計典雅，苗條美觀，呈現出時裝化的趨勢。

1939 年，美國時裝雜誌第一次刊登了女性穿長褲的時尚圖片，這是蕭條時期在尾聲時發出的一個重要的信號——女式長褲正式被上流社交所承認。這就像是一個隱喻，意味著女人所擁有的自由大大向前邁進了一步。

埃爾薩・夏帕瑞麗：用時尚詮釋時代

從一戰時就以解放身體為原則的可可・香奈兒，其簡潔優雅的設計在 1930 年代繼續著她的輝煌。然而真正占據著 1930 年代設計龍頭地位的卻是同時期的埃爾薩・夏帕瑞麗，她的風頭甚至壓過可可・香奈兒。

在大蕭條時期，沒有哪位設計師的作品能像埃爾薩・夏帕瑞麗的設計如此切合那個時代女性的特質——細膩又幹練，婉約又坦率，自然又華麗，知性又幽默，同時又是那樣獨特和驚人。

夏帕瑞麗創造了時尚界的諸多第一：第一個創辦以設計師名字命名的流行小店；第一位創辦主題時裝展的設計師；第一個將拉鍊用到時裝甚至是晚裝上；第一個將墊肩和胸墊加入女性服裝裡……。她崇尚獨特和創新，在用色方面也頗有語不驚人死不休的氣勢，其中最著名的就是她「驚人的粉紅」，張揚的色調就像女人充滿自信、旁若無人的笑語。

埃爾薩・夏帕瑞麗 1890 年出生在一個富足且充滿藝術氣息的義大利家庭。在經歷兩次失敗的婚姻後，夏帕瑞麗來到巴黎，把服裝設計作為賴以謀生的事業。

1920 年代末，埃爾薩・夏帕瑞麗在巴黎的芳登廣場上開設了自己的第一家服裝店。招牌上寫著「為運動」。舒適和自由是她從一開始就確立的設計原則。在最初的設計中，她把客人定位在職業女性身上，強調服裝質樸和實用，她的第一個顧客是著名小說《男人喜歡金髮女郎》的作者，後來成為好萊塢熱門編劇的安妮塔・魯斯。魯斯第一次看到她設計的毛衣時就一口氣為自己當時

夏帕瑞麗在和模特兒試帽子。夏帕瑞麗的配飾設計與她的服裝同樣知名。

服務的公司訂製了四十件。

接下來，夏帕瑞麗設計的運動款服裝在巴黎時裝界引起了轟動，因為在她之前世界上還沒正式的運動服類的便裝。她的設計在美國同樣取得了巨大的成功，美國有著比法國更隨意自由的著裝風格，夏帕瑞麗的服裝在美國銷量龐大，她的顧客中甚至包括凱瑟琳・赫本、葛麗泰・嘉寶等好萊塢女明星。

埃爾薩・夏帕瑞麗因傑出的設計和巨大的影響力登上了 1934 年 8 月 13 日出版的《時代》雜誌封面。

到了 1930 年代，在設計上放開手腳的夏帕瑞麗從運動便裝進一步進軍時裝界。1933 年她開始設計正式的晚禮服。她設計的第一件晚禮服是一件白色縐紗的直身式晚禮服，風格細緻而典雅。這件晚禮服讓她華麗轉身成為時裝設計師，比起其他人的設計，夏帕瑞麗的時裝更加具有時代氣息。

比起香奈兒，夏帕瑞麗更加理解現代藝術。圍繞在她身邊的朋友中，有美國現代藝術的精神領袖阿爾佛列・斯提格里茲、傑出的藝術家杜象、曼・雷、畢卡索、史特拉汶斯基等等。從他們身上，夏帕瑞麗源源不斷地攫取著藝術養分和設計靈感。

在畢卡索的建議下，她把報紙作為圖案印刷到紡織面料上；尚・考克多設計的圖畫和詩歌的組合在她手中變成了刺繡的紋樣；在與西班牙超現實主義大師達利的合作中，夏帕瑞麗推出了衣服襤褸的「破爛裝」、電話形狀的手提袋，她還邀請達利在她的禮服上作畫，於是就有了那件著名的繪製著龍蝦圖案的白色禮服……。她大膽地邀請二十世紀最傑出藝術家們參與到她的設計中來，沒有人比她更瞭解超現實主義的幽默，更會運用現代藝術的精神。

現在看來，她設計的「破爛裝」、手套外面有金色的指甲裝飾、服裝上借用地毯的花紋，以及鞋形的帽子等等，都是當代時裝設計的開先河之作，甚至很多設計手法在幾十年後成為時尚界的流行。

對於那個以顛覆和回歸為主題的時代，夏帕瑞麗的設計總是帶給人們意想不到的驚奇卻又簡潔自然，充滿了優雅的女性氣息。在她的時裝中依然延續了運動便服舒服實用的理念，輪廓分明的上衣搭配的是無鈕釦束縛的長褲；充滿制服感的外套卻有著柔和的輪廓；甲蟲、蜜蜂、糖果、馬戲場景都被她隨手拈來融入到服飾的細節花紋中去，充滿了女性細膩可愛的趣味。

時裝在夏帕瑞麗的手中跨越了那個灰色的蕭條年代，展示出女性靚麗活躍的精神風氣。她不甘平庸、天馬行空的設計精神暗合了那個時代女性樂於進取的冒險精神。

蕭條時期的女性閱讀

在蕭條時期，女性作家用溫和的姿態書寫著充滿時代精神的故事，瑪格麗特・密契爾 (Margaret Mitchell) 的《飄》(*Gone with the Wind*) 為人們提供了生命力強勁的郝思嘉，而賽珍珠 (Pearl S. Buck) 的《大地》(*The Good Earth*) 則讓女性在隱忍中感到溫暖。

在綿延了十年的大蕭條時期，一蹶不振的經濟帶給人們重創的不僅是荷包，還有心靈。面對慘澹的生活，人們最需要的是有人為他們的心靈注入一針強心劑。於是，就在男人們狂歌史詩般的英雄主義，企圖喚起男性雄性的記憶，或是用尖銳的筆觸劃開現實焦灼的外衣，督促人們去正視慘澹的現實時，女人們卻伸出溫柔的雙手，小心翼翼地撫慰著人們心中的傷口，無形地用愛情和紀實故事為人們建起暫時棲身的精神避難所。

1936 年，瑪格麗特・密契爾的《飄》橫空出世了。《飄》最初是以一部大部頭的廉價愛情小說的面貌出現在人們的視線裡，這是蕭條時代最受女人們歡迎的讀物。《飄》在上市的第一年裡就

堅強的郝思嘉在蕭條中，激起了無數人面對慘澹生活的勇氣。

賣出了一百萬冊，據說在蕭條年代除了《聖經》，沒有一本精裝書比《飄》賣得更好。1937 年，《飄》更是被改編成電影，創下了電影史上難以超越的票房紀錄。

《飄》的成功是因為密契爾在這部愛情小說中塑造了一個穿越了南北戰爭、有著迷人魅力的美國女性——郝思嘉。對於一百多年後的美國人來說，郝思嘉的魅力來自於，在她的身上匯集了現代與傳統的雙重價值觀，她自私、任性，喜歡操縱別人，但是同時她又樂觀、堅韌，最重要的是她身上散發著那在亂世中最為可貴的勃勃生機。瑪格麗特・密契爾曾說：「如果小說《飄》有主題的話，那麼其主題就是生存。」無論是書籍還是電影，沒有人不在看過《飄》後，對戰勝生活的苦難升騰起堅定的信心。

比起《飄》，出自著名女作家賽珍珠筆下的《大地》更早就成為大蕭條時期激勵人心的暢銷讀物。賽珍珠，這位在中國生活了四十年的女作家在蕭條時代成為清醒的先行者——整個 1920 年代，當美國人沉迷在爵士樂搖擺舞的歡樂中慶祝著生活的繁盛時，賽珍珠卻早早地在中國經歷著革命的動盪，而就在這動盪不安中，賽珍珠啟動了《大地》的創作。

《大地》描寫一個中國家庭掙扎求生存的故事。男主人公王龍與女主人公阿蘭是一對貧困的農民夫婦，歷經天災、逃難、兵禍，他們堅毅不屈地守住了紮根黃土的生活，並由一個勉強糊口的農民變成一個擁有大片土地的農戶。在富足的生活面前，王龍開始了墮落的生活，而阿蘭則繼續忍耐著堅守自己的家園……。

1931 年《大地》在美國出版時，正是經濟動盪最為猛烈之時。然而《大地》中那對普通夫婦奮力與洪水、乾旱和經濟剝削抗爭的命運對應了大洋彼岸美國人眼下的命運。沒有什麼比相同的苦

賽珍珠憑藉《大地》獲得了普立茲獎和諾貝爾獎。

難更能引起人們的共鳴，因之，小說一經出版就立即風靡美國，成為人們的搶手貨，並且很快有了多種語言的譯本。有數據統計，蕭條時期約有二千三百萬美國人看過，其讀者數量和影響力幾乎可以和瑪格麗特・密契爾的名著《飄》相媲美。1937 年，《大地》更被福克斯影業公司搬上銀幕，影片中的場景全部在中國實錄，中國農民夫婦的角色卻由美國人來演繹。電影《大地》放映後，和小說一樣受到人們的矚目，其中扮演女主角阿蘭的露易絲・萊納 (Luise Rainer) 甚至憑藉這個東方角色將當年奧斯卡最佳女主角獎收入囊中。

《大地》受到歡迎的深層原因，也是因為其中所崇尚的質樸自然的生活價值，暗合了美國文化中清教徒的道德觀念。同時，

《大地》寫於苦難，也安慰了苦難中的人們。

作品對王龍富足後墮落的批判，對阿蘭隱忍的同情，又揭示了蕭條時代人們對家庭的隱憂——社會的動盪直接導致家庭問題的增加，但即使愛情早已被殘酷的現實消磨殆盡，離婚對於女人來說卻是代價巨大，因為無論是就業機會還是社會救助，政府都會優先考慮那些已婚男人，很多家庭不得不出於經濟上的考慮而繼續維繫在一起。

然而，小說中賽珍珠卻給了女人們溫柔的撫慰，對她們的忍耐給予了肯定和理解，同時也充滿希望地宣揚了人性和家庭觀念。給她的諾貝爾文學獎授獎詞中這樣說道：「她的見解保持著其深刻而溫暖的人性。她完全客觀地把生命注入於她的知識，並且給了我們這部使她舉世聞名的農民史詩。」不管是當年還是現在，儘管對於賽珍珠獲得諾貝爾獎總存在爭議，但誰都無法否認，作品中的理想主義給了大蕭條時期的美國人一種心靈的慰藉。

米歇爾　Elisa　關寧

喬治敦女士俱樂部

美國華盛頓最老的城區——喬治敦曾經居住著幾位傑出女性，包括《華盛頓郵報》和《新聞週刊》的總裁凱瑟琳．葛拉罕、洛蘭．庫珀、伊萬傑琳．布魯斯和帕梅拉．哈里曼。她們生活在同一個圈子，有類似的興趣，在當時主要由男人主導的世界裡演繹出了一道獨特的風景。她們藉由在家裡舉辦的宴會來影響白宮的政治，或是改變著自己的命運。她們是上世紀 1950 年代美國上流社會的「欲望師奶」。

1966 年 11 月 28 日，作家楚門・卡波提為凱瑟琳・葛拉罕 (Katharine Graham) 在紐約舉辦了「黑白舞會」。這是自丈夫自殺以後，凱瑟琳的第一次社交亮相。（圖片出處／達志／東方 IC）

沒有什麼時候，女人與政治的關係能像現在般如此之近。尤其是當 2007 年 1 月 20 日，希拉蕊・柯林頓 (Hilary Clinton) 在自己的個人網站上貼出簡單的幾個英文字母——“I'm In”（我參選了）時，猶如重磅炸彈在美國政壇引發一波又一波的喧譁之聲。而對這位極有可能成為美國歷史上第一位女總統的種種討論猶如潮水般湧來。

事實上完全無需驚訝，在與丈夫柯林頓 (William Jefferson Clinton) 離開白宮後的幾年裡，這位曾經的美國第一夫人早已迅速地將自己的身分轉換成了民主黨參議員，並兢兢業業地穩步開拓著屬於自己的政治版圖，而丈夫柯林頓則退居幕後，成為妻子身邊的有力協助。

倘若時間往回倒退五十年，地點仍是美國，在那樣一個女人只能屈居幕後或者待在家裡相夫教子的年代，女人能投身政壇並且競選總統？幾乎完全不敢想像。然而時代的局限並沒有阻礙女人能力的施展。在那樣保守傳統的年代，「曲線救國」或許是女人接近政治這塊掛上了「女人止步」牌子的禁土的最佳方式。

她們或是出身名校或是出身望族，抑或本身聰明機敏。不問世事的平淡主婦生活並未束縛她們的手腳，而是憑藉自身能力，協助身居高位的丈夫順利達成工作，在仕途上更進一步。但權力的舞臺太小，她們不得不將所有的想像力傾注在可以實現和達到的事情上。

在美國的這五十多年女人與政治的關係歷史中，正是這樣一群特別的女性，用各自的力量將女性一步一步推動到政治的前臺。她們就是被雷根 (Ronald Wilson Reagan) 總統稱為「喬治敦女士俱樂部」的一群人。其中最為著名的是已故的《華盛頓郵報》集團和

《新聞週刊》的總裁凱瑟琳・葛拉罕，還有曾經在柯林頓當年競選總統的大選獲勝過程中作為幕後推手的帕梅拉・哈里曼 (Pamela Harriman)，她後來在柯林頓任期內擔任了美國駐法國大使。

美國的歷任總統及第一家庭大都與這群被稱作「喬治敦女士俱樂部」的女人們保持著良好的互動關係。儘管這些女人大多數並沒有直接參政，但各自所具備的影響力卻從沒有被低估過。因為她們所居住的地區位於華盛頓的中心——喬治敦。

曾經的政治中心地標

如果說華盛頓是美國的政治中心，那麼對上世紀 1950 年代到 1990 年代的華盛頓來說，喬治敦就是這個政治中心的重中之重。

喬治敦位於華盛頓城的西北方，始建於 1751 年，比華盛頓建市還早得多，一條名為 C&O 的運河靜靜地穿城而過。作為最古老的城區，它真正地迎來繁華卻是從二十世紀的 1930 年代開始。新一波受過良好教育的年輕人來到華盛頓工作，這些未來的政治精英們選擇了這個距離白宮僅一英里遠的地方定居。

這些居住者中最有名的是後來競選總統成功的甘迺迪 (John F. Kennedy)，當時身為眾議員和參議員的他和妻子賈桂琳 (Jacqueline Kennedy) 居住在喬治敦 N 街的 3307 號，直到 1961 年才搬出喬治敦。這使得喬治敦在甘迺迪當選總統的時期達到了潮流的最頂峰。

在這裡，越來越頻繁的聚會而且在聚會上繼續工作逐漸成為了一種生活方式。凱瑟琳・葛拉罕曾說，「大部分的政治決定都是在喬治敦的晚餐桌上做出的，其數量連白宮的橢圓形辦公室也趕不上。」

最開始的晚宴和社區裡的家庭聚會差不多，由包括凱瑟琳·葛拉罕一家在內的四對夫婦相約舉行，由主人提供一個熱菜，其他人則帶來沙拉、配菜和甜點。不過 1950 年代的華盛頓仍是男性主導的世界，延續著英式習慣。飯後男士們繼續留在客廳，舒適地散開來，一邊喝著白蘭地、抽著古巴雪茄，一邊談論政治。而女人們會去後院或者樓上的臥室繼續交流烹飪心得或者談論孩子。這樣的情況從 1960 年代才開始慢慢改變。

由於週日晚上僕人們放假，這樣的晚宴相當受歡迎，很快這些常客就帶自己的朋友前來。週日的晚宴喧鬧隨意、充滿爭吵，大家尖聲叫喊，盡情地吸菸喝酒，談論著國家政治。儘管週一要上班，但大都玩到凌晨三、四點才結束。而這群來參加週日晚宴的客人們也大都居住在喬治敦，從政府高官、金融業巨頭、報紙出版商到外交家，還有很多聞訊而來的媒體工作者和中情局的人。

喬治敦女主人們的舞臺

對於喬治敦的女主人們來說，既然嫁給了身為政治精英的丈夫，而且定居在了追逐權勢的首都華盛頓，就意味著自己人生的大部分不得不圍繞著丈夫的政治抱負而展開。

她們得有自己的職業，不然即使有著議員太太的身分，也不過是家庭主婦或是育嬰女傭的地位。所以，她們中的很多人選擇成為丈夫政治生涯的重要搭檔，讓丈夫離不開自己。而當她們敏銳地捕捉到華盛頓式的政治生活形態後，策劃聚會和宴請賓客就成為這些喬治敦女主人們施展能力的舞臺。

最初，這幫週日晚宴俱樂部的女人們成立了一個小組，名為烹飪班，在喬治敦的奧利弗街 2706 號持續活動了一年多。她們每週一下午碰頭，根據其中最會烹飪的太太茱莉亞・柴爾德 (Julia Child) 的創意，一起做一頓豐盛的飯菜，當然她們也會經常邀請丈夫們晚上來品嘗她們的傑作。不過，這個主婦烹飪班裡有條不成文的規定：男人們不許貶低妻子們的努力，不得批評食物做得不好。曾經有過某位男士在參加女人們的烹飪聚會時抱怨其中一道菜不夠可口，而從此被烹飪班的女人們拒之門外。

除了這些女人聚會，更為重頭的大戲自然是協助各自的丈夫所組織的聚會。這些聚會不是為著個人的娛樂休閒舉辦，而是帶著目的的社交活動，這需要這些女主人們不僅要品味不凡而且親和力十足。

「喬治敦女士俱樂部」裡的突出代表——曾經是大使夫人的伊萬傑琳・布魯斯 (Evangeline Bruce) 就是組織這類聚會的高手。在她的賓客名單上包括著來自各行各業的人士，從頻繁出現的政界精英、外交官、為競選提供資金的積極人士到活躍於報章的文藝界重要人物，都是她家的座上賓。這些各界要人都會在她組織的宴會上就自己投身的領域發言。在擔任大使夫人期間，伊萬傑琳成為喬治敦社交活動的中心人物。

對擅長宴請的伊萬傑琳・布魯斯來說，請客最重要的就在於「陣容」。邀請什麼樣的人以及座位的安排，全都大有學問。打散重組，讓不同類型的人自在交談，完全就是一門藝術。她對宴請賓客的獨到見解令當年白宮的禮賓司司長都深感佩服，每到準備宴請外國來賓時，都會去向她討教諮詢。

伊萬傑琳・布魯斯曾說：「要真正懂得請客的藝術，你得先接受這方面的培養和訓練。我喜歡把這個工作比作建築師，因為你必須設計和製造一個氛圍和環境，方便大家交流信息、做成生意。要成功地舉辦招待會，就需要一些道具。比如朋友、聯絡員、房子、傭人、銀器和瓷器。直率地說，你需要錢。但重要的是，如果你能辦好就能取得良好的效果。在我那個年代，如果你能把有權勢、風趣的人聚集在一起，到你的客廳來交流思想和意見，你就可以找到許多問題的解決辦法。」

而另一方面能夠顯示喬治敦女主人們絕佳能力的是，她們身為宴會女主人對每一個細節的把握。同樣也是「喬治敦女士俱樂部」中的參議員夫人洛蘭・庫珀 (Lorraine Cooper)，在展現品味和優雅氣質的裝飾擺設上毫不含糊。但和伊萬傑琳・布魯斯將屋子布置得極為精緻，裡面種滿奇花異草和將牆壁粉刷得五彩斑斕像個舞臺不同，洛蘭・庫珀更偏向於在房間的裝飾擺設上營造出溫暖的談話氛圍。這位曾被記者稱為「喬治敦的自白之母」的女人，很擅長於在聚會中激發人們談話的興致，這樣便可以多收集一些對丈夫事業有幫助的信息。

除了一般的晚會之外，洛蘭・庫珀更開創了每年一次的晚春遊園會，邀請喬治敦的參議員和太太們參加，後來慢慢發展到各界人士都參與進來，並逐漸變成了喬治敦的傳統節目。

喬治敦的不速之客們

正因為這幫女人們出色的幕後操持宴會活動，喬治敦的社交活動成為矚目的焦點，聞訊而來的不僅有媒體工作者，還有中情局的特務。

在甘迺迪時期，賈桂琳和其他女主人將喬治敦的晚宴社交發揮到頂峰。（圖片出處／Corbis）

儘管喬治敦地方不大，可是這裡有著最特殊的居民群，而喬治敦女主人們舉辦的聚會上所邀請的也都是重量級來賓，所以，這裡成為幾乎和白宮一樣重要的權力集中地，而且比白宮容易接近得多。當所有的重要人物都坐在了一張餐桌前，他們在就餐的空檔交換著對國家大事的意見，而且很多討論和建議都有極大可能付諸實施。假如在這樣的聚會上四處走動，就總能聽到關於國家時政的隻言片語。

於是在這一時期，很多中情局的官員也陸續加入到了喬治敦的週日晚宴俱樂部來，更不用說中情局的那些密探了。「他們通常身著一種進口的三件式西裝，看上去像是從常春藤名校畢業的，他們一邊喝著馬丁尼，一邊討論著要把第三世界某個礙手礙腳的香蕉共和國推翻。」最有趣的是，伊萬傑琳・布魯斯就曾經發現自己用過的最棒的廚師，竟然就是一名聯邦調查局的特務。

不僅如此，中情局還特別鼓勵居住在喬治敦的員工妻子們舉辦聚會，方便她們的丈夫收集信息。中情局會特別為這些社交活動買單，按每人一百美元的標準，支票由國務院經手支付。

除了情報特務的頻繁出入，愛收集信息的媒體工作者也常來參加喬治敦舉行的聚會。當然對於記者，喬治敦的居民是樂意並歡迎的，但僅限於諒解他們的工作只是從晚宴上聽到隻言片語，而形成對政策的揣測並找到些印證。如果某個記者直接引用了宴會上的原話，那麼就很難得到喬治敦晚宴的下次邀請。

身為《華盛頓郵報》集團總裁的凱瑟琳・葛拉罕就常會介紹自己手下工作的媒體記者來參加喬治敦的晚宴，這其中包括後來也到喬治敦居住並成為「喬治敦女士俱樂部」一員的記者莎莉・奎因 (Sally Quinn)。

作為《華盛頓郵報》時尚版的全職聚會專欄記者，莎莉・奎因頗有心計，她擅長在宴會上讓對方滔滔不絕，而且有著一雙敏銳的眼睛和耳朵，能捕捉到最生動的細節。她的晚宴報導不同於前輩同行們極為恭謹且平淡的記錄，總是尖銳辛辣地記錄著上流社會晚宴的一些荒誕和傳奇。這個手法徹底改變了以往晚宴報導枯燥傳統的風格，也讓她成為《華盛頓郵報》歷史上最受歡迎、最引人注目的記者。

喬治敦的時代已逝

儘管這些喬治敦的女主人們都曾在自家的客廳裡大宴賓客，

微妙地影響著政治的走向。但那種甘居幕後的時代畢竟是過去了。

壁爐裡的火在熊熊燃燒，精美的古董銀質燭臺燭影閃爍，在溫暖的爐火和柔和燭光的映照下，大家閒適地手拿酒杯，三三兩兩地討論時事……。這些發生在喬治敦的晚宴的客廳生活片段作為美國優雅生活的記憶，印刻在很多人的心裡。

而一手策劃並實施這些晚宴的喬治敦的女主人們，她們成功地把這些政治精英們從市區的會所、酒店或是大使館聚集的 16 街拉到了喬治敦這片新興的社區。女主人們就像是聚會的黏合劑，接納誰、不接納誰，誰有意思、誰很乏味，誰坐在誰的旁邊，誰來活躍氣氛、誰應當被驅逐。她們掌控著整個喬治敦的宴客之道。

但從 1980 年代中期開始，喬治敦的吸引力開始大不如前，伴隨著「喬治敦女士俱樂部」這一批女主人們的相繼離世，很多權勢者也漸漸搬離喬治敦。現在的喬治敦到處是年輕一代的商人、學生和資訊科技界新興人士，已不再是影響社會政治的中心。

而更重要的原因是，當歷史運轉到現在，女性已經擁有了直接進入政府機制的機會。就像現在的希拉蕊出來競選總統，更是為女性開闢出了更新、更廣闊的舞臺。而喬治敦這塊窄小之地對這些權力很大的女主人們來說，已經變成了多餘。

喬治敦的「欲望師奶」們

如果說電視劇裡的中產階級欲望師奶們是在紫藤鎮上展開著她們的喜怒哀樂、悲歡離合，那麼現實中，喬治敦也在上演著上流社會版的「欲望師奶」。

一位曾居住於喬治敦的女人說過,「這是一個男性占主導地位的華盛頓。男人不想自己的女人拋頭露面或是有自己的想法。」儘管這句話並不完全適用於「喬治敦女士俱樂部」的這幫女人。她們聰明有腦,可是仍然受時代所限,她們的事業依附著丈夫而生,而婚姻家庭方面也問題連連。

凱瑟琳・葛拉罕:傳媒帝國的女王

曾有人說,凱瑟琳・葛拉罕是繼維多利亞女王之後世界上最有影響力的女人。不僅因為她手中握有全美最頂尖的媒體——《華盛頓郵報》和《新聞週刊》,更因為在她的任期之內,水門事件最早由《華盛頓郵報》曝光。

凱瑟琳・葛拉罕的自傳《個人歷史》的封面(圖片出處/ Rizzoli, 1997)

儘管這個叫凱瑟琳的女人聲名顯赫,但她的人生卻幾乎可以簡單到一分為二:前半生她的名字與菲爾・葛拉罕 (Phil Graham) 緊緊連在一起,是個沒有自信的家庭主婦。而後半生才是叱吒傳媒界的好手。她曾經在自傳《個人歷史》裡面這麼剖析自己,「我們這一代的許多人都認為女人在智力上不如男人,我們沒有治理、領導、管理的能力,我們就應當以持家、創造良好的家庭氛圍、相夫教子為生活的中心。很快我們就為這種想法付出了代價：我們大部分女人變得確實不如男人了。」

出身富有的凱瑟琳 1940 年下嫁給了哈佛法學院的畢業生菲爾・葛拉罕。如她自傳所說，開始了一個普通家庭主婦的生活。而菲爾在換過幾份工作之後終於答應了岳父的邀請，開始領導凱瑟琳家族旗下的報紙——《華盛頓郵報》。很快這個法律系的高材生獲得了巨大的成功，報紙開始盈利。

但從 1954 年起，兩人的婚姻就逐漸暴露出了難以克服的問題。菲爾酗酒，一旦喝多了就會和凱瑟琳發生激烈爭吵。而且還常常在晚宴上當眾用刻薄的語言取笑凱瑟琳，讓她覺得自己一無是處。這和小時候凱瑟琳母親打擊她自信的方式相差無幾。同時菲爾還會時不時地出軌，儘管凱瑟琳從來都沒有察覺或者不願察覺。

直到他漸漸表現出患有嚴重的躁鬱症的跡象，開始向凱瑟琳攤牌自己過往情史。並帶著情婦四處出差，宣告這是自己的未婚妻，他們成為喬治敦眾人茶餘飯後的八卦談資。在他精神疾病嚴重之時，還試圖收購凱瑟琳家族的《華盛頓郵報》的股票。不過很快，他就陷入低迷的情緒中，他選擇回到凱瑟琳身邊接受治療，不久就在家中吞槍自殺。

丈夫自殺之後，凱瑟琳很快接手了所有的《華盛頓郵報》經營活動，這對一直當家庭主婦的女人來說極為不易。一開始她不善言辭，但很快她的性格就起了變化，並全面接管了《華盛頓郵報》。此時的總統詹森 (Lindon Baines Johnson) 非常在意新聞界對自己的看法，而與故交的遺孀保持著友好往來。詹森曾經叫自己的新聞祕書和凱瑟琳聯繫，指責她手下刊物的報導失實，卻被凱瑟琳用軟釘子擋了回去。

到 1966 年，凱瑟琳已經將《華盛頓郵報》經營得十分出色，她也變得更有信心。一次在喬治敦的晚宴上以「我的報紙明天一早還得出」的理由，她拒絕了主人要求遵循男女分開談話的習俗，最後，主人不得不讓步將她留了下來。

她的好友，也是另一位知名「喬治敦女士俱樂部」裡的一員——伊萬傑琳・布魯斯曾評價說，凱瑟琳辦得最好的聚會，是丈夫自殺後她一人主持的那些聚會，對所有追逐權勢的人來說，只有得到了她的款待，才意味著真正進入了政治圈。

伊萬傑琳・布魯斯：大使夫人中的典範

伊萬傑琳，這個被季辛吉評價為「最出色的大使夫人」的女人，比起凱瑟琳・葛拉罕來更時尚，更懂得穿衣，也更為瀟灑自信。連賈桂琳・甘迺迪都曾經把伊萬傑琳看做自己的榜樣之一，而且稱讚她「在這樣一個大家都不懂得優雅、沒有想像力、缺乏美德的年代，開創了一個新時代」。

伊萬傑琳出生在外交官家庭，父親曾出任過多個國家的外交官，後來因為一次酗酒從臺階上摔下死了。之後伊萬傑琳和妹妹跟著母親搬去巴黎。之後的十年裡，伊萬傑琳和妹妹大部分時間都在歐洲各國遊歷。這種從小就跟隨著父母在不同的國家之間遊歷、成長的經歷，使她天生就具備了出色的外交才華。最後她還是回到美國，並定居下來。

1942 年，二十八歲的伊萬傑琳遇到了大她十六歲的大衛・布魯斯 (David Bruce)，因為伊萬傑琳的多國語言天分，她應聘成為他的私人助理。一向就迷戀年長男士的伊萬傑琳很快和大衛擦出了火花，此時大衛和患有憂鬱症的妻子艾爾薩・梅隆正處於分居當中。1945 年大衛成功地與妻子離婚並和伊萬傑琳舉行了婚禮。

結婚之後，布魯斯夫婦的關係一直很好，在喬治敦的朋友們眼中，他們是叫人羨慕的一對佳偶，名副其實的一對快樂夫婦。但是也曾有記者披露其實這對夫婦保持著歐洲式的婚姻，他們各有一個情人。這一點也在其他的朋友和熟人間得到了證實。

婚後，大衛・布魯斯的事業也蒸蒸日上。他當上了美國駐法國大使，後來又成為駐西德、英國以及其他國家的大使，而伊萬傑琳也成為丈夫身邊最得力的助手。

無論是在法國或是其他國家，伊萬傑琳所舉辦的宴會都得到一致讚譽。她懂得時尚，更懂得該如何布置房間讓它們協調搭配，讓客人感覺舒服，更瞭解怎麼把美國的做事方法和歐洲的規矩有效結合起來。連大衛・布魯斯都說他之所以成功的關鍵，就是他的「祕密武器」——深諳外交之道的妻子伊萬傑琳。

洛蘭・庫珀：賈桂琳的忠實顧問

洛蘭・庫珀作為賈桂琳・甘迺迪的顧問，和賈桂琳相識於 1940 年代後期，她和伊萬傑琳・布魯斯在賈桂琳早年的成長中起著重要的作用。

洛蘭出生於一個商人家庭。1923 年，在好友的成人禮舞會上，她結識了她的第一任丈夫並很快就結婚了，這時她僅十七歲。不過此時的她已經算是時尚的化身，精通如何穿衣打扮。接著在 1935 年，洛蘭結識了英俊迷人的紐約名流馬球運動員，很快兩個人打得火熱。丈夫迫於無奈不得不與洛蘭離婚。離婚後的第二天，洛蘭便與馬球運動員結婚了。

曾經與她交往親密的朋友這麼評價她：「她有很強的領悟力，而且懂得策略和技巧，所以能成功地適應作為參議員夫人和社交名流太太兩種不同的身分，而且都做得很好。」

不過好景不長，她和馬球運動員的婚姻再次宣告結束。洛蘭從紐約搬到了華盛頓，並開始了她的人生新旅程。她開始積極地舉辦宴會，結交朋友，她的獨創性和幽默感都深深吸引著身邊的人。她所舉辦的聚會，不僅是圈內人士互相結識的好去處，同時也是認識其他行業有吸引力的人的地方。曾有人稱她的沙龍為「理想的去處」。

在這些來沙龍的人裡面就有當時尚未嫁人的賈桂琳。後來她與甘迺迪的婚禮舉行的時候，洛蘭送了一個活頁夾給賈桂琳，裡面手寫著五十條婚姻維護訣竅——「一個從來不懂得維護婚姻的人致」。這個自助指導的最後一項是這麼寫的——「如果你的丈夫不得不背叛你，你也背叛他，或者給自己買個鑽石頭飾，再把帳單寄給他。」在賈桂琳結婚之後，她也和戀愛很久的參議員約翰・謝爾曼・庫珀 (John Sherman Cooper) 舉行了婚禮。

賈桂琳在很多問題上都詢問洛蘭的意見，從穿衣打扮到言談，甚至她和甘迺迪在喬治敦買的別墅也先徵詢了洛蘭的看法。在賈桂琳透露很害怕和甘迺迪一起參加競選時，洛蘭教她一些競選技巧，包括記住別人的姓名和長相的重要性。

不僅是賈桂琳，很多喬治敦的女主人都愛向洛蘭傾訴心聲。凱瑟琳・葛拉罕一直是她的好友加牌友，她把和菲爾婚姻中出現的問題告訴洛蘭；伊萬傑琳・布魯斯則和洛蘭詳細討論自己和大

洛蘭・庫珀與約翰・謝爾曼・庫珀 1955 年結婚後，去了印度。當時約翰是美國駐印度大使。

衛・布魯斯的婚姻，她們還詳細交流一些隱祕的調情經歷。基本上在喬治敦的女人眼裡，洛蘭・庫珀是那種能夠打破傳統既定女性形象的代表。

帕梅拉・哈里曼：愛搞「影子陰謀」的權勢女人

帕梅拉・哈里曼比凱瑟琳小三歲，比伊萬傑琳小六歲。跟她們兩人一樣，她從小也是生長在一個富有且享有特權的環境裡。

她的第一任丈夫是赫赫有名的邱吉爾 (Winston Churchill) 的

兒子——魯道夫・邱吉爾 (Randolph Churchill)，結婚一年之後，她就與當時大她三十歲的美國已婚政客哈里曼 (William Averell Harriman) 發生了婚外情。不僅如此，她還與其他很多人傳出緋聞，婚姻難以持續下去，她和第一任丈夫離婚了。

離婚之後她仍緋聞不斷，最終她來到紐約，嫁給了美國明星經紀人利蘭・海華。帕梅拉花錢奢侈，結婚七年後，利蘭・海華因病去世。帕梅拉繼承了丈夫的全部遺產。此時的她找回了自己的舊情人——剛喪妻的哈里曼，兩人悄悄地舉行了婚禮，並住進了喬治敦。

哈里曼與即將作新娘的帕梅拉在華盛頓散步。

她將已年邁的丈夫照顧得無微不至，凱瑟琳・葛拉罕就非常欣賞帕梅拉，常會過來和哈里曼做伴。同時，帕梅拉因為哈里曼和政治的關係，從五十歲開始表示對政治突然覺醒了。在伊萬傑琳・布魯斯的眼裡，帕梅拉不過是個「機會主義者」。但是這個擁有財富的女人開始向政治的方向邁進，而且表現得極有毅力。她學習演講，並在她身邊匯聚了不少政府要員和前途遠大的年輕人，身為政治家的丈夫也給她不小的影響。

在丈夫的支持下，帕梅拉建立了自己的政治關係圈，在喬治敦舉辦的那些頻繁的政治籌款聚會將帕梅拉的名聲推向頂峰。後來為柯林頓的上任籌集資金讓她成為美國駐法國大使，她用自己的表現印證了自己具備冷靜鎮定的政治家的直覺和洞察力。幾乎可以說，這是個一直堅持做自己的女人。

愛里司

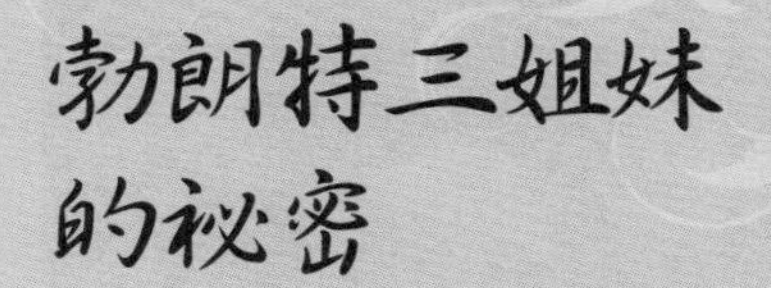

勃朗特三姐妹的祕密

重拍《咆哮山莊》的新聞吸引了人們的視線，娜塔莉・波曼將飾演小説中的女主人公凱瑟琳，這讓人們重新激起對勃朗特姐妹的探尋。在英國的文學史上，勃朗特姐妹大概是最著名的文學姐妹——夏綠蒂・勃朗特的《簡愛》、艾蜜莉・勃朗特的《咆哮山莊》以及安妮・勃朗特的《艾格尼斯・格雷》在經過一百六十年的漫長時光的洗禮後，至今仍然是女性精神成長的教材。

然而除了她們的小説中洩露了一些她們隱祕的美麗與哀愁以外，她們短暫的生命大多被掩埋在孤獨的陰影中，在她們去世後的一個半世紀裡，眾人仍在解密她們謎一般的情感世界。

布蘭威爾所繪三姐妹的畫像，畫中安妮十五歲（左），艾蜜莉十七歲（中），夏綠蒂十九歲（右），原本布蘭威爾把自己畫在艾蜜莉和夏綠蒂的中間，但是不知道為什麼被塗掉了，只留下一片陰影像個幽靈般站在三姐妹的背後。（圖片出處／Corbis）

荒原的女兒

在勃朗特姐妹生長的地方，屋後是一望無際的荒原，在她們短短幾十年的生命中，這片土地不僅接納了她們親人的軀體，荒原和狂風的冷漠孤寂幾乎融入了她們的血液，她們就是這荒原的女兒。

將時光倒回 1812 年的英國，在約克郡的一所學校中，勃朗特姐妹的父母帕特里克和瑪利亞・布蘭威爾相遇了，他們幾乎是一見鍾情，在同年的冬天，這對年輕人就舉行了婚禮。

母親瑪利亞並沒有什麼特殊之處，她出身於一個富庶的商人家庭，容貌並不出眾，但性格卻純善溫柔，她除了孕育了勃朗特姐妹的生命以外，對她們最大的影響恐怕就是她的英年早逝最早開啟了勃朗特姐妹對死亡的認識，把孤獨的種子早早埋在她們那無法癒合的心靈創傷中。

從帕特里克的奮鬥史來看，他算是個典型的「鳳凰男」。帕特里克原姓勃朗蒂 (Brunty)，出身於一個移民自愛爾蘭的農民家庭，儘管根據家族姓氏的傳說來看，「勃朗蒂」這個姓氏在愛爾蘭曾是一個名門望族的標誌，但是到了帕特里克這一代，他僅僅是這個貧寒家庭中眾多的十個孩子之一。然而在他的前半生，命運之神相當照顧這個農家小子。帕特里克不僅容貌英俊，且非常好學，力圖藉著自學掌握做一個「體面人」應該具備的知識。十六歲那年，他離開了自己的鄉村到更大的城市裡去闖蕩，在一所教會學校他得到一份教師的工作。與其說教書，不如說這個時候他開始接觸正規的教育，完善自己的履歷。二十五歲那年，在一個牧師的舉薦下，他順利進入劍橋大學的聖約翰學院，就在入學註冊的時候，他隱瞞了自己的出身，將姓氏改成了「勃朗特」(Brontë)。最終，帕特里克在劍橋獲得了文學學士的學位，並成為一名牧師。對於一個農民出身的窮小子，這個轉變是相當不易的，因為當時擔任牧師一職的往往是出身貴族家庭，但無權繼承財產的公子哥兒們。而他恐怕也沒有想到，這個他偷偷更改過的姓氏在後來的一百多年裡，將藉由他的女兒們名揚天下。

布蘭威爾繪製的四姐弟圖，原本這是一幅油畫，但在夏綠蒂死後，不知什麼原因被其丈夫尼科爾斯焚毀，只留下圖畫的草稿。

勃朗特三姐妹故居

在約克郡的桑頓，1816 年夏綠蒂誕生了，次年勃朗特夫婦唯一的兒子布蘭威爾也來到了這個世界，緊接著 1818 年，他們又迎來了艾蜜莉的出世，而 1820 年，他們最小的孩子安妮也降生了。而在這四個孩子之前，勃朗特夫婦已經有了兩個女兒——瑪利亞和伊麗莎白。

六個孩子的降生帶來的是無盡的希望和歡樂，這是勃朗特家最熱鬧、也最幸福的時光，遺憾的是，這幸福的畫面並沒有停留太長時間。

安妮出生後不久，勃朗特一家搬進了哈沃斯的牧師住宅。哈沃斯牧師住宅建在一個小山頂上，是一幢兩層的小樓，小樓直面著聖邁克爾教堂的鐘樓，在住宅和教堂中間環繞密布的是碑林稠密的墓地，穿梭其間就像時刻行走在死亡之間。而在山後是一望無際的荒原，像頭暗色的巨龍背負著蕭瑟無垠的景致。這片荒原終年被陰霾覆蓋，狂風呼嘯著從山上席捲而過。為了抵禦這暴君般的狂風，這一帶的民居全部用石頭疊成，包括哈沃斯牧師住宅。這就是勃朗特姐妹從小生長的環境，在她們短短幾十年的生命中，這片土地不僅接納了她們親人的軀體，荒原和狂風的冷漠孤寂幾乎融入了她們的血液，她們就是這荒原的女兒。

1821 年，勃朗特姐妹的母親瑪利亞因患癌症去世了，此時最大的孩子瑪利亞才七歲，最小的孩子安妮只有一歲多。獨自撫養六個兒女對於帕特里克來說是一個艱難的職責，作為一名牧師，他要負責的還有整個哈沃斯的教民。1823 年，帕特里克把四個年長一些的女兒送到了柯文橋牧師女兒學校，這所學校學費低廉，服務對象正是那些家境貧寒的牧師們。至今，人們幾乎一致認定這所學校就是《簡愛》(*Jane Eyre*) 中讓簡失去她最好朋友海倫的那所羅沃德孤兒院的原型。事實上，這所學校確實苛刻並缺少人情味，唯一值得一提的是非常注重衛生。但就是在這所非常注重衛生的學校，瑪利亞和伊麗莎白入學僅僅七個月就感染上了肺結核，十九世紀時肺結核是不治之症，在五個星期之內，姐妹兩人相繼去世。在《簡愛》中，海倫就是夏綠蒂姐姐瑪利亞的化身——是她告誡簡愛不要沉溺於自己的憎恨中。兩個女兒的離世讓帕特里克迅速把夏綠蒂和艾蜜莉接了回來，並在很多年內，再也沒有興起把兩人送到寄宿學校的念頭。

如何成為 The Brontë Sisters

受父親的影響，勃朗特姐妹極富幻想，從父親那裡聽到的故事和閱讀的書籍漸漸在她們體內發酵，轉化成

她們創作的養分。由於所處時代對婦女的偏見，她們不得不化身為貝爾兄弟進行創作，並最終以大名鼎鼎的「勃朗特三姐妹」的真面目示人。

天賦與缺陷

幾年內喪失妻女的悲痛，讓帕特里克把所有的期望都傾注於餘下的四個孩子身上。作為劍橋畢業的文學學士，帕特里克有著不俗的文學品味，甚至出版過幾部詩歌集。作為愛爾蘭人的後裔，他很擅長講故事，小勃朗特們經常圍繞在父親的膝前，聽父親繪聲繪色地給他們講述愛爾蘭古老的傳說，帕特里克常常在講述中即興加入自己創作的新情節，讓這些故事充滿新鮮的活力。伴隨著窗外呼嘯的風聲，這些故事彷彿就發生在這荒原之上。

帕特里克雖然自己沒有實現在文學上的抱負，但他把這些兒女看做他最優秀的作品。他允許兒女們自由地閱讀各種書籍和報刊，並為他們精心甄選經典名著。

受父親的影響，勃朗特姐妹極富幻想，從父親那裡聽到的故事和閱讀的書籍漸漸在她們體內發酵，轉化成她們創作的養分。在兒時的遊戲中，她們和布蘭威爾經常自編自演各種劇目，幾個木質士兵玩偶在他們手中就能創造一個新的王國，在這些王國中，她們和布蘭威爾創造了一個又一個鮮活的人物，並為這些人物編制各種各樣命運。這個創造王國的遊戲一直持續到他們成年，直到勃朗特姐妹成為正式的作家為止。而事實上，這些幻想的王國就是勃朗特姐妹未來創作的基石，尤其對於艾蜜莉來說，她的《咆哮山莊》(*Wuthering Heights*) 就脫胎於其中岡德爾王國的一個貧寒棄兒愛上岡德爾女王的故事。

在小勃朗特中，最早顯露才華的並不是那幾個後來蜚聲國際的姐妹，而是唯一的男孩——布蘭威爾。布蘭威爾在家中發起了一本只有巴掌大小的雜誌——《少年男子》，每期的文章由幾個孩子自編、自寫、自讀，內容涉及文學、政治評論、地理等等。

女人最壞的時代

對於生活在十九世紀上半葉的女性來說，這不是一個幸運的時代。往前看，以往的年代，只有上流社會的女孩可以和男人一樣從小受到良好的教育，如在文藝復興時期，許多貴族女性由於在藝術上的高端品味，成為藝術家的資助者和庇護人。從十八世紀開始，隨著工業革命的到來，女性開始以良好的教育為榮，上流社會的貴婦生活並沒有多大改變，她們依然享受著良好的教育，然而這種風氣蔓延到中產階級，在中產階級家庭，父母以自己的女兒不會家務為榮，因為這代表他們有足夠的經濟實力聘請得起傭人。在珍・奧斯汀 (Jane Austen) 的小說《傲慢與偏見》(*Pride and Prejudice*) 中，有一個細節，晚飯後，柯林斯先生討好地問：「是哪位表妹燒得這一手好菜?」班內特太太馬上反駁說，她們家還用得起一位像樣的廚子，不用女兒過問廚房裡的事情。奧斯汀時代的風氣一直持續到勃朗特姐妹時代，中產階級的女人們因此有了更多的時間去閱讀和掌握知識。

這個時代對於女性來說是缺乏保障的時代，因為儘管掌握了基本的讀寫及音樂繪畫等知識，然而，正規的系統教育對大多數女性卻是可望不可及的事情。她們無法有充足的技藝自力更生。況且這個時代除了教師和女裁縫師以外，社會幾乎沒有什麼工作允許女性去從事。而作為教師，這些女性也只能教一些淑女應該具備的才藝——閱讀、彈琴、儀態、法語、針線活等等。如果說婚姻是大多數婦女唯一的出路的話，這條路也充滿了危險的荊棘。首先，這個年代的英國，有五十萬「多餘的」女性終身未能結婚，老處女幾乎成了社會普遍的現象，而對已婚的婦女來說，一個女性的財產在婚後就成為了丈夫的財產，她們對孩子也沒有所有權。如果離婚就意味著她不僅要支付高額的離婚費，且財產和孩子要全部歸丈夫所有。

在這樣一個嚴峻的時代，帕特里克作為一個父親，他不得不為女兒的將來著想，作為牧師，房子在自己死後將會被教會收回，而萬一自己的女兒成了老處女，她們總要有一個謀生的手段。

1830 年，一場差點讓帕特里克喪命的疾病讓他再次決心將女兒夏綠蒂送進學校，而這次的安排是老父親為女兒前途著想的一片苦心。1831 年，聖誕節剛過不久，夏綠蒂就被送往露海德學校。然而，天賦異稟的人，往往也帶著天然的缺陷，讓他們難容於世。儘管童年的生活充實了勃朗特姐妹們的精神生活，但封閉的家庭環境不僅讓她們異常留戀家園，還普遍患有社交恐慌症，每當面對陌生人，她們都感到局促不安，她們敏感的觸覺和不流於俗的精神家園讓她們在世俗的人群中備感孤獨，而當她們置身於一個陌生的環境中時，就像一隻被剝掉外殼的軟體動物，暴露在空氣中，難以適應。

在這裡她的寒酸的衣著和濃重的愛爾蘭口音成為同學們嘲笑的對象。不過，在這裡夏綠蒂結識了兩位終身的摯友——艾倫・

1996 年法蘭克西弗拍攝的《簡愛》氣質陰沉憂鬱，非常符合夏綠蒂的荒原氣質。（圖片出處／ Corbis）

納西 (Ellen Nussey) 和瑪麗・泰勒 (Mary Taylor)，這兩個朋友和夏綠蒂一樣都有著獨立的思想和對文學藝術的追求，正是這兩位摯友在她寂寞的成年歲月中給了她無盡的安慰和鼓勵。令人驚異的是，在勃朗特三姐妹中，也只有夏綠蒂交到了同胞姐妹之外的朋友，在艾蜜莉和安妮的一生中，從沒有朋友的影子閃現過。

1835 年，布蘭威爾到倫敦去學習美術，艾蜜莉也被送到了露海德學校學習，此時夏綠蒂已經是露海德的一名教師。但是和姐姐在同一所學校，並沒有改善艾蜜莉孤獨的境地，她遭受到姐姐最初到學校來學習時承受的一切嘲笑。但是她明顯不具有夏綠蒂堅強的神經，在同學中，她感到窒息，在壓抑的心情和對家鄉極度的思念下，艾蜜莉迅速枯萎了下去，開始高燒不斷。這把夏綠蒂嚇壞了，她趕忙把妹妹送回家，才避免了艾蜜莉病情的惡化。

艾蜜莉回家後，安妮代替她進入了露海德學習，儘管安妮和姐姐們一樣敏感孤僻，但她的性格比起剛強易折的艾蜜莉卻更加溫柔堅忍，她強忍著不適待了下來。

接受了正規的教育後，一直到 1841 年，幾年間，為了補貼家用，勃朗特姐妹先後都擔任過女子學校的教師或者家庭教師。這是一段讓她們備感枯燥、壓抑的經歷，在學校裡，每天十幾個小時的工作讓她們喪失了創作的樂趣；而作為一個家庭教師，在當時那個時代，這是一項社會地位低賤的職業，主人只是將家庭教師當做高級傭人，勃朗特姐妹常常在面對主人的傲慢和平庸時感到屈辱。在這樣的環境中，她們既得不到主人們的尊重，又無法從粗魯無知的廚娘女僕們那裡得到友誼的回應。《簡愛》中簡在羅徹斯特莊園裡孤寂尷尬的境地，以及《艾格尼斯・格雷》(*Agnes Grey*) 裡難以排遣的濃郁寂寥感，就是夏綠蒂和安妮在當家庭教師時的親身體會。

匿名寫作

當教師的經驗讓勃朗特姐妹曾經想過要開辦一所學校，這樣她們姐妹就不用寄人籬下，也不用再忍受和家人分別的痛苦了。為了這個計畫，1842 年夏綠蒂和艾蜜莉特地來到比利時學習法語，然而因為招不到學生，辦學校的計畫最終流產了。1845 年，夏綠蒂偶然間發現了艾蜜莉的一本詩歌手稿，妹妹的詩歌造詣讓夏綠蒂驚呆了，這個發現讓夏綠蒂突然升騰起以寫作為職業的想法。儘管艾蜜莉因為姐姐偷看了自己的詩稿而氣急敗壞，但夏綠蒂仍然勸服兩個妹妹參與她的計畫，夏綠蒂很清楚她所處的時代對婦女是有偏見的，於是她們分別化名為柯勒・貝爾、埃利斯・貝爾和阿克頓・貝爾，將自己的性別隱藏起來，自費出版了《柯勒・貝爾，埃利斯・貝爾和阿克頓・貝爾詩集》。然而，因為沒有有名的評論家捧場，這本詩集並未引起人們的注意，詩集銷量慘澹。

弟弟布蘭威爾提醒她們寫詩是賺不到錢的，如果真的以寫作為生的話，要寫就寫小說，對弟弟的這個意見，夏綠蒂深有體會。1847 年，夏綠蒂完成了《教師》(*The Professor*) 一書，而艾蜜莉的《咆哮山莊》和安妮的《艾格尼斯・格雷》也相繼完稿，在這些書的署名上，她們繼續沿用了貝爾兄弟的名號。

向出版社推銷她們的作品幾乎花了和她們寫書一樣長的時間，最終一家小出版社接納了《咆哮山莊》和《艾格尼斯・格雷》，但夏綠蒂的《教師》連續被七家出版社拒絕。直到她將書稿郵寄給了史密斯・埃德爾出版公司，雖然仍然沒有出版，但是當時的資深編輯威廉・史密斯卻給了夏綠蒂鼓舞。拋卻《教師》的失敗，夏綠蒂開始著手寫《簡愛》，《簡愛》完成後，她將書稿第一時間郵寄給了威廉・史密斯，史密斯幾乎是一口氣看完書稿的，他深深被簡・愛的故事所折服，第二天就把書稿推薦給了公司年輕的董事喬治・史密斯，據說喬治・史密斯接到書稿後連飯都沒顧上吃，直到深夜將書稿看完。緊接著，喬治・史密斯付給夏綠蒂一百英鎊的稿酬買下了《簡愛》的出版權，並願意以同樣的稿酬預定她接下來的兩部作品。這筆收入在當時不是一筆小數字，但夏綠蒂拒絕了將自己後面的書稿以同樣的價格賣斷，事實證明夏綠蒂非常自信，幾年後，當夏綠蒂出版《雪莉》(*Shirley*) 和《維萊特》(*Villette*) 的時候，她的稿酬已經漲到了五百英鎊。

1996 年版的《簡愛》裡，女演員夏綠蒂・金斯伯格終於讓人們看到一個令人信服的女主角——默默無聞、相貌平凡以及個子矮小。相較之下，以往的許多版本的簡愛都長相過於甜美。

1847 年 10 月，《簡愛》迅速出版了，而《咆哮山莊》和《艾格尼斯・格雷》還未排版印刷，直到兩個月後才姍姍上市。《簡愛》面市後，這本小說塑造的一個追求平等和獨立的平民女性形象，在讀者中非常有號召力，第一版的二千五百冊迅速售罄，但是《咆哮山莊》裡希斯克利夫與凱瑟琳的愛情卻未能為當時的讀者所理解，它被認為擁有一個惡棍般的主人公，他們的愛情不符合傳統的道德標準。而《艾格尼斯・格雷》這部多年來被讀者讚嘆具有優美的孤寂氣質的作品，在當時卻並沒有引起什麼關注。

但是無論如何，《簡愛》讓柯勒・貝爾走紅了。而勃朗特三姐妹對自己的身分一直守口如瓶，夏綠蒂連自己最好的兩位朋友艾倫・納西和瑪麗・泰勒也沒有坦白。直到猜測和傳說越演越烈，人們甚至認為《咆哮山莊》和《艾格尼斯・格雷》也是這位作者化名的作品，夏綠蒂和安妮才不顧艾蜜莉的強烈反對，一起來到了出版公司，第一次以真面目示人。

隱祕的情感

除了夏綠蒂有過一段熾熱的愛情和一段婚姻外，關於艾蜜莉和安妮卻鮮有對她們感情世界的記錄。於是，一個半世紀以來，人們總是喜歡津津樂道《簡愛》的夏綠蒂和羅徹斯特原型的浪漫曲，或者去揣測，究竟是什麼樣的經歷讓《咆哮山莊》中希斯克利夫和凱瑟琳之間熾烈的感情從艾蜜莉這樣孤僻的女子手中誕生。實際上，在這些作品背後隱藏著更隱祕的情感，關於愛情，也關於親情。

《簡愛》的隱情

《簡愛》中的羅徹斯特並不英俊瀟灑，但長久以來卻俘獲了大量女性的心。誰是羅徹斯特?

大部分人都認為《簡愛》男主人公羅徹斯特的原型是夏綠蒂在比利時學習時的法語老師黑格爾 (Constantin Héger) 先生。確實，這個男人是敲開夏綠蒂心房的第一個男人。

黑格爾先生是黑格爾學校女校董的丈夫，他博學多才，有很深的文學造詣，在夏綠蒂和艾蜜莉孤僻的外表下，他最先注意到這兩個女學生的出眾才華，他鼓勵她們發展自己的文學才能，並為她們精心設置課程。同時，他身上具有一種羅徹斯特般男性粗野的活力，他的情緒容易激動，有些時候甚至顯得有些粗魯而不拘小節，這一切深深地吸引著夏綠蒂。她把最熾烈的愛情獻給了這位老師，為了他，她甚至克制自己在異鄉的孤獨感，在畢業後繼續留在黑格爾學校做教師。但是，這個已婚男人過得很幸福，有一位美麗且富有的妻子和幾個可愛的孩子，在他眼裡，夏綠蒂的愛情是一個年輕學生帶給他的危險的困擾，他從未回應過夏綠蒂。最終，夏綠蒂傷心欲絕地回到了哈沃斯的姐妹身邊，然而對黑格爾的思念讓她感到自己像「一個奴隸，被一個擺脫不了的念頭所統治，這個念頭已經成了統治她頭腦的暴君」。直至一兩年後，在給黑格爾先生的一封信裡，她仍然對這份感情戀戀不捨：「我現在盡力忘掉你……當一個人受到這種焦慮的煎熬達一兩年後，他會願意做任何事情獲得心靈的寧靜。」

夏綠蒂暗戀的法語老師黑格爾先生

這份得不到的愛情對於夏綠蒂來說是刻骨銘心的，於是在《簡愛》中她設計了簡愛和羅徹斯特相互愛慕的熱情，以及在精神上的契合，但同時又將羅徹斯特設計成一個已婚的男人，兩人愛情最大的阻礙是中間那個殘忍的瘋妻子。

除了為夏綠蒂一份無著落的愛情圓了夢外，《簡愛》還袒露了她在家庭中被深深隱藏起來的孤獨和矛盾。簡愛是一個孤女，從小被舅舅收養，但慈愛的舅舅卻總是照顧不到她，她總是受到表哥約翰的欺負和兩個表姐妹的排擠。如果為約翰兄妹找一個原型的話，結果是令人吃驚的，因為他們影射了夏綠蒂的手足布蘭威爾、艾蜜莉與安妮。

在勃朗特一家中，由於布蘭威爾是唯一的男孩，全家人都把他視為未來的希望，他早年顯露的文藝才華，也讓人們普遍認為他比幾個姐妹具有更高的天分，在童年時代布蘭威爾是孩子王，姐妹們的領袖和統治者，尤其主宰著夏綠蒂的世界，因為在童年的遊戲中他們兩人創造著同一個虛幻世界——「安格利亞王國」。而在三個姐妹中，儘管大家的感情很好，但是艾蜜莉和安妮更親密一些，夏綠蒂甚至稱呼她們兩人像「雙胞胎」一樣，而她們兩人有著和「安格利亞王國」沒有交集的「岡德爾王國」，這是她們隱祕的世界。這一切讓夏綠蒂心中一直暗暗滋生著對家庭的孤獨感。而羅徹斯特身上還寄予著她對父愛的尋求，和獨寵的弟弟與年幼的妹妹分享著同一份父愛，她所得到的比例太少了。1846 年，《簡愛》在成書過程中，夏綠蒂同時也在照顧著因患白內障而雙目失明的父親，如果最開始簡愛愛上羅徹斯特是蘊涵著戀父情結的話，那結局中，羅徹斯特因盲眼而成為簡愛的附屬，則完成了夏綠蒂對父女之愛的情感的輪迴。

在生活中，短短的不足三十九年的生命歷程，夏綠蒂沒有得到她所憧憬的熾熱的愛情，但是她是三姐妹中唯一有過婚姻的人。

夏綠蒂的婚姻是不被父親和朋友祝福的，因為她的丈夫亞瑟・尼科爾斯 (Arthur Nicholls) 和她相比太過平庸。他是帕特里克的一位助理，和帕特里克的關係並不融洽，但他卻長久地愛慕著

夏綠蒂的丈夫亞瑟・尼科爾斯，和他的結合給了夏綠蒂一段短暫而平穩的幸福時光。

夏綠蒂。說不清是愛還是感動，夏綠蒂最後決定嫁給這個男人。讓夏綠蒂感到幸運的是，尼科爾斯是個善良的人，他真摯地愛戀著夏綠蒂，並同意簽署婚前協議，如果夏綠蒂不幸早逝，她的財產將留給她年邁的父親。然而，夏綠蒂究竟是不幸的，她僅僅享受了九個月幸福的婚姻生活，就因為懷孕引起體力衰竭而去世。在病床前，尼科爾斯始終照料著她。1855 年，夏綠蒂永遠地閉上了眼睛。

情感的暗流

艾蜜莉和安妮的情感世界一直以來鮮為人知，但曾幾何時，一個年輕的身影共同闖入過她們的心扉。

艾蜜莉一生當中都極富幻想，她一生很少離開家，與外界生活的接觸機會很少，甚至一直都沒有一個朋友，《咆哮山莊》的故事基本上是她想像出來的，故事的地點很容易讓人聯想到約克郡的荒原。對艾蜜莉的情感世界人們所知甚少，人們只知道她是一個性格堅毅又脆弱的人，她沉溺於刻骨的孤獨中，將自己封閉在自己的小世界裡，她拒絕姐妹們讀她的詩歌，儘管她在今天已經被列為英國最傑出的詩人之一；她還拒絕向世人袒露她就是《咆哮山莊》的作者，儘管這部作品已經成為英國文學史上不朽的佳作；她可以在被野狗咬傷時，果敢地用燒紅的烙鐵處理自己的傷口，但卻害怕面對陌生的人群，離開家就會喪失生命的活力。

艾蜜莉是三姐妹中最漂亮的一位，但是卻沒聽到過有誰向她求過婚。如果仔細搜尋一下的話，艾蜜莉唯一一次表示過對異性的好感就是對父親的助手威廉・維特曼。這是一個英俊、風趣又體貼的年輕人，他和勃朗特一家關係非常好，他幾乎受到了三姐妹一致的歡迎。有段時間，夏綠蒂在給朋友的信中不停地誇讚他

艾蜜莉・勃朗特的畫像殘片，繪製者是她的哥哥布蘭威爾。雖然布蘭威爾生前並不是一個出色的畫家，但是如今這幅畫卻價值連城。

美好的人品，這讓艾倫一口斷定她愛上了這個年輕的副牧師，的確，夏綠蒂確實曾對他抱有極大的期待。同樣，艾蜜莉也暗自喜歡著維特曼，每當他出現的時候，她總是表現得異常愉快和柔順。

然而，這段羅曼史沒有如預期的結果，因為在三姐妹中，威廉可能唯一鍾情過的人是安妮。夏綠蒂在寫給艾倫的信中描述了這樣一幅場景：「在教堂裡，他坐在安妮的對面，偷偷地斜睨著她，輕輕地嘆息來吸引她的注意，可是安妮安靜地坐著，兩眼向下看，他們真是一幅圖畫。」但是不知道是否出於嫉妒，夏綠蒂並沒有為他們的感情推波助瀾，反而鼓勵自己的朋友艾倫和維特曼發展感情。

遺憾的是，最終死亡將安妮和維特曼這對年輕人分隔開來，1849 年，年僅二十八歲的安妮因病離世，而在她去世的兩年前，威廉・維特曼也早已死於一場霍亂。這位同樣年輕早夭的副牧師恐怕是唯一牽絆過艾蜜莉和安妮心扉的男性。

而躍過艾蜜莉對維特曼的情感暗流，在《咆哮山莊》中展示的希斯克利夫和凱瑟琳之間強烈有力的愛情，只能歸功於她豐富的想像，也許只有當人們聽過荒原呼嘯而過的風，才能瞭解是什麼力量孕育了這樣強烈的情感。1848 年，早於安妮五個月，艾蜜莉死於肺結核。

勃朗特三姐妹的作品儘管不多，但卻成為英國文學天空中最璀璨的星辰之一。而勃朗特家唯一的期望布蘭威爾，在他三十年的生命中卻浪費了他早年展現的才華，在成為畫家的夢想和愛情受挫後，1848 年他在毒癮和酒精中過早結束了自己的生命，成為勃朗特姐妹作品中那一個個墮落靈魂的原型而定格在歷史中。

文穎　胡冰潔

波娃家的西蒙和埃萊娜

人人都知道波娃家的作家女兒西蒙，對畫家女兒埃萊娜卻瞭解甚少。

其實她們兩個從小親密無間。姐姐西蒙有著理性的五官和一頭棕色的頭髮，要強叛逆；妹妹埃萊娜卻是金髮碧眼的「玩具娃娃」，溫柔馴良。

人們從西蒙的文字裡讀到對自由的狂熱和見解，從埃萊娜的繪畫裡看到對生活的讚美和哀嘆。她們有著各不相同的非凡人生，她們又是如此平凡的姐妹倆。成名的快感、政治的分歧、情感的依戀和各不相讓的愛情價值觀就像一個個肆意飛馳的音符，在她們不離不棄的歲月裡此起彼落，也讓今天的我們，為之震撼和沉思。

少女時代的西蒙（右）和埃萊娜（左）

守規矩少女們的私密生活

埃萊娜樂在其中，她願意成為西蒙王國唯一的子民，被這位智力超群的姐姐呼來喝去。

西蒙和埃萊娜 (Hélène de Beauvoir) 出生在巴黎城一個中產階級天主教家庭，父親喬治・德・波娃 (Georges de Beauvoir) 是位律師，母親弗朗索瓦茲 (Francoise de Beauvoir) 是位保守的家庭婦女。姐姐比妹妹大兩歲（西蒙生於 1908 年，埃萊娜生於 1910 年），可她們的相貌卻完全不同。姐姐是棕色頭髮，像父親，妹妹的滿頭金髮則遺傳自母親，大家愛管她叫「玩具娃娃」。幼年時她們在德西爾私立教會學校就讀，姐妹倆的成績各自是班上的第一名。性格剛強的西蒙總是受到家族的稱讚，而埃萊娜卻不那麼好運了，也許是父親想要第二胎是男孩的希望在她身上破滅了，也許是在娘家當慣老大的母親當年就怨恨比她受寵的妹妹，因此習慣性地對小女兒要求苛刻，埃萊娜無論怎麼努力，都得不到大家的承認。

埃萊娜一直以為比她大兩歲的姐姐是她獨享的私密夥伴。「埃萊娜，我們要遲到啦！」「埃萊娜，一會兒跟著媽媽和我去圖書館。」西蒙總是以一副訓導教師的口吻「命令」她，而溫馴的埃萊娜樂在其中，她願意成為西蒙王國唯一的子民，被這位智力超群的姐姐呼來喝去。當西蒙要求她背誦乘法表的時候，她立刻張開小嘴有板有眼地背誦起來，如果背得好，她可以得到和姐姐、媽媽一起去紅衣主教圖書館的獎勵，埃萊娜可以在西蒙的指導下認識新的書籍，在學校裡，她可看不上那些同學，她們一個個庸俗又笨拙，和高智商的姐姐相比差遠了！

但是札札（她的大名是伊麗莎白·梅比勒 [Elizabeth Mabille]，小名 Zaza）出現了，她就像個第三者，硬生生插進姐妹倆的生活。札札是西蒙小學四年級時轉學進來的新同學，因為一次事故，札札曾經休學一年。「在鄉下燒馬鈴薯的時候，她燒著了自己的連衣裙，大腿受到三級燙傷，她哭叫了好幾個晚上，臥床整整一年，我立刻覺得她是個人物！」西蒙嘴裡從此只有札札，這讓埃萊娜很有危機感，姐姐不愛她了嗎？她總是為此擔心。課間休息時，西蒙和札札形影不離，不讓埃萊娜走近。於是埃萊娜開始幹起反常的事，她創辦了一份《德西爾回聲》報，諷刺學校的課程、嘲笑那些愚蠢的姑娘，她負責畫插畫，札札寫內容，這個行動引起了西蒙的震驚，原來平時忍氣吞聲的小妹妹居然有點膽量，但這場風波很快以札札的退出而平息了，要知道這事鬧到校方那裡可是會被開除的，不管怎麼樣，埃萊娜也算發洩了一回。但她依然是守規矩的女孩，考試還是考第一，波娃家的聲譽一點不受損害。

到了青春期，少女們難免會討論理想中的愛情和婚姻，札札和西蒙也不例外，但比起思想傳統的札札，西蒙卻有特別的想法：既然父母感情並不好，那麼婚姻也不是件快樂的事，嫁人有什麼好處呢？她希望能找到一個讓她崇拜的男人去愛，如果不能讓她折服，那就一切免談。對嫁人的問題，埃萊娜還沒想那麼遠，她正沉浸在插圖版《佩羅故事集》的趣味中，西蒙發現妹妹有繪畫天賦，於是新的遊戲在姐妹倆之間展開了：一個寫小說，另一個

兒童時代的波娃姐妹和她們父母的合影

配插圖。

1924 年，十六歲的西蒙面臨讀大學的問題，家裡人不願她離開父母的監督，於是她先在一所天主教學院讀了個普通數學的文憑，再到索邦大學（今巴黎大學的一部分）的聖瑪麗學院完成哲學學業。大學校園的空氣多麼清新！西蒙想念札札，盼望著每一次和她的見面，她曾經向札札表白：「我喜歡你！」可札札並不知道自己在西蒙的生活裡曾經多麼重要。漸漸地，西蒙發現札札和她越來越遠了，並不是札札有問題，而是西蒙自己！她不相信上帝！自從她在禁書、雜誌和瘋狂思考中發現了新的事實：人人都有權利追求人性的自由，她眼中的札札便開始失去生機，但她還是愛她。她把一切寫進日記裡，不敢告訴札札。

到了埃萊娜想為自己爭取未來發展方向的時候，古板的父母卻認為家裡有一個有出息的大女兒就夠了，他們不想讓她參加高中會考，經過激烈的鬥爭，埃萊娜總算進入了巴黎政府管轄的一間畫室，學習室內裝飾。在埃萊娜十七歲的時候，母親還私拆過西蒙給埃萊娜的信件！這傷透了姐妹倆的心。

西蒙終於以優秀的成績完成了學業，而這時，札札卻因愛上了私生子莫里斯・梅洛一龐蒂（Maurice Merleau-Ponty，後來成為與沙特齊名的法國存在主義代表人物）受到家族的譴責，可憐的札札精神崩潰了，不久後得了腦膜炎，札札的父母認為過著自由生活的西蒙會給她的思想帶來不好的影響，連最後一面都不讓她們相見。孤獨的札札只留下一句無奈的話便撒手人寰：「親愛的媽媽，每個家庭都有沒用的人，我就是那個廢物。」

札札的死是波娃姐妹倆少女時代最大的傷痛，西蒙堅定了為自由抗爭到底的決心。

愛情來得如此順理成章

我不希望成為你第一個情人，但我希望成為你第一個愛人。

——沙　特

在西蒙和尚—保羅·沙特相愛之前，她心儀過風度翩翩的雅克表哥，暗戀過軟弱無助的札札，還對沙特的死黨勒內·馬厄(René Maheu)動過情，無奈馬厄已有家室，她只有控制自己別太投入。那時，她正忙著準備哲學教師資格證書的考試，在巴黎索邦大學和巴黎高等師範學校上輔導課，在索邦大學聽課時，機緣巧合中認識了巴黎高等師範學校的三個頂尖學生沙特、馬厄和保羅—伊夫·尼贊 (Paul-Yves Nizan)，而偏偏沙特對她發生了興趣，沒過幾天，馬厄便為西蒙帶來了沙特想與她約會的消息。

西蒙可不想和那個身高才一百五十八公分的小個子男人約會，而且他長得醜，還戴著一副土裡土氣的眼鏡，她本以為馬厄

巴黎著名學府索邦大學，西蒙和沙特相遇的地方。

會陪她一起去才答應下來，卻臨時得知馬厄要去外地探望他的妻子。「好吧，但我不會一個人去。」西蒙無奈地收回推掉約會的決定。

和沙特約會那天充滿了戲劇性，走進茶室赴約的女子起先心裡一驚：怎麼有兩個戴眼鏡的醜男人？接著發現起身給她推來椅子的是個子稍小的那個，原來他是沙特。沙特也滿腦袋問號：她不是西蒙，她是誰？「西蒙因為家中有事，所以不得不回去料理。我是她的妹妹埃萊娜。」沙特只有硬著頭皮請埃萊娜看了場電影，兩人並沒有多交談，他覺得自己被愚弄了。當埃萊娜回家後向姐姐彙報約會情況的時候，西蒙得到一句話：「他的確很醜，但還不至於那麼不堪，而且他不是一個人來的，另一個和他一樣醜。」

是什麼讓西蒙和沙特進一步接觸的呢？是女孩的好奇心，既然傳說中這個醜男人有著非凡的智商，那就過過招吧！很快西蒙就被他徹底折服了，每次他們之間關於哲學問題的爭辯都以西蒙的戰敗而告終。「我每天都和他進行較量，我在討論中搆不上他那個層次。」沙特在前一年自由發揮過了頭，考了倒數第一之後，第二次考出了第一名的成績，也正是這一屆，二十二歲的西蒙以第二名的成績成為法國最年輕的持有教師資格證的女教師，他們奇特的愛情歷程開始了。沙特去了諾曼第的勒阿弗爾中學教書，西蒙則當上馬賽一所中學的哲學老師，埃萊娜只在冬天去看望了姐姐一次，比起戀愛中的西蒙，埃萊娜的生活空落落的。

彼時學完室內裝飾的埃萊娜在巴黎一家畫廊裡當祕書，錢掙得很少，但繪畫用的所有材料和旅行寫生的費用都得自己負擔，父母並不支持她，她不得不和他們生活在一起以節省費用。風月老手、小說家尚・季洛杜 (Jean Giraudoux) 在這時得到了她的身

「當生活亂了套時，文學就出現了。她不能製造國家的不幸，但她可以製造自己生活的不幸或波折。」西蒙曾這樣說過，她和沙特五十年的情人生活確實波折不斷。

體，也許是空虛的埃萊娜需要點兒激情，也許是這傢伙的唇舌實在太誘人了，但埃萊娜得到了快樂，儘管幸福持續的時間很短，很快尚・季洛杜就移情別戀了。

西蒙被調到魯昂教書，那裡離諾曼第只有四十五分鐘的車程。埃萊娜陪姐姐一起去魯昂，順便去諾曼第看沙特，在火車上巧遇沙特在勒阿弗爾中學的學生里奧內爾・德・魯萊 (Lionel de Roulet)，他大談阿嘉莎・克里斯蒂的小說《羅傑艾克洛命案》，還炫耀地說：「這本書是沙特向我推薦的！」埃萊娜和西蒙根本不理他，她們拿出熨衣服的烙鐵砸核桃，巨大的聲響震得他錯愕不已，終於，等他們到了諾曼第，里奧內爾才發現自己多丟人，沙特大笑著說：「你以為自己能引起波娃小姐們的注意嗎？」但這是個好開始，埃萊娜開始在里奧內爾面前展示她精通的藝術史知識。在他陪同姐妹倆去魯昂城觀光的時候，埃萊娜有趣的談吐和高雅的氣質深深地讓他傾倒，當埃萊娜結束行程踏上回巴黎的火車，送行的里奧內爾鼓足勇氣向她表白，可埃萊娜打斷了他的話：「這次見到你很高興。」隨即送了他一盒巧克力，比埃萊娜小兩歲的里奧內爾氣壞了：「難道她把我當成小孩子了嗎?」他很灰心，但埃萊娜給了他機會，讓他在以後的見面中嘗到幸福的甜蜜。

愛情就這麼順理成章地來了，在姐妹倆都需要它的時候。從此以後，西蒙和沙特常常在諾曼第或魯昂見面，高中畢業的里奧內爾則選擇去巴黎上大學，這樣就可以和埃萊娜在一起。每當學校放假時，西蒙和沙特就去巴黎找他們，埃萊娜像個好主婦一樣為大家呈上美味的飯菜。「瞧著吧，『玩具娃娃』，總有一天你會變成資產階級小婦人的。」西蒙發表起她的高論。埃萊娜對此卻不以為然：「我可以一邊做菜，一邊當自由的女人!」

瘋狂的自由主義者
和「資產階級小婦人」

在事業上，埃萊娜比西蒙快了一步，二十五歲的她舉辦了個人畫展，並受到畢卡索的好評！她也早早戴上結婚戒指，守著里奧內爾過起正常的家庭生活；而西蒙則大器晚成，三十五歲時才出版第一本小說《女賓》(*She Came to Stay*)，而她與沙特立下不結婚的愛情契約，維持了整整五十年。但埃萊娜的身影始終陪在姐姐身邊，姐姐的書裡有她的影子，她的繪畫作品也充滿了強烈的女權主義鬥爭精神。

如影隨形的埃萊娜

初嘗成功

1935 年 1 月，二十五歲的埃萊娜在邦讓畫廊舉辦了首次個人畫展，西蒙給了畫展財務支持，沙特為了參加畫展特地打了條領帶，雖然他討厭衣冠楚楚地和客人們寒暄，但那些世俗男女都是潛在的買主。畫展上來了位特殊的客人：立體派繪畫大師畢卡索。他在人們的注視下，靜靜地看了半天，然後對緊張得說不出話的埃萊娜下了評語：「您的繪畫很有創意。」於是一陣讚美聲傳遍了整個大廳，埃萊娜在激動中第一次嘗到了成功的滋味。她為此興奮了好幾天，在人人都學畢卡索的時候，她避開了模仿的風氣，才讓大師有了新鮮的感覺。

西蒙卻出師不利，在沙特出版了《噁心》(*Nausea*) 之後，西蒙的手稿《精神至上》卻被出版社退了回來，她只有從頭再來。這期間，里奧內爾得了骨結核病，差點癱瘓，但他躲過了徵兵，手術後去母親的老家葡萄牙的里斯本休養。二戰爆發了，法國和英國向德國宣戰。1939 年 9 月 3 日，西蒙把埃萊娜送到開往葡萄牙的火車上，這樣埃萊娜就安全了，而她自己則留下來陪伴日益衰弱的父母。沙特去了前線，1940 年 6 月 21 日，沙特三十五歲生日那天，巴黎失守，他被送進集中營，一年後機智過人的他假

埃萊娜 1951 年的畫作，她深受《第二性》的影響，在畫面上女人和男人的身體呈現均衡的構圖和平等的狀態。（圖片出處／ Les Danseurs, 1951, Hélène de Beauvoir）

裝眼疾，乘著德軍釋放戰俘的時機重獲了自由身。和西蒙重逢後的沙特繼續《自由之路》(*The Roads to Freedom*) 的寫作，而西蒙則準備著處女小說《女賓》的出版。埃萊娜只能透過明信片和她保持聯繫，她沒能見到父親最後一面，1941 年 7 月 1 日，喬治・德・波娃因患前列腺癌去世，在彌留時他對西蒙說:「你很早就自立了，可你妹妹卻花了我不少錢。」西蒙對他的偏心無奈得說不出話來。

一年後，埃萊娜接受了里奧內爾的求婚。有了穩定的家庭生活後，她在里斯本的繪畫技巧大有長進，畫了大批反映葡萄牙日常生活的作品。1943 年，埃萊娜在里斯本的書店裡發現了《女賓》，她欣喜若狂地買了下來，那是姐姐的書！書裡寫的全是她日思夜想的巴黎生活。擺脫了病痛的里奧內爾在法蘭西研究院從事推廣法國文化的工作，看似是普通外交工作，實際上他在為自由法蘭西工作，這和沙特、西蒙的政治觀是完全對立的，埃萊娜被蒙在鼓裡，絲毫不知情。但里奧內爾為波娃姐妹辦了一件大事——以邀請西蒙來葡萄牙做系列講座的名義幫助姐妹倆重逢。

外交夫人的生活

1945 年，姐妹倆在里斯本相見了，西蒙看著眼前這位戴著婚戒的幸福小女人，她真是位「資產階級小婦人」了，但她還是她的「玩具娃娃」，那麼聽她的話。三個星期後，里奧內爾和姐妹倆一起踏上回巴黎的火車，國土光復了，她們不要再被分開。那時候，沙特受到美國的邀請擔任《費加羅》和《戰鬥報》的特派員，對西蒙來說，埃萊娜的歸來是多麼令她欣慰的一件事，但埃萊娜是里奧內爾的夫人，她不可能總待在巴黎，里奧內爾被派到哪裡工作，她就得跟著去，這就是婚姻，是埃萊娜必須遵守的婚姻紀律。

里奧內爾為戴高樂 (Charles de Gaulle) 的機構工作，他去了奧地利、南斯拉夫、美國、摩洛哥，埃萊娜跟著他到處遷移，沙特和西蒙成天攻擊美國人，捍衛當時的蘇聯，共產黨的情報員肯定瞭解那時里奧內爾的活動，他們也一定通知過沙特和西蒙，只是雙方從來沒有為了政見發生過正面衝撞。1949 年，埃萊娜收到了西蒙的《第二性》，這是一本備受爭議的書，它像一枚炸彈，震驚了埃萊娜，第一，她發現姐姐在書中貶低女藝術家，將女畫家的工作目的說成是填補生活的空虛；第二，她感受到西蒙在書中剖析的女性問題，是那麼深刻尖銳。在氣憤的同時，埃萊娜陷入了思考。

埃萊娜在自己的畫室裡（圖片出處／ http://www.helenedebeauvoir.com/）

外交部把里奧內爾調到了米蘭，在那裡，埃萊娜看到了義大利女人受剝削的生活，西蒙書裡說的社會不公正現象得到了印證。埃萊娜開始畫那些貧苦的農婦，在米蘭的八年裡，她多次舉辦畫展，認識了瑪麗亞・卡拉斯 (Maria Callas)，她美麗的歌聲在埃萊娜的繪畫生涯中一直陪著她。隨著里奧內爾任職期滿，埃萊娜又回到了闊別已久的巴黎。

1954 年出版的《名士風流》(*The Mandarins*) 得了龔古爾文學獎，西蒙獲得了巨大的成功，就連報紙對埃萊娜的畫評都在引證西蒙的話。當埃萊娜跟著丈夫參加社交宴會時，人們當她是里奧內爾夫人，沒有人知道她姓波娃，常常有人在身邊討論西蒙和沙特，每當她聽到一些道聽塗說的人散布關於姐姐的謠言時，她就氣得渾身發抖，每當她翻看姐姐的新書時，她又為了其中有自己的故事情節而自豪。特別是 1958 年姐姐出版了《一個守規矩少女的回憶錄》(*Memoris of a Dutiful Daughter*)，重現了她們在一起的年少時光，埃萊娜覺得幸福極了。

1963 年，波娃姐妹又遇到了人生中的悲劇，她們的母親摔斷了股骨並且得了癌症。整整三十天，西蒙和埃萊娜寸步不離守在母親身邊，固執的醫生居然影射西蒙在《第二性》裡支持墮胎的觀點，在姐妹倆要求給不堪病痛的母親打嗎啡時，他冷冰冰地說：「一個自愛的醫生絕不能對使用毒品和墮胎這兩點妥協。」母親痛苦地去世了，西蒙寫出了《平靜的死亡》(*A Very Easy Death*)，並在手稿上題字：「獻給我的妹妹。」

無奈的晚景

隨著女權主義運動不斷升級，主要是西蒙在婦女解放事業中地位的不斷上升，埃萊娜也投身到姐姐的事業中去。埃萊娜畫出了一系列關於受虐婦女的畫，最有名的一幅是《男人審判受苦的女人》。在埃萊娜的晚年，她向人們說出了一個保守多年的祕密：多年來她為了女權主義事業而放棄生育的真相。原來在二戰前，里奧內爾因骨結核動手術之後，就失去了生育能力，她為了顧全丈夫的自尊，才這麼說的。

埃萊娜堅持繪畫直到七十多歲，她晚年一直和里奧內爾住在戈西維耶，里奧內爾的身體一年不如一年，1990 年，他先行一步，棄世而去。埃萊娜最後的日子裡才真正擁有屬於她自己的光環，西蒙不在了，媒體才會把焦點對準她，雖然她從年輕時代起就不停地舉辦畫展，但她終究離西蒙的那種功成名就差得太遠。

葡萄牙人民對她早年關於葡萄牙的繪畫視如珍寶：「那個葡萄

牙已經不在了，您的畫是我們國家的遺產。」她的心臟做了手術，一些新朋友來打她財產的主意，這其中有對夫婦，幫她付女傭的工資和各種帳單，有一天，他們以幫她辦畫展為由搬走了她一百多張油畫，但他們一去不復返了，最後不得不由司法部門來管理埃萊娜的財務，因為她面臨破產的危險。

埃萊娜對姐姐的依戀直到去世也沒有停止，但在她最後的時光裡，她的看護、朋友幫她隱瞞了一些東西，西蒙寫給尼爾森・奧爾格倫 (Nelson Algren) 的書信集《致尼爾森・奧爾格倫的信》(*Letters to Nelson Algren*) 是她一直想看，卻沒能看到的。如果她讀到了，她一定會感到悲傷絕望，那些信裡說了不少要命的話，比如「既然她沒有天才，我怎麼能給她天才呢？她應該做的是畫一些好畫，要不就別再畫，既然她沒有才氣，我也不能因為她是我妹妹硬在公眾面前說她有。」西蒙的語氣向來是那麼尖酸。

埃萊娜的牆上有張她為西蒙畫的像，她晚年最大的安慰是對著畫像回憶往事，慢慢地，她的記性越來越差，2001 年 6 月 29 日，她靜靜地在家中離世。她和丈夫合葬，墓碑上，埃萊娜・德・波娃的名字永遠地變成了里奧內爾・德・魯萊夫人。

欲望叢林裡的西蒙

三位一體的新關係

從札札身上，西蒙感覺到自己的雙性戀傾向。沙特和她剛開始戀愛時就達成的特殊協議顯然非常適合她，他們不結婚，也不互相欺騙，彼此有了「偶然的愛情」要告知對方，這個協議最先訂了兩年。西蒙和沙特的情人生活中，不止一次出現過三重奏的現象。第一個闖入這對戀人生活的是奧爾迦 (Olga Kosakiewicz)，她是西蒙在魯昂的中學任教時，高三班上的學生。她把奧爾迦寫進第一部小說《女賓》裡，她愛奧爾迦，雖然她不是個好學生。她把奧爾迦當作札札，還把她安排到沙特在勒阿弗爾的班上聽課，這樣兩個人可以輪流輔導她，但奧爾迦玩心太重，天天不是泡吧就是逛街，根本不是讀書的料，不久沙特也愛上了奧爾迦，於是他們三個人磕磕碰碰相處著，小是小非難免傷害感情，終於奧爾迦和沙特的學生雅克－勞倫・博斯特 (Jacques-Laurent Bost) 相愛並結婚了。埃萊娜曾經見過幾次這個札札的替代品，但她對事情的細節知之甚少。

婚後的博斯特卻愛上了西蒙，也許是西蒙獨立的個性和奧爾迦過強的依賴心理成對比，西蒙接受博斯特的出軌是出於性方面的原因，沙特不能滿足她。他們保持了近十年的情人關係，直到西蒙遇到了美國情人尼爾森・奧爾格倫。和奧爾迦的三角關係結束後，沙特也沒閒著，他和奧爾迦的妹妹旺達 (Wanda Kosakiewicz) 經歷了一年多的戀情，在此期間，他還勾搭上了札札生前男友莫里斯・梅洛－龐蒂的未婚妻波頓。梅洛－龐蒂提醒過未婚妻：「沙特是個惡魔。」但她沒聽進去，這個模樣醜陋的小矮個兒用妙語連珠的口才把她迷上了床。但只是三天的激情而已，波頓冷靜地明白沙特的生活裡不可能有她的位置，她迅速抽身離去。

接著，碧安卡・朗布蘭 (Bianca Lamblin) 出場了。她是三重奏的新主角，西蒙的學生，她為西蒙的才華折服，同時西蒙也向她發出愛的訊號，兩人很自然發生了關係，西蒙把她帶到沙特面前，沙特的才學讓碧安卡忽視他的外表，碧安卡中招了。1990 年，西蒙的養女西爾維 (Sylvie Le Bon-de Beauvoir) 交付出版了《致沙特的信》和《戰爭日記》，這是根據西蒙 1939～1941 年間的日記和寫給沙特的信整理成集的。碧安卡從書中看到西蒙對那些私生活露骨的描寫後，覺得自己也該站出來說說話了，她隨後寫出《一個被勾引姑娘的回憶》。書中寫道：「波娃把班裡的姑娘當做鮮肉，她總要自己先嘗一嘗，再獻給沙特。總之我相信他們的條約，他們『偶然的愛情』是沙特為了滿足征服的需要弄出來的，波娃也不得不接受這種訛詐。」

愛情的恐慌

二戰開始後沙特上了前線，1940 年 10 月 10 日那天，沙特給西蒙寫了一封情書：「你給了我十年的幸福，我要再簽一個新的十年協議。」二戰結束後，埃萊娜和里奧內爾回到了巴黎，那時候沙特正在美國和一個叫多洛萊絲・凡奈蒂 (Dolores Vanetti) 的法國少婦打得火熱，西蒙看在眼裡，內心十分不安，她需要妹妹的幫助，但妹妹已經變成了「資產階級小婦人」，這是她痛恨的。沙特在這期間寫出了劇本《幽閉》(*No Exit*)，其中的角色都以他的情人們為原型，西蒙更加難受了，但還有一件事讓她沮喪，一個學生家長告發她和班上姑娘的同性戀關係，她被校方解聘了。她從此不再教書，專心以寫作為生。

1945 年，她出版了第二本小說《他人的血》(*The Blood of Others*)，那裡面女主角的名字是埃萊娜，埃萊娜只感到自豪，卻並不知道姐姐內心的隱憂。西蒙又開始寫下一部小說：《人都是要死的》(*Who Shall Die*)，小說裡有一個不死的人寂寞地活了好幾世紀。西蒙覺得寫作就是她的婚姻，寫作可以幫她維持和沙特的愛情。「玩具娃娃」一輩子都不會真正懂得什麼叫自由的愛情，雖然她後來也加入了女性解放運動的隊伍中，和西蒙並肩作戰，她並不完全懂政治，只是親情的依託令她和西蒙站在一起。

1947 年，西蒙接到美國幾所大學的邀請，她來到紐約，並和情敵多洛萊絲見了面，三十九歲的她確實沒有情敵的年輕美貌，她需要找點快樂。朋友介紹她去芝加哥認識一下作家奧爾格倫，故事就發生了。奧爾格倫剛離婚不久，長相英俊，西蒙用濃重的法式英語和他交談的時候，他們誰也聽不懂誰，這樣也混熟了。等西蒙離開芝加哥之後，奧爾格倫才從《紐約客》雜誌上驚奇發現，原來這個法國女人被稱為「最美麗的存在主義者」。男人總是容易在強勢女人主動示好的時候動心，這是虛榮心的體現。他們開始了如膠似漆的熱戀，兩個人都為彼此的相見找尋機會，不是你來，就是我往。西蒙在給奧爾格倫寫的信中總提到她的「玩具娃娃」妹妹和外交界的那些逸事，她會把自己動盪不安的生活和妹妹相比，一想到妹妹已經變成不爭氣的主婦，她就覺得自己是對的；一想到妹妹感情上的幸福穩定，她就得從情人身上找點安慰。

最後的情人

她開始剖析自己，「女人不是先天生就的，女人是後天形成的。」這句名言隨著《第二性》的出版徹底震盪了人們的生活，書中談到墮胎、性欲、妓女、同性戀、情婦等尖銳的現實問題，這些在當時的法國都是禁忌。一時間批評、挖苦、嘲諷的聲音從四面八方傳來，西蒙要為這本書戰鬥，她在惡評聲中越挫越勇。1954年，《名士風流》出版兩個月後得了龔古爾文學獎，有人說這本小

1948 年，西蒙（右）和她的美國情人奧爾格倫（中）及一位女友在旅途中。

說的男主角原型是奧爾格倫，但西蒙始終不承認這種對號入座。這一年她用龔古爾文學獎獎金買了一幢公寓，和《現代》雜誌社二十七歲的編輯克勞德・朗茲曼 (Claude Lanzmann) 同居了，她和沙特的關係進入了另一個時期，沙特和新情人米雪爾・維安 (Michelle Vian) 公開了戀愛關係，四角戀愛在平靜中進行著。朗茲曼是西蒙最後的豔遇，他們一起過了六年，隨著西蒙的年老，朗茲曼開始產生心理恐懼，他們分手了。

這期間她和沙特迎來了事業上的新高峰，他們一起出訪了一系列國家，來到中國後，西蒙寫出《長征》(1957 年)，他們受到赫魯雪夫的接見，還去了埃及、以色列、日本，他們全面參加政治活動，花了許多精力在法屬阿爾及利亞的獨立問題上。

奧爾格倫送她的墨西哥戒指，西蒙到死都戴著。但奧爾格倫幾次向她求婚，她都拒絕了，她要守住和沙特的約定，沙特也不可能背叛這個約定。西蒙和奧爾格倫最後一次見面是在 1960 年的巴黎，奧爾格倫對她出版他們之間的信件感到反感，從 1964 年後，他們就不再通信了。「她把我們的信件都賣成錢了，我去世界各地的妓院找樂，妓女都知道關門，只有這個女人，她開了門，還叫來了新聞界。」奧爾格倫在 1981 年對記者這麼說。

最後留在沙特身邊的是他的情人兼養女阿爾萊特・艾爾凱姆(Arlette Elkaim)，她十九歲開始跟著沙特，直到 1980 年沙特去世，她那時四十多歲。這個阿爾及利亞女人繼承了沙特的遺產，西蒙只得到一把椅子和一雙鞋作為全部紀念。1981 年，她為沙特寫了《告別儀式——與尚一保羅・沙特談話錄續篇》，她寫道：「這是我第一本，也是最後一本在付印前你沒讀到的書，它是獻給你的，但你卻感覺不到它的存在了。」

養女西爾維和埃萊娜陪著西蒙走過最後的日子，在沙特去世的第六年，也就是 1986 年 4 月 14 日下午 4 點，西蒙因肺炎在家中逝世。她和沙特合葬在一起，安息在蒙巴那斯公墓，埃萊娜卻沒有權利得到姐姐的任何東西作為紀念。

西蒙曾說過：「他的死把我們分開了，我的死也不會使我們重新在一起，我們曾融洽、天長地久地生活在一起，這本身就是一件美好的事。」

陳夢涵

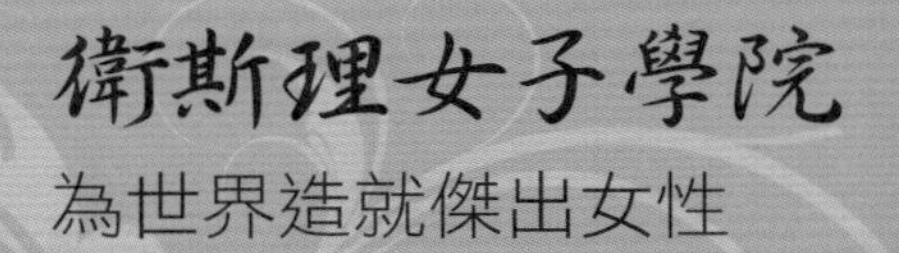

衛斯理女子學院

為世界造就傑出女性

蔣介石夫人宋美齡、文壇巨匠冰心、美國民主黨總統競選人希拉蕊・柯林頓、美國脫口秀黑人女王溫蒂・葛拉罕 (Wendy Grantham) ……。這些閃亮的名字照亮了她們身處的不同時代，卻被一個地方永遠留存，那就是她們共同的母校：衛斯理女子學院。

在離波士頓十二英里的衛斯理鎮上，穿過一條山路，就能看見那扇質樸優雅的白色校門，靜靜的慰冰湖見證了這所學院一百三十多年的歷史滄桑，當年學院創始人亨利和寶琳・杜蘭特這對夫婦立下「治人必先治於人」的格言，已成為衛斯理女子學院永遠的座右銘。

這所從來沒有招收過男學生的獨立女子學院，始終秉持著這樣的使命：造就傑出女性，讓她們令世界有所不同。

這座著名的女子學院坐落在離波士頓十二英里的衛斯理鎮 (Wellesley) 上，有著非常質樸的鄉村風格，環境優美。（圖片出處／ wikipedia）

屬於「白棉布」和「天鵝絨」女孩的學院

在衛斯理女子學院 (Wellesley College)，從來就不存在種族差異和身分高低，亨利和寶琳・杜蘭特 (Henry Durant, Pauline Durant) 夫婦創立這所學校時只有一個樸素的願望：以低廉的學費和嚴謹的教學讓「白棉布」女孩（來自平民家庭）和「天鵝絨」女孩（來自貴族家庭）都能受到教育。

1875 年 9 月 8 日，衛斯理女子學院打開大門，迎進第一批女學生，她們來自美國各個地方，渴望知識、勇敢自信並且意志堅定，她們帶著改變人生的目的開始了全新的生活。為了創辦這所學院，亨利和寶琳・杜蘭特夫婦花了八年時間。

亨利・杜蘭特畢業於哈佛大學法學院，靠法律知識和商業投資賺了些錢，1847 年娶了表妹寶琳之後育有一子一女，可惜小女兒出生一年後就因病夭折了，1863 年，八歲的兒子突遭意外身亡，沉重的打擊令這對信仰天主教的夫婦決心拿出原來打算建造家宅的三百英畝地做一項事業，既能幫助別人又從中得到自我安慰。適逢當時美國正轟轟烈烈掀起女子進學堂的運動，女子專屬學校已經出現，因此亨利和寶琳・杜蘭特夫婦決心建造一所文理兼備的全新女子學院。夫婦倆買的那塊地坐落在離波士頓十二英里遠

創始人之一寶琳・杜蘭特，亨利・杜蘭特的妻子。

的衛斯理鎮的山上，大銀行家、慈善家杭威爾 (Horatio Hollis Hunnewell) 擁有這個鎮六十年的產權，鎮的名字取自他妻子的娘家姓氏衛斯理 (Welles)，順理成章，亨利和寶琳・杜蘭特夫婦將他們的學院起名為衛斯理女子學院。

衛斯理女子學院註冊於 1870 年，但由於經費和手續等緣故，直到 1875 年才揭開帷幕。在衛斯理女子學院，從來就不存在種族差異和身分高低，亨利和寶琳・杜蘭特夫婦只有一個樸素的願望：以低廉的學費和嚴謹的教學讓「白棉布」女孩（來自平民家庭）和「天鵝絨」女孩（來自貴族家庭）都能受到教育。1875 年 9 月 8 日，三百一十四名來自美國各地的年輕女孩走進校園，她們中間只有三十位通過了入學考試，正式註冊成為大學新鮮人，而其他人則需要上一至兩年預備班，為成為真正的女大學生做準備。優秀的學生畢業後有留校任教的機會，最終成為不同學科的資深教授甚至院長。事實上，直到今天，我們翻看衛斯理女子學院歷任院長的資料，會發現她們中有好幾位都是從這所學院裡畢業的。

從衛斯理女子學院最早的建築藍圖上我們可以看到，整個大學坐落在一幢巨大的、一百五十公尺長寬、五層樓高的磚木混合式建築內，教學、起居都在這幢樓裡，大家給它起了個名字叫 “College Hall”。圖書館在左側，食堂在右側，教室、宿舍分布四

1880 年，衛斯理的學生畢業照，當時有四十個學生從這裡畢業，她們中的三個後來成為衛斯理的教授。

周，還設有健身房，有啞鈴、吊環和健身操等活動項目。中間部分是 “College Hall” 的心臟地帶，一樓正中心是種植棕櫚樹的綠島，女孩子們圍著它自由活動，當時還有一位名叫多明尼克・達克特 (Dominick Duckett) 的黑人男廚兼雜工，常常在空閒時坐在那裡售賣新鮮水果，還教她們騎自行車。在回顧學院歷史時，他的名字總是被人們提起。二樓正中心安放著一只來自日本古廟的大鐘，它向人們通報上課、下課、進餐、禮拜的時間，鐘上刻著「永離貪嗔」等警世佛語。俯視學院，會發現它呈現出符合天主教教義的雙十字形狀，全部設計由波士頓的漢密特 (Hammatt) 建築事務所完成。

這幢教學、生活兩用樓使用了將近四十年。1914 年，一場由化學實驗事故引發的大火不僅將學院大量重要的圖書、研究資料毀於一旦，也將 “College Hall” 付之一炬，幸好沒有任何人員死亡。人們開始意識到把宿舍和學術設施放在一起是多麼的愚蠢。

於是，衛斯理女子學院建立了科學化教學設施系統。現在，學生宿舍中的 Claflin Hall、Severance Hall 和 Tower Court 就是建立在 “College Hall” 的遺址之上的。

今天的衛斯理女子學院，約有兩千多名女學生，穿過樹林和草叢來到主校區，面對教學樓，眼前是千頃碧波蕩漾的慰冰湖 (Lake Waban)，相比剛建校時的早期女學生，她們的知識面更廣、機會更多、理想也更高，但亨利和寶琳・杜蘭特夫婦的理念並沒有隨著時間的流逝而改變。「治人必先治於人」(Non Ministrari sed Ministrare—“Not to be ministered unto, but to minister.”) 的格言永遠被人銘記，無數從衛斯理女子學院大門中走出來的「白棉布」女孩和「天鵝絨」女孩，用她們各自的聰明才智改變著這個世界。

載入史冊的「吳貽芳」們

衛斯理女子學院從來不招男生，多年來也一直有條不成文的規定：男子不得擔任主管席位。從教務主任到院長清一色都是女人，就像中國第一位女子大學校長吳貽芳一樣，她們身兼數職，不僅是教育家，更是改革家和社會活動家。

第一任大管家愛妲・霍華

1875 年，衛斯理女子學院正式開幕，開幕之前，創始人亨利・

杜蘭特需要一位得力的院長，必須是位女性，因為他說：「假如我們起用了男院長，那麼衛斯理招收男生是遲早的事，有些規矩絕對不能被破壞。」

衛斯理第一任院長愛妲・霍華

1829 年出生的愛妲・霍華 (Ada Howard) 成為最合適的人選，她當過俄亥俄州西部學校 (Western College) 的教師，彼時正在諾克斯學院 (Knox College) 擔任女學部的院長。

而她畢業的蒙特霍里約克女子學院 (Mount Holyoke College) 不僅在當時，直到現在都是美國影響力很大的高等女子學府，美國第一位華人州長趙小蘭就畢業於此。憑教育背景和工作經驗，亨利・杜蘭特認為愛妲・霍華可以勝任這項工作，於是，喜歡挑戰的愛妲・霍華填補了衛斯理第一任女院長的空缺，滿懷信心地上任了。

作為衛斯理女子學院早期領導人，愛妲・霍華就像一個大管家，她大部分時間花在營運上：如何招到更多的學生、如何籌集更多的款項、如何提高學生們的生活質量。亨利・杜蘭特說過：「院長就是學院裡每一個人的領袖，不論是教授、學生還是雜役，她統統都要管好。」儘管當時女學生人數很少，而且符合畢業資格、拿到學位證書的沒幾個人，但她還是堅持原則，衛斯理門檻高的作風從那時就定下基調，不論出身如何，成績說了算。那時整個學院只有七名教授、十一名講師，學科卻有現代語言、數學、文學、歷史、科學和《聖經》,《聖經》作為衛斯理基礎學科的一部分一直保留到 1968 年。她跟隨亨利・杜蘭特一起工作直到 1881 年亨利去世,愛妲・霍華辭去院長一職,但並沒有離開衛斯理鎮,時年五十二歲的她開始致力於貧困女性健康工作，並不時回到學院裡參加各種重要活動。

1907 年，愛妲・霍華去世了，她被安葬在衛斯理鎮上的公墓裡,當年她在學院裡工作的同事為她立了紀念墓碑,愛妲・霍華不是衛斯理最有建樹的院長，但她的確做到了一位盡職盡責的大管家應盡的義務。從她開始到現在，衛斯理先後經歷了十二位女院長，當然也有過特例，一個男人曾經被提名擔任代理校長，但是很不幸，當他第一天視察學校的時候，恰巧被閃電擊中，立即身亡。

史上最年輕的院長艾莉絲・弗里曼

艾莉絲・弗里曼 (Alice Freeman) 模樣清秀，纖細的身材總穿著極其精緻考究的衣服，穿著考究是作為衛斯理女子學院教師必須達到的標準，想像一下在那個年代，美麗的女教師們手裡捧著課本、穿著優雅的長裙穿過樹林，來到慰冰湖邊寬闊的草地上，在陽光下愜意地讀書，偶爾有學生經過，會和她們一起談論生活和學習，是多麼令人陶醉的畫面。好吧，讓我們暫時收起想像回到正題，1881 年，二十七歲的艾莉絲・弗里曼在她的辦公室裡接受了新的任命：擔任衛斯理女子學院第二任院長。

艾莉絲・弗里曼出生於紐約平民家庭，當時的美國現狀是，只有 0.7% 的女性能獲得上大學的機會，窮人家的孩子更是沒什麼機會的，當她以出類拔萃的成績從密西根大學畢業後來到衛斯理女子學院時，她先後教過數學、希臘語和歷史等課程。短短兩年時間，她就坐上了院長辦公椅，而彼時，這位智商極高的才女連戀愛都沒談過。

如果說愛妲・霍華是衛斯理的開山功臣，在起步期間做的是主內的工作，那麼艾莉絲・弗里曼是衛斯理第一位具有社會影響力的院長。她開始考慮學院的未來，其貢獻在於將學科標準化、學術公平化和給各個部門制定明確的職能和職責，並且提高入學考試的難度，使學術水平和學生基本素質大幅度提高。艾莉絲・弗里曼以年輕美麗的外形和高貴智慧的談吐成為衛斯理的活招牌，平時她喜歡和學生打成一片，強大的親和力令人們對衛斯理有了新的認識，這是一座青春學府，它是積極進取、朝氣蓬勃的代名詞。

艾莉絲・弗里曼和她的前任一樣，只做了六年院長，唯一不同的是艾莉絲・弗里曼遇到了哈佛的大才子喬治・赫伯・帕莫 (George Herbert Palmer)，他是當時有名的哲學系教授。衛斯理、麻省理工學院和哈佛大學之間有互相對開的公車，天天如此，風雨不斷，無形中也撮合了不少佳人才子。而艾莉絲・弗里曼和喬治・赫伯・帕莫就是這樣一對。1886 年

二十七歲的艾莉絲・弗里曼是衛斯理歷史上最年輕的院長。

他們祕密同居了，一年後艾莉絲・弗里曼成為他的新娘後辭去職務，兩年後，一個活躍的演講家出現了。

艾莉絲・弗里曼以幾近完美的形象、激情四射的言辭和富有鬥志的氣魄，開始為女性接受高等教育四處發表演說，她還成為麻薩諸塞教育委員會和美國女子大學聯合會的奠基人，在她的推動下，當時美國大學的女生比例一度達到 48%。

原廠製造的大改革家艾倫・費茲・潘朵頓

從 1882 年一位剛入學的新鮮人開始直到 1936 年去世，艾倫・費茲・潘朵頓 (Ellen Fitz Pendleton) 幾乎沒有離開過衛斯理，除了去別的大學做加起來不到幾星期的短期訪問。她是衛斯理自己培養的第一位女院長。1911 年，四十七歲的艾倫・費茲・潘朵頓升任新院長，之前她是數學系教授。

1914 年 3 月 17 日清晨，從 “College Hall” 四層的化學實驗室裡冒出濃煙，很快，大火竄燒到其他科室，越來越旺。那只日本大鐘被教工敲響，喚醒了學院四周的居民前來救助，二百一十六名學生和教師只花了十分鐘撤離大樓，她們之中有不少人剛撤到安全地帶，又飛快跑向正在燃燒的大樓，為了搶救能搶救的東西，哪怕是一支筆。所幸的是這場火災沒有造成人員上的損失，但許多資料、教材、圖書被燒毀。這場大火燒了四個小時，把 “College Hall” 燒得只剩框架，但校舍重建工作卻花了四年時間。大火熄滅之後，艾倫・費茲・潘朵頓冷靜地靠著回憶，複述出課表和重要測試題，她還不遺餘力拯救從 1875 年到 1914 年的學術報告，儘量將它們都複製出來。

艾倫・費茲・潘朵頓（左一）學生時代和她的同學們在小樹林的留影。

艾倫・費茲・潘朵頓事後寫下這樣的話:「真難以相信這是真的，我們在 College Hall 生活了這麼長時間，那些日子只能成為美好的記憶，但這場大火告訴我們衛斯理的傳統是燒不掉的，你雖然看不見它，但它永遠存在。」她所指的傳統是校訓：治人必先治於人。一幢兼具生活和教學功能的大樓實際上存在嚴重的問題，在重建計畫中，她把教學樓和宿舍樓分開，主持建立了先進的教學設施系統，現在，學生宿舍中的 Claflin Hall、Severance Hall 和 Tower Court 就是建立在 "College Hall" 的遺址之上的。

這位傑出的教育改革家還有一段中國緣。1908 年，正值一戰的蕭條期，她號召學生們聯合起來度過難關，並發動她們來到中國，和燕京大學建立起友誼互助的關係。1919 年，衛斯理成為燕

1919 年，燕京大學的女學生們在佛堂改造的圖書館裡，這是艾倫・費茲・潘朵頓和學生們的功勞。

京大學的姐妹學校，艾倫・費茲・潘朵頓來到北京做了短期訪問，在這期間，她還幫助燕京大學的女學生們將一座佛堂改造成圖書館。優秀的燕京大學學生有去衛斯理深造的機會，冰心女士就是其中的一位。1923 年她獲得衛斯理的獎學金，來到這所迷人的學校，她把那裡的湖光山色寫進《寄小讀者》一書中，在生病期間，她還寫下這樣優美的語句：「我的床一日推移幾次，早晨便推到窗前。外望看見禮拜堂紅色的屋頂和塔尖，看見圖書館，更隱隱地看見了慰冰湖對岸秋葉落盡，樓臺也露了出來。」

1936 年，七十二歲的艾倫・費茲・潘朵頓退休了，衛斯理為她舉辦了兩個不同的金、銀慶典，分別祝賀她擔任院長二十五週年和從衛斯理畢業五十週年，幾個星期後，艾倫・費茲・潘朵頓突然離世，而她的功績永遠被歷史銘記。

衛斯理牌「第一夫人」

衛斯理到現在也是美國錄取率最低而就業率最高的幾所學校之一，作為一個文理學院，衛斯理有政治、經濟、文化藝術等科，而無論哪一科的學生後來都能成為其行業中的佼佼者。不過，雖然它沒有一個專業叫「第一夫人」，但這個學校最負盛名的，還是它盛產「第一夫人」。

衛斯理牌的「第一夫人」，都不是只關心慈善和人權的偶像型夫人。她們在衛斯理的時候，就得參加學校裡所有的競爭，無論是橄欖球及滾鐵圈，還是獎學金和舞會，她們都習慣在姐妹中爭個輸贏。這樣雄心勃勃的女孩，怎麼可能在擁有一定地位的時候，甘心放棄自己在政界的話語權呢？

希拉蕊・柯林頓：最有政治野心的學生

希拉蕊・柯林頓參議員在功成名就之前最榮耀的一件事，應該是她 1969 年在衛斯理的畢業典禮上，以學生代表的身分致詞。因為，當時還姓羅德罕 (Rodham) 的希拉蕊・柯林頓，是衛斯理歷

哈佛高材生總對衛斯理的女孩情有獨鍾，也成就了比爾・柯林頓和希拉蕊這對政壇夫妻。（圖片出處／ Corbis）

史上第一個在畢業典禮上演講的學生。

非常有趣的是，衛斯理的校史卻對這個有歷史意義的事件隻字未提。因為希拉蕊同學演講的前十分鐘都是即興的，而且抨擊了在她之前致詞的嘉賓愛德華・布魯克 (Edward Brooke) 參議員。

雖然大學一年級的時候，希拉蕊還為布魯克競選參議員奔走出力，但後來由於對共和黨的失望，希拉蕊早已在學校裡投身了民主黨。那天，這位共和黨參議員的演講，果然完全無視 1960 年代美國的現狀，還一味批評學生們反對越戰的抗議示威活動。而在聽眾緊張的喘息聲中，希拉蕊登上講臺，大聲指責他的演說完全脫離了現實，說布魯克的表現「呆頭呆腦」，並稱那都是一些過去四年來引導國家步入歧途的思想。而這之後她演講的主題，是她們這代人對未來感到的恐懼，同學們上大學時的抱負同現實際遇之間的落差。

這次畢業典禮以後，美國著名的大眾刊物《生活》摘錄了希拉蕊畢業演說的部分內容，並同時刊登了採訪她的現場照片：一位嚴肅的圓臉少女，一頭長髮，厚厚的無邊眼鏡後面是一雙敏銳的眼睛，手指伸開的雙手向前面探出。這是希拉蕊的講話與照片首次刊登在全國性的刊物上。雖然多年以後的希拉蕊會以第一夫人、紐約州參議員，或者總統競選人的身分登上這本雜誌，但 1969 年的《生活》雜誌，真實記錄了這個富有政治天分和政治野心的女子初露頭角的樣子。

希拉蕊在自傳《活出歷史》(*Living History*) 一書中提到，在她丈夫柯林頓當總統的時候，她經常和時任國務卿的歐布萊特 (Madeleine Albright) 談到她們共同的母校衛斯理。歐布萊特是早希拉蕊十年的學姐。與希拉蕊不一樣，1950 年代末期，歐布萊特和同學們多半將心思放在找丈夫上，不太關心外界的變化。不過衛斯理的規範以及它對女性的高度期許，仍讓她們受益不少。

這樣的影響同樣加諸希拉蕊身上。希拉蕊也說過，二十世紀 1960 年代是懷著夢想的男人支配的年代，言辭間流露出對在社會進程中沒有女性的空間的不滿。所幸，她就讀的是全美最優秀、最富進取性的女子學院，這對於一心想在推動社會進步的男性世界中找到自己的位置的希拉蕊來說，真是選對了地方。希拉蕊在政治系主修政治學，兼學心理學。正是在衛斯理的時候，她確立了自己的世界觀與政治信仰。

剛進大學，希拉蕊很少與人交往，因為她的同學都是通過激烈競爭的那 5% 優秀分子，希拉蕊完全體現不了自己的優秀才能。

她一度參加頹廢的狂歡酒會——頹廢到讓正直的衛公理派教徒也變得頹廢的程度；後來她成為一個「社會改革者」，參與了校園內的許多改革活動；也在校園裡做了三十天嬉皮，在胳膊上畫花。衛斯理寬容多元的生態，最終讓她又重回到熟悉的角色之中。她在某種程度上變得激進了，加入共和黨青年，關心政治問題。希拉蕊的辯才似乎是在此激發的，人們後來能在電視上看到她所向披靡的辯論，而熟悉她的人都知道，在 1960 年代的衛斯理，希拉蕊就已經是非常犀利的辯論高手。

宋美齡：最美麗、最有權勢的學生

如果說衛斯理把希拉蕊・柯林頓培養成為一個外向型的第一夫人，那麼，這所學校則成就了宋美齡成為一個優雅精明的權勢女性。

宋美齡 1913 年才到東北的麻薩諸塞進入衛斯理，之前都是在南方的威斯里安 (Wesleyan College) 念書。她還非常年幼的時候就來到美國南部，接受的全是南方貴族化的教育。而衛斯理在日後希拉蕊的描述中都是「優美的英格蘭式校園」，但對於保持南方貴族審美情趣的宋美齡而言，鄉村風格的衛斯理實在有點土氣。

開學的第一天她就走進校長辦公室，宣稱自己在這裡不會待太久。當時，這裡的女孩子們也對這個「異教的中國人」抱有成見，特別是看到她的宿舍中掛著的一把中國長劍都被嚇壞了，和她保持著一定的距離。但是衛斯理倡導對每個學生的「特別教育」，宋美齡變成了一個非常有個性的學生。她常常提問，今天跑去問文學的定義，明天跑去問宗教的定義，她還喜歡思考倫理道德問

1943 年，宋美齡訪美，在會見羅斯福前抽空回母校參觀。當時衛斯理的院長米爾德・麥克菲(Mildred McAfee) 熱情陪同。

題，並為自己探索某些準則。而當時的人們對於準則往往是不問究竟地承襲相因，和盤接受。所以不久大家都開始喜歡這個熱情、真誠的女孩子。這個在美國女學生裝上還要點綴一塊絲綢的中國少女，能獲得保守的新教地區人們的認可，說明她很有個人魅力。

宋美齡在衛斯理主修的是英國文學和哲學，選修了天文、歷史、植物、教育、英文寫作、《聖經》史和演講。她粗通法語和音樂，會演奏鋼琴和小提琴，是個不折不扣的活躍分子。衛斯理素

1942 年，衛斯理的學生們舉行支持宋美齡的活動，為中國籌款，一個女孩穿上宋式旗袍，身後的條幅上寫著宋美齡畢業的年份 1917。

來有鼓勵學生參加體育和社團活動的傳統，宋美齡自己非常喜歡游泳和打網球，三年級時還加入了衛斯理歷史相當悠久的 T.Z.E 社團，在那裡與高年級學生一起研究音樂和藝術。1917 年她以杜蘭榮譽學位畢業，這是學院對優秀學生的最高獎勵。

宋美齡留學歸國後嫁給了不會說英文的蔣介石，和眾多衛斯理學生一樣，宋美齡也習慣主動在政治上發揮自己的影響，她辯才極佳，二戰期間在美國遊說，為中國爭取了大量的經濟和物質支持。而且，她在美國的時候，不僅為主流媒體所關注，連 *Vogue* 這樣的時尚雜誌，也曾經選她作為封面人物。因為她傳統而高雅的氣質和大膽敏感的時尚品味，風靡了整個美國。宋美齡應該是衛斯理培養出來的最美麗、最有權勢的女人了。

1943 年和 1965 年，畢業之後的宋美齡曾兩次回訪母校。1965

年的訪問更是被美國的《新聞週刊》、《時代》雜誌等主流媒體大肆宣傳，認為這位「龍女士」的成功離不開這裡的教育，更把她視為「美國的女兒」。衛斯理學院至今仍保存著美齡基金會，紀念這位 beautiful and powerful 的學生。

女人當家快樂多

衛斯理沒有男學生和男院長，教師大部分是女性，女學生也會發出「沒有男人味」的感嘆，這裡的男人不是地位平平的教師，就是在廚房裡、草坪上幹活的工人，在這個男主內女主外的世界裡，女性生活一樣過得有滋有味。

週末的夜晚，衛斯理的女學生往往打扮亮眼趕赴邀約，不是在波士頓的夜總會就是在麻省理工或哈佛。衛斯理的女孩們思想太活躍，而且她們個個都不簡單，是外校男生給的評價，她們親切卻很難搞定，明白自己要什麼，男女平等甚至女人當家的思想從一進校園就產生了。過去的女學生要想在晚上帶男朋友回學校是違反校規的，她們只能看照片，現在就寬鬆多了，男孩能在學校的草地上過夜。

女人當家快樂多，她們的老師總在強調：「生活在教室之外。」也就是中國文人推崇的「功夫在書外」。建校的時候，學生課表上專門安排了禱告時間和家庭雜事時間，然而很快就被戲劇和音樂

1951 年，剛入學的新鮮人 Mary Lloyd-Rees（右一）和她的新同學頑皮合影。

替代了，豐富的社會生活讓女孩們建立起珍貴的友誼，她們將在衛斯理的日子變成富有情趣的藝術化群居生活。現在的衛斯理有一百六十個形形色色的社團，屬於自助活動，但每個學生必須參加至少一個社團，從國際大赦組織、莎士比亞劇團到維護加勒比海婦女權益組織等一應俱全。許多女孩在進學校之前，家裡對她的將來有明確的規劃，可進了學校之後，她們在各種活動中找到自己的最愛，從而改變了職業選擇。

1888 年，衛斯理來了位名叫加藤琴的日本女孩，她是衛斯理的第一位亞裔學生。加藤琴在這裡學習一年後回國，從她開始，衛斯理的亞洲學生越來越多。她們帶來了新鮮的話題和東方文化。有位學生畢業後在宿舍的門背上留言：「這是我的 111 房間，我在這裡度過了四年美麗時光，每天都有驚喜，每個月都會有新的變

衛斯理姑娘們的體育競技成績是出了名的好，這張籃球活動照片攝於 1948 年。

化，這裡的每件家具、地板上的新腳印都是我的好朋友，而即將入住的你，我的好朋友，你一定會有更加與眾不同的校園生活。」

衛斯理的姑娘們還熱衷於籃球、足球、橄欖球等體育活動，她們的體育競技成績是出了名的好。從創校到上世紀 1940 年代後期，有一項傳統項目成為衛斯理的標誌——划船。冬天，慰冰湖面結著厚厚的冰，會有不少女孩子穿著冰刀自由飛馳；春天，山清水秀，是划船的好季節，衛斯理的划船比賽自建校以來就大受歡迎。一條長長的木船上，九名女孩一字排坐，第一個是領隊，她面朝隊員，其餘八名隊員訓練有素地聽她指揮，她們穿著相同的水手服，年輕帥氣，遠遠看去就像一支沙雁隊伍，線條優美極了。還有一種雙人划，要出動八十二名學生，每條船還是九個人，二個並排，分成四排，領隊負責調動，共有九條船同時往一個中

衛斯理最著名的划船運動，穿上水手服的女孩們遠看就像一排沙雁，優美極了。

心點划行，所有船隻都得服從一個總指揮，最後船隻在湖面上擺出一個完美的星形，簡直令人嘆為觀止。但這項活動在二戰後漸漸衰落了，現在的我們，只能從照片上欣賞當年的慰冰湖面，曾出現過如此龐大絢麗的星狀圖案。

別以為塗鴉牆是個時髦玩意兒，早在 1945 年，衛斯理就有了漂亮的塗鴉牆，它是學生們在藝術系教授亞伯特 (Agnes Abbot) 指導下，在校友廳 (Alumnae Hall) 的內牆上完成的。二戰時，校友廳作為社會公共樓被美國海軍供應部占用，戰後，學生們很高興看到它又重新回到了衛斯理的懷抱，因此她們自發地用漫畫方式為校友廳加點與眾不同的裝飾，一定要代表衛斯理獨有的特點，她們描繪了衛斯理四項最鮮明的傳統活動：划船、植樹、滾鐵圈、唱歌。每張畫都充滿童趣，而且相當細緻。

除了參加社團活動，很多女孩還有份小收入工作：當研究員助手或咖啡館收銀員。工作所得可以讓她們減輕學費負擔和應付日常花費。衛斯理每年的學費現在大約是四萬美元，獲得助學金待遇的學生不到一半。學校靠財政撥款加上畢業生自願捐款得到

校友廳牆上的裝飾塗鴉，它是學生在 1945 年自己完成的。

的錢用做周轉資金，學生還成立了學生政府，遇到重大決議時投票解決，如果學生反對票多，那麼某個不討好的計畫就泡湯了。

衛斯理教育出來的全都是大女人，她們不僅有政治覺悟，還有極強的自我實現願望，她們連老師的生殺大權都掌握在手上，每學期給老師評分，不合格的就被淘汰。三把銅鑰匙代表了衛斯理的治學精神，它們鑄於 1899 年，通過新院長的就職儀式一代代往下傳。鑰匙的銅雕分別是壁爐、打開的書和十字花，衛斯理的使命正體現在這三把鑰匙裡：享受溫暖的生活、擁有自由的思想和堅持傳統的精神。

陳甜瓜　陳小咪

玫瑰色的戰鬥

都鐸王朝的女人們

2008 年的熱播影集《都鐸王朝》(*The Tudors*) 和好萊塢電影《美人心機》(*The Other Boleyn Girl*) 又一次將屬於十六世紀英格蘭都鐸王朝的宮廷氣質展現在觀眾面前。無可否認，那是一段英格蘭歷史上的華彩篇章，眾多女性的形象第一次以極為強勢的姿態走上英格蘭的政治舞臺。那些穿梭於宮廷中的華服女子，在玫瑰色的紗幔背後上演著你死我活的較量，演繹了一個又一個或悲情、或浪漫的故事。

伊麗莎白一世（Elizabeth I，凱特・布蘭琪飾）是英格蘭最具影響力的君主。（圖片出處／ Alamy）

亨利八世的離婚案

英格蘭的亨利八世一生迎娶過六位王后，除了最後一位在國王死後得以改嫁，其他五位無一善終。這個男人一生擁有至高王權，卻偏偏無法讓任何一個女人幸福，也無法讓自己僅有的三個兒女和睦相處。

亞拉岡的凱瑟琳

1501 年 10 月 2 日，英格蘭的國土迎來了尊貴的客人——十六歲的西班牙公主凱瑟琳・亞拉岡（Catherine of Aragon，在歷史上她被稱作亞拉岡的凱瑟琳），她與隨從們經歷了三個月的海上航程終於在普利茅斯登陸，即將成為英格蘭王儲威爾斯親王的妻子。年輕的公主在擁有端莊容貌的同時更擁有顯赫的家世，她的父親斐迪南二世統治著強大的西班牙，而母親則是因資助哥倫布環遊世界而名垂青史的卡斯提爾女王伊莎貝拉一世。她豐厚的嫁妝以及兩國隨之建立的利益關係，讓當時的英格蘭國王亨利七世對這樁婚姻十分得意。

同年 12 月 14 日，王子與公主的婚禮在聖保羅大教堂隆重舉行，新娘靜靜地打量著眼前這位面色略顯蒼白的新郎，心中充滿對幸福生活的浪漫幻想，卻不知這竟是自己一生諸多悲劇的開始。威爾斯王子身體羸弱，婚後沒幾個月就因病去世了，一下子成為

亞拉岡的凱瑟琳相貌端莊、性格溫順。

寡婦的凱瑟琳除了悲傷之外茫然無措，她的命運操縱在亨利七世的手中。為了保障既得利益，亨利七世凍結了兒媳婦的所有財產，並給西班牙兩位君主發去信函，希望凱瑟琳公主能和他的二兒子亨利・都鐸王子成婚。與英格蘭的聯盟能鞏固並擴張西班牙在歐洲大陸上的勢力，於是這件婚事在凱瑟琳一無所知的情況下就被雙方家長許可了，他們甚至還神奇地獲得了羅馬教皇的特別認證——對前一段婚姻忽略不計，而新的婚姻被判定是合法的。不過因為小王子才剛剛十一歲，婚禮被延期舉行，而凱瑟琳被送往倫敦郊區的一棟房子裡，直至1509年亨利七世去世才被接回宮中。面對從冷酷與孤獨中將自己解救出來的亨利王子，凱瑟琳心存感激，而她姣好的面容、溫順的品性也讓她很快得到了王子的喜愛。

1509年6月24日，十八歲的亨利八世與凱瑟琳攜手在西敏寺大教堂舉行了國王與王后的加冕典禮。開始的日子是甜蜜而幸福的，王后忠實地信奉著天主教，她的仁慈與善良得到了老百姓的認可與愛戴，國王也深深為她的才情所折服，當時有學者將國王與王后的關係稱做是「美滿婚姻的典範」。不過除了讚美的人群之外，也還有記憶力絕佳的人別有用心地記得凱瑟琳比亨利八世大了足足六歲，所以當王后的美貌漸漸凋零時，早就準備好的美女就被一個一個送到國王的床上。年輕的國王顯然對這一形式十分享受，凱瑟琳的隱忍態度更讓他肆無忌憚，於是出軌成了習慣，婚姻的神聖感蕩然無存。

在天主教不允許離婚的前提下，凱瑟琳本不該為自己的后冠擔憂，但她與亨利的婚姻卻因為一個致命的因素一天天走向崩潰——她一直都沒能為都鐸家生一個兒子。凱瑟琳先後懷過六個孩子，但活下來的只有瑪麗 (Mary) 公主一個，這讓亨利十分惱火，而隨著年齡的增大，王后為國王生個男孩的可能性也越來越小。在他們的婚姻將滿二十年的時候，亨利八世開始「意識」到自己因為娶了哥哥的妻子而受到了上帝的詛咒：如果他不與凱瑟琳離婚，他將永遠不配擁有一個兒子。不過在突然「有所覺悟」之前，他已然為自己物色好了下一個妻子，她的名字叫安・博林 (Anne Boleyn)。

斷頭王后安・博林

布利克林莊園是英國歷史上最著名的鬼宅之一，據說每年的5月19日，都會有人看到斷頭皇后安・博林的冤魂提著自己的腦袋出現在莊園周圍。這個莊園就是王后出生的地方，而5月19日則是她被送上斷頭臺的日子。

安・博林是托馬斯・博林爵士與伊麗莎白・霍華德郡主的第二個女兒。嚴格說來，博林姐妹的血液中只有繼承於母親的一半貴族血統，她們的父親只不過是個善於經營的富商。不過在野心勃勃的舅舅諾福克公爵的策劃下，姐妹倆從小就被送入法國宮廷擔任王后的侍女，在全歐洲最奢華的名利場中，她們的眼界大開，並接受到了嚴格正統的宮廷教育。博林一家期待著兩個出色的女兒有朝一日能進入英國皇室，為家族帶來財富和榮耀。

從法國回來時，姐妹倆已經從小女孩長成了窈窕淑女。跟姐姐瑪麗相比，安的長相並不符合傳統英國美女的標準，當時的人們喜歡蒼白的膚色、亞麻或淡金的頭髮以及介於藍與灰色的眼眸，而安的皮膚微黑，頭髮和眼睛的顏色都是深栗色。雖然安比瑪麗更有才華，但諾福克公爵顯然認為瑪麗更適合做亨利八世的情婦，安則在他的安排下成為凱瑟琳王后的侍女。瑪麗・博林的美麗溫柔果然吸引了亨利八世，不過不久之後，關於瑪麗在法國時私生活淫亂的傳聞就傳入了國王耳中，國王興致全無，瑪麗被送回了家中。瑪麗的失寵並沒有讓博林家的男人們心灰意冷，因為他們已經發現在宮廷舞會上，國王的目光始終追隨著舞姿動人的安，是的，博林家的小女兒已經款款走進亨利八世的眼簾，走入他的心中。

亨利八世對安展開了熱烈的追求，面對珍貴的珠寶首飾和熱情洋溢的情書，安・博林卻顯出異於常人的冷靜。她言辭犀利地一次又一次拒絕了亨利，並表示會將童貞獻給自己的丈夫，而絕不會像她的姐姐那樣當一個情婦。艱難的求愛過程極大地刺激了國王的興趣，他的情欲被這個始終無法得手的女人撩撥得日益高漲，在情書中他飽含激情地寫道：「整個世界中我最珍愛的女人，請你耐心等待，我保證從此以後我的心只對你一個人忠誠，我的身體也絕無二心。」不過安・博林依然不為所動，她要的不是國王的愛情，而是王后的寶座！

被愛情沖昏頭腦的亨利八世在 1527 年正式提出要與凱瑟琳王后離婚。亨利的理由是上帝根本不承認他們罪惡的婚姻，所以就詛咒他只配有個女兒，而凱瑟琳皇后卻堅持自己的婚姻合法，因為她同威爾斯親王之間並不存在事實婚姻，亨利八世應該十分清楚她再次結婚的時候仍然「保持著童貞，白璧無瑕」，與此同時，站在凱瑟琳身後的還有強大的西班牙兼神聖羅馬帝國皇帝查理五世（她的侄子）以及萬千愛戴著王后的英格蘭人民。為了控制住局面，亨利八世發表了有史以來最無誠意的一段演講。他對世人宣布：「如果法庭判定王后果真是我合法的妻子，那麼對我來說這就是天大的喜訊，因為這樣不光能證明我良心的清白，也同樣證明了她的美德和人品，這一點我十分明瞭。……她出身高貴、品行端淑、謙虛溫順、無人能及……，因此就算讓我再結一次婚，弱水三千，我也只取這一瓢。但是，如果審判的結果表明我們的婚姻違背了上帝的旨意，那麼我將不得不忍受著巨大的悲傷，離開這位優秀的女士，離開我的愛侶。」所謂的法庭是亨利八世親自召集的，代表教皇出席聽證會的紅衣主教托馬斯・沃爾西 (Thomas Wolsey)，是亨利八世身邊的心腹，因此對凱瑟琳來說，讓聽證會公平進行的機會十分渺茫。為了離開這位「優秀的女士」，亨利八世使盡了渾身解數，他甚至警告百姓：「還沒有哪個腦袋是我捨不得砍的。」本來亨利以為事情會很快解決，無奈礙於天主教會的阻攔（此時羅馬被查

亨利八世的第二位皇后安・博林

理五世占領，羅馬教皇受其控制），國王離婚案的審判被一拖再拖。亨利八世終於失去了耐心，在 1534 年與羅馬教廷正式決裂，操縱議會實行自上而下的宗教改革，建立國教，由亨利本人擔任教會最高領導人。這一驚世駭俗的做法難道僅僅是一怒為紅顏嗎？從政治角度來看，英格蘭自此成為歐洲大陸上第一個政教合一的國家，君主的權力達到巔峰，而日後伊麗莎白一世「黃金時代」的開創就是建立在君主集權的基礎上。安・博林因為篡奪了凱瑟琳的王后地位，被英格蘭的人民冠以「御用婊子」的惡名，而亨利和安，究竟誰在利用誰？恐怕只有當事人心裡清楚。

1532 年年底，一直聲稱要堅守童貞的安・博林懷了亨利的孩子，星相大師預測這個孩子將成為一位偉大的君主，因此安與亨利都堅信懷的是一個男孩。1533 年，為了不使孩子的身分受到質疑，亨利八世與安祕密結婚了，而凱瑟琳被剝奪了王后頭銜並流放到荒蕪之地。不久之後，這個承載著國王深切企盼的孩子降生了，依然是個女兒！亨利八世簡直不敢相信自己的眼睛，簡單地給女兒命名為伊麗莎白之後就匆匆離開了。

幾乎從安・博林生下女孩那天起，亨利的目光又開始流連在別的漂亮女人身上了。不過安可不像凱瑟琳那樣善於容忍，她嫉妒成性，嚴禁亨利偷腥，兩人經常為此事發生激烈的爭吵，關係也越來越惡劣。本來事情還有轉圜的餘地，因為王后再次懷孕了，但王后無意中看見自己的侍女珍・西摩 (Jane Seymour) 親暱地坐在亨利的大腿上，一氣之下流了產，經醫生鑑定那還是個男胎，盛怒之下的亨利將所有的過錯都推到安的頭上，國王的婚姻再一次走到崩潰的邊緣。這一次，更多的權臣們願意在搞垮安・博林這件事情上推波助瀾，首先這位安王后沒有強大的後臺；其次她熱衷於參政議政，其飛揚跋扈的態度得罪過不少權貴；再加上王后不遺餘力地為自己的家族聚斂權力和財富，這一切都讓安・博林在王宮中沒有什麼好人緣。陰謀從飄散在角落的謠言開始，在傳說中，安・博林長有六根手指，頸部還有一顆巨大的疣，她使用巫術蒙蔽了亨利的眼睛，瞞著國王跟超過一百個男人發生過關係……。

1536 年，亨利八世以通姦和叛國罪逮捕了安・博林，在她被指控的罪行中，有利用巫術迷倒了國王，讓國王拋妻棄女；對國王陰謀下毒；與五個男人通姦，包括她的親弟弟……。5 月 19 日，安・博林被送上了斷頭臺，在她死後的第十一天，亨利八世迎娶了第三任王后——珍・西摩。

私生子？繼承人？

自亨利八世處心積慮、蠻橫地宣布與凱瑟琳的婚姻無效後，圍繞王位繼承權便展開了頗具戲劇性的拉鋸戰。私生子，繼承人，這種天堂地獄般的不斷轉換折磨著瑪麗・都鐸、伊麗莎白・都鐸這兩位公主，並最終成就了都鐸王朝的兩位最知名的女王。

血腥瑪麗——英國第一位女王

1516 年，亞拉岡的凱瑟琳王后為年輕的亨利八世生下了一個女兒，她的名字叫瑪麗・都鐸。在母親無微不至的呵護下，瑪麗公主度過了幸福的童年，然而自從 1528 年父親向母親提出離婚，瑪麗的臉上再也沒有出現過笑容。她首先被當成父親逼迫母親的籌碼，亨利威脅凱瑟琳，接受與他離婚，體面地退居二線，否則就永遠不能和瑪麗見面。凱瑟琳拒絕接受這種身分的降低，更不能接受他們的女兒淪為私生女。為了懲罰凱瑟琳，王后母女倆被迫分開，瑪麗公主被送往皇宮外的一處住所單獨居住，那年她剛剛滿十二歲。

1534 年，亨利八世正式宣布他與凱瑟琳的婚姻無效，與羅馬教廷正式決裂，並強迫瑪麗承認新王后安・博林。父親所做的一切都是瑪麗公主無法接受的，她跟母親一樣是一個虔誠的天主教徒，她也永遠記得母親的教誨，「永遠不要承認私生女的身分，永遠不要承認違背天主教教義的法案」。瑪麗的強硬態度讓亨利八世十分惱火，但這並不足以讓父親想到什麼非難女兒的理由，瑪麗所受到的真正屈辱是從伊麗莎白・都鐸的降生開始的。因為伊麗莎白的性別，王后安・博林開始為自己女兒的繼承權煩惱，而眼下橫在伊麗莎白與王位之間最大的障礙就是瑪麗公主。安王后一方面抓住瑪麗與父親的一切衝突，從中大肆挑撥父女倆的關係，另一方面由諾福克公爵出面聯合當時國王的心腹湯瑪斯・克倫威爾 (Thomas Cromwell)，在 1534 年起草了一份新的《繼承法案》，在這份法案中，瑪麗被認定是非法定婚姻產下的私生子，失去了繼承王位的權利，她不能再被稱為「瑪麗公主」，所有人必須稱呼她為「瑪麗小姐」。帶著皇室血統天生賦予的驕傲和對母親的無比熱愛，瑪麗・都鐸始終拒絕簽署這份法案，她的不合作極大地挑戰了亨利八世的權威，不久之後瑪麗就失去了自己所有的財產，並被任命為伊麗莎白公主的侍女。

安・博林僅僅當了三年半的王后就被砍了頭，新王后珍・西摩以前者為戒，為人低調、與人為善，並試圖努力調和國王父女的關係。珍・西摩把公主帶回宮中，鼓勵她和國王交流感情。雖然瑪麗還是不能接受《繼承法案》，但她此時儘量放低姿態，避免與父親正面的衝突，不過亨利八世並不打算因為瑪麗的退讓而放過她，相反，因為珍・西摩為他生出了日思夜想的兒子——愛德華・都鐸，他必須立刻迫使瑪麗承認《繼承法案》，以保證自己的兒子不會淪為私生子。國王把瑪麗交給了法庭，想要以叛國罪審判自己的女兒，瑪麗最終不得不屈從於父親的志願，簽署了《繼承法案》。這份法案認定愛德華・都鐸是亨利八世的合法繼承人，而「瑪麗小姐」和「伊麗莎白小姐」作為私生子不具有繼承權，並雙雙被任命為愛德華的侍女。瑪麗保住了自己的性命，但內心卻遭受了巨大的煎熬，一個擁有純正皇室血統的公主從此變成了一個私生女、異教徒，她雖然活著，卻得不到應有的尊重。亨利八世還在世的時候，瑪麗曾這樣形容自己：「我只是瑪麗小姐，這個基督教世界裡最不幸的小姐。」

英格蘭的瑪麗一世因其在位期間瘋狂殘害新教教徒，被人稱為「血腥瑪麗」。

1547 年，亨利八世去世，九歲的愛德華六世即位。根據亨利八世的遺囑，英格蘭王位將由愛德華及其後人繼承，但假如愛德華無後，王位就會傳給瑪麗和她的後代。愛德華六世是新教的擁護者，他在位期間一直都在為徹底改革英格蘭宗教而努力，不過一旦一位信仰天主教的君主繼位，他所做的一切都是白費。根據遺囑，愛德華六世如果能生個繼承人，那麼問題就將迎刃而解，問題是國王很難做到這一點。按照《格林威治條約》，蘇格蘭女王瑪麗・斯圖亞特 (Mary Stuart) 應該在 1552 年和愛德華完婚，但亨利八世曾在 1542 年向蘇格蘭開戰，蘇格蘭貴族廢除了這份條約，並且把女王嫁給了法國王儲弗朗西斯。另一方面，作為新教國王，愛德華六世很難和法國、西班牙這些強國攀上親戚，而且國王年齡太小、身體欠佳，即便成婚也未必能生下一兒半女。

愛德華也曾經嘗試逼迫自己的姐姐改信新教，但信仰是瑪麗誓死維護的，任何人都無法改變，在種種因素作用下，新教集團的權臣們慫恿愛德華六世更改了《繼承法案》，把王冠留給了他的表親琴・格雷 (Jane Grey) 郡主，國王希望他的兩個「私生女」姐姐能夠安於天命，放棄她們與生俱來的權利，並「按照我們的約定和平地生活下去」。

1553 年 7 月 6 日，愛德華六世死於肺病，年僅十六歲，而另一個十六歲的女孩琴・格雷在四天之後被人領到英格蘭國王的寶座前，披上了象徵都鐸王朝的綠色和白色長袍，戴上國王的王冠。雖然琴・格雷經過了正式加冕，但歷史上人們一般不會把她算入都鐸王朝的體系之中，她只是政客手中用來博弈的一顆棋子。九天之後（7 月 19 日），新朝廷就被瑪麗和她的支持者推翻了，同年，瑪麗・都鐸在西敏寺大教堂加冕為英格蘭歷史上第一位公認的女王。

不過英格蘭的人民很快發現，這位女王並不像她的母親那樣溫和慈善，她的冷酷和固執反倒更令人聯想起她那位我行我素、暴劣無常的父親。她在加冕的當年就嫁給了信奉天主教的西班牙王儲菲利普，表明了要與英國的新教勢力為敵；1554 年 2 月，「九天女王」琴・格雷在倫敦塔被處決，在此之前更多與此事相關聯的人已經被斬首示眾；接下來女王的行徑愈加殘暴，她先後下令燒死了幾百名新教教徒，歷史資料中記載下了如此殘酷的場景：「如果同時處死很多人，人的脂肪燒焦的味道甚至擴散得很遠」，「懷孕的婦女在大火和緊張的刺激下生下了一個嬰兒，嬰兒被抱出來，但很快又被士兵扔回到烈火中」。英格蘭的人民越來越無法承受女王因為長期壓抑所爆發出的瘋狂仇恨心理，他們稱女王為「血腥瑪麗」，整個英格蘭，甚至包括天主教徒和一開始支持她的貴族們都聯合起來反對女王的統治。與此同時，女王的妹妹——信仰新教的伊麗莎白被越來越多人看做是英格蘭未來的希望。

隱忍的力量——伊麗莎白一世

如果瑪麗真的對伊麗莎白恨之入骨，那麼早在她擔任伊麗莎白侍女的時候，就有大好的機會加害這個同父異母的妹妹，那時瑪麗十七歲，而伊麗莎白只是個襁褓中的嬰兒。瑪麗真正痛恨的是伊麗莎白的母親安・博林，正是這個女人處心積慮地篡奪了她母親的位置，並造成自己一生的不幸。所以當瑪麗聽到安・博林被處決的消息時，她絕對是全英格蘭心情最愉悅的人。與此同時，小伊麗莎白也被剝奪了公主的稱號，成為跟她一樣的私生女，這一判決讓她多少忽視了對伊麗莎白的仇視，甚至從某種程度上認同了這個跟她一樣可憐的女孩。

瑪麗・都鐸至少還有過一段美好的童年，而伊麗莎白幾乎從一出生就成為父母的棄兒，父親對她的性別萬分失望，母親雖然愛她，卻終日忙於應付各種錯綜複雜的宮廷陰謀和國王一段又一段的風流韻事。未滿四歲的她目睹父親下令砍掉母親的頭，緊接著她被宣布為私生女，連宮女都能隨意地欺負她。她的眼睛過早地看到了人性中最骯髒的一面，而她超越常人的智慧讓她很快就理解了一切並迅速地成長。她明白，在宮廷中，她沒有任何人可以依靠，如果想活下去就必須忍耐，讓自己變得無足輕重，誰會在乎這個既沒有繼承權又沒有任何野心的私生女呢？即使在她與姐姐瑪麗的關係中，伊麗莎白也一直扮演弱者的角色，這種做法讓瑪麗認可了她們的姐妹關係，在瑪麗女王登基時，伊麗莎白以妹妹的身分站在了女王的身邊。

不過伊麗莎白的信仰問題成為瑪麗一世登基之後的一塊心病，要殺掉她當然很容易，但女王更希望伊麗莎白能夠遵循她的意願改變自己的信仰，這無疑是對英格蘭天主教勢力的一個巨大激勵。在瑪麗一世的授意下，天主教顧問們開始用各種手段向伊麗莎白提出「建議」，但伊麗莎白始終保持著沉默，事情陷入僵局。此時西班牙的公使提醒女王，如果女王在去世之前不能生育，那伊麗莎白將作為第一繼承人繼承王位，她的信仰會重新對整個天主教世界構成威脅。瑪麗一世意識到了問題的嚴重性，年近四十的她身體並不是很好，而伊麗莎白才二十出頭，不出意外的話當然會活得比她長，於是女王立即下令加大「建議」力度，伊麗莎白被關進了倫敦塔。此時伊麗莎白明白，若自己還不向女王屈服，她很可能會先於女王而死，而只要她能活下去，她的未來就有無限的可能性。不久之後，伊麗莎白在獄中宣布改信天主教，瑪麗為此欣喜若狂，她賞賜給伊麗莎白很多珠寶和錢財，並恢復了她的地位。不過瑪麗女王很快發現妹妹並不是真心改信天主教，伊麗莎白的一切財產再次被剝奪，她這次被關押在一座廢棄的莊園中。

在英國人心目中，伊麗莎白一世是隱忍、堅韌的代表。

據說，伊麗莎白在倫敦塔的牢獄之災中還經歷了她人生中最刻骨銘心的愛情。故事的男主角羅伯特・達德利 (Robert Dudley) 是她青梅竹馬的玩伴，當時因為弟妹琴・格雷的緣故也被收押在倫敦塔內。羅伯特・達德利成功地將一個獄卒的兒子變成了他和伊麗莎白之間的信使，小男孩經常為他們送信，還每天給伊麗莎白送一朵玫瑰花，為獄中的伊麗莎白帶來了安慰和堅持下去的力量。（因為達德利只是個跟王室沾點邊的小貴族，伊麗莎白礙於身分不可能與其結為夫妻，但在這之後達德利爵士始終是伊麗莎白最信任的密友。）

還沒等瑪麗想好怎麼處置伊麗莎白，戰爭就讓她陷入了焦頭爛額的困境中。因為盲目聽從丈夫的勸告，瑪麗發動了對法國的戰爭，1558 年，英格蘭失去了他們在歐洲大陸唯一的土地——加

影片《伊麗莎白》中，藝術家虛構了「童貞女王」少女時代的戀情。（圖片出處／ The Ronald Grant Archive）

萊港，這讓英格蘭完全被排除在歐洲大陸之外，成為一個孤立的島國，英格蘭人在感情上受到了很深的傷害，女王作為始作俑者成為眾矢之的，統治地位搖搖欲墜。在忙著應付各地人民的反抗時，瑪麗一世發現自己的腹部日益隆起，開始她興奮地以為自己有了身孕，伊麗莎白因此被解除了監禁，並奉召入宮隨侍在姐姐身邊。但很快，女王日益明顯的疼痛感讓御醫們明白，女王並不是懷孕了，在她的腹腔中有一個迅速生長的惡性腫瘤。1558 年 11 月 17 日，瑪麗・都鐸在痛苦中嚥下了最後一口氣。二十五歲的伊麗莎白・都鐸眾望所歸，加冕成為英國女王，史稱伊麗莎白一世。

她是英國歷史上最有影響力的君主，為英國帶來了強大的「黃金時代」和之後持續三百年的繁榮。

女王的角逐

十六世紀下半葉的歐洲有兩位如鑽石般璀璨的女王——英格蘭的伊麗莎白一世和蘇格蘭的瑪麗一世。她們的容顏、才智不相上下，她們同樣既高傲又自負。兩位女王始終有心一較高低，她們同樣都認為，棲息在同一片海域的英倫三島，有一位君主就足夠了！

蘇格蘭的瑪麗一世

1542 年 12 月 9 日，伴隨著蘇格蘭國王詹姆士五世去世的喪鐘，國王唯一的合法繼承人——瑪麗・斯圖亞特降生在這個世界，六天之後，襁褓中剛剛能睜開眼睛的小女孩就加冕成為蘇格蘭女王（為了與英格蘭的「血腥瑪麗」區分，史學家稱她為蘇格蘭的瑪麗一世）。

信使把女王登基的消息帶到了英格蘭，亨利八世立刻決定為年幼的王子愛德華定下這門親事。兩國雖然簽下了婚約，但瑪麗的母親作為一名虔誠的天主教徒，心中對這樁婚事十分不滿，而蘇格蘭國內的天主教徒也開始暗地裡謀劃，把女王嫁到法國去做王妃是否會得到更大的好處。在經過一系列的談判、爭論甚至是戰爭之後，斯圖亞特家族的小女孩最終成為法國國王的兒媳婦，1548 年 8 月 7 日，不滿六歲的女王在四個年紀相仿，同叫「瑪麗」的貴族女孩陪伴下登上了駛往法國的輪船。

天真爛漫的小女王輕易地獲得了整個法國宮廷的喜愛，法國國王亨利二世在一封信中對她讚不絕口，稱她是「我所見過的最可愛的孩子」。1558 年 4 月，尚不滿十六歲的瑪麗・斯圖亞特在巴黎聖母院與法國王儲弗朗西斯舉行了婚禮，她被宮中的人們稱為「女王太子妃」。一年之後，亨利二世去世，她正式成為法國的王后，一時之間這個頭戴兩頂王冠的小姑娘權傾天下，達到了自己人生的巔峰。讓我們將她與英格蘭那兩位命運多舛的公主相比較，蘇格蘭的瑪麗在流光溢彩的法國宮廷，受到娘家三位舅舅的庇護與法王亨利二世的溺愛，如同是被上帝恩賜的寵兒。然而正是這種無憂無慮的生活使她的個性中多了幾分浪漫、少了幾分理智，雖然有過人的才華，但卻缺少必要的政治敏感度和玩弄權謀的手腕，更造成了日後她與以堅韌著稱的伊麗莎白一世在長期對峙中總是處於下風，最終徹底失敗。

1558 年 11 月，英格蘭女王瑪麗一世駕崩，伊麗莎白女王繼位的消息在法國宮廷掀起了軒然大波。信奉天主教的法國方面認為伊麗莎白繼承王位是不合法的，因為伊麗莎白由亨利八世認定為私生女，而私生女是不能繼承王位的。因此，依照歐洲通行的血緣親疏原則，繼承王位的應該是亨利八世的大姐瑪格麗特的孫女——蘇格蘭女王瑪麗・斯圖亞特。法國皇室為瑪麗・斯圖亞特打出了蘇格蘭、英格蘭與愛爾蘭女王的旗號（當時愛爾蘭屬於英格蘭），在瑪麗的個人圖章中，為她加入了英格蘭與愛爾蘭君主專屬的圖案。這是瑪麗・斯圖亞特與伊麗莎白兩個女王之間鬥爭的序幕，也是瑪麗後半生悲劇的開始。

瑪麗・斯圖亞特的丈夫弗朗西斯二世因為自幼體弱多病，在登基兩年之後就駕崩了，王太后凱瑟琳・美第奇臨朝攝政，曾經諷刺過王太后並非純正貴族血統的小王后為了自己一時的口舌之快付出了代價——她在法國失去了所有的權力，無奈之下只好返回自己的祖國。代替瑪麗在蘇格蘭攝政的母親留給女兒的是一個爛攤子，國庫極度空虛，詹姆士五世的私生子莫里勛爵掌握了實權，聚斂了大量的私人財產，並成為新教首領。由於瑪麗・斯圖亞特的天主教信仰和與法國的關係，莫里勛爵從瑪麗一回國就曾經考慮過找傀儡取而代之的想法。儘管有這些威脅，但瑪麗・斯圖亞特在一開始還是得到了貴族的擁戴。同時瑪麗知道，莫里勛爵的財富、權勢和關係已使得他成為蘇格蘭的無冕之王，於是她處心積慮地與莫里勛爵處好關係，試圖讓他相信自己對他並沒有任何威脅。莫里勛爵是個冷靜的現實主義者，他知道自己的私生子身分使他永遠都不可能問鼎王位，與其追求不可能得到的東西，倒不如與女王和平相處，換來將實權牢牢控制在手中的結果。就這樣，瑪麗・斯圖亞特在蘇格蘭暫時站穩了腳跟。

女王對女王的審判

十六世紀的歐洲，國家的版圖依靠聯姻而形成，此時此刻，歐洲的兩位未婚女王：蘇格蘭的瑪麗一世和英格蘭的伊麗莎白一世，吸引了幾乎所有歐洲王公貴族。對於一個統治者來說，迎娶一個女王是一種最輕鬆的擴張權力的方式。伊麗莎白一世清醒地認識到，已然回國的瑪麗・斯圖亞特如果再次嫁給一個信奉天主教的王子或國王，天主教將重新贏得世界性的勝利，她決不允許這樣的事情發生。伊麗莎白一世在蘇格蘭安設了很多密探，對向瑪麗求婚的人員名單瞭如指掌，她毫不掩飾地威脅蘇格蘭使臣，如果瑪麗接受奧地利、西班牙或是法國王公的求婚，她將視此為敵對行為。伊麗莎白的心思昭然若揭，瑪麗挑選的丈夫必須經過她的批准。

對於伊麗莎白的過度「關懷」，瑪麗也表示了虛情假意的「感激」，她保證「決不會將自己與英格蘭女王的珍貴友誼置於危險的境地」，並將「聽從伊麗莎白的一切建議」。但緊接著這份令人感動的「順從」之後，瑪麗也拋給伊麗莎白一個棘手的問題：「如果我嫁給你為我挑選的丈夫，你是否也應該有所補償，比如承認我的英格蘭王位繼承權?」雙方如同討價還價的商人，誰都不相信對方的承諾，這個問題一拖就是兩年。

不過，瑪麗・斯圖亞特天性中的浪漫終於讓她首先退出了這場耐力的角逐，一位英俊的追求者讓女王打開了心門，他的名字叫亨利・達恩利，從理論上講，他是瑪麗・斯圖亞特的表弟。瑪麗無可救藥地愛上了他，並衝破一切阻力與他結了婚。這樁婚姻讓瑪麗將伊麗莎白惹怒的同時，也得罪了蘇格蘭權貴的利益，缺少政治頭腦的女王在追求愛情的同時，卻失去了自己在權力上的靠山。不久之後，瑪麗生下了一個兒子，這個消息再次刺激了終身未嫁的伊麗莎白女王，在一群誠惶誠恐的侍女面前，女王第一次放聲大哭，「蘇格蘭女王生了一個兒子，而我是不結果實的枯枝!」此時的伊麗莎白不再是不可一世的女王，而只是一個可憐的女人，她與瑪麗之間的恩怨除了國家的利益，也多了點女人之間的嫉妒。

電影《伊麗莎白：輝煌年代》複製了瑪麗・斯圖亞特臨刑前的場景。（圖片出處／ Alamy）

不過瑪麗的幸福婚姻並沒有持續多久，事實上，僅僅幾個月之後，她就發現自己曾經熱戀的亨利・達恩利不過是個金玉其外、敗絮其內的浪蕩公子。但情欲一經釋放就難以再行駕馭，愛情的魔咒讓瑪麗一而再、再而三地陷入醜聞之中，這最終導致了她在 1567 年 6 月 17 日被蘇格蘭貴族囚禁起來。女王並沒有受到虐待，她被安置在風景如畫的洛赫立文城堡，看守也並不嚴密。1568 年 5 月 16 日，瑪麗・斯圖亞特越獄了，她登上了一條小漁船，目的地是英格蘭的國土，天真的瑪麗竟然期望伊麗莎白女王能夠念及在往日書信中提及的友誼，給她一個容身之所。

但英格蘭同樣用另一座城堡的監禁歡迎了她，瑪麗・斯圖亞特被伊麗莎白軟禁了整整十七年。有很多史料能夠證明，伊麗莎白一世並不想要瑪麗的腦袋，因為這十七年的時間，她隨時都可以這麼做。但瑪麗・斯圖亞特在被軟禁期間卻從未放棄過對伊麗莎白的仇恨，一年又一年，她不斷地尋找盟友、苦心經營，企圖尋找機會刺殺伊麗莎白。最終，英格蘭舉國上下一致認為，只有一個辦法能夠保證國家的和平和女王的安全，那就是把瑪麗・斯圖亞特送上斷頭臺。

1587 年 2 月 8 日，蘇格蘭女王平靜地走向了生命的盡頭。在臨刑之前，她親手摘下掛在頸項上「神的羊羔」項鍊，手沒有一絲顫抖。當黑色的斗篷從她肩上滑落，一襲鮮紅的裙裝映入人們的眼簾，如同一團鮮紅的火焰，這是瑪麗特意為了沾滿鮮血的最後一刻而準備的。劊子手的斧頭在瑪麗對耶和華的讚美聲中砍落下來，一生在權力與情欲中掙扎的女王終於得到了平靜。

1603 年 3 月 24 日，伊麗莎白一世永遠地閉上了雙眼，終身未嫁，沒有子女，她把王位傳給了蘇格蘭的國王詹姆士一世，也就是瑪麗・斯圖亞特的兒子，都鐸王朝的歷史也就此終結。

冀　安

西進：女性的自由征程

記美國西部拓荒時期的女先鋒

2009 年 5 月 26 日，美國總統歐巴馬提名索尼婭・索托馬約爾擔任最高法院法官，在人們為即將到來的「美國首名拉丁裔最高法院女法官」這一歷史進步而歡呼時，又是否瞭解它的第一位女法官誕生在一百三十多年前的西部拓荒時期？甚至人們最常見的免費門票，其美式俚語裡的稱呼“Annie Oakley”亦來源於西進運動中一位女牛仔的姓名。自信、自立、勇於冒險與自我實現，這一伴隨著西部拓荒而形成的牛仔精神，在西進女先鋒們的身上同樣得到了最好的展現。

在電影《荒漠怪客》(*Johnny Guitar*) 中，瓊・克勞馥 (Joan Crawford) 作為女牛仔與男主角平起平坐。

在西部，一個聰明的女人大有可為

美國西部的主角，一個時代的主角不是騎著瘦馬，留著長髮，有著毛茸茸大腿的男人，而是坐在篷車前沿，身材瘦削，滿臉凝重的婦女。她的臉埋藏在同樣破舊的遮陽帽下，那是在跨越阿帕拉契山和密蘇里河就戴上的。我的天啊，那就是美國！象徵著美國財富的種子和整個美國偉大英雄詩篇的是太陽帽下的女人。

——美國西部文學家埃莫森・霍夫

在一片荒涼的平原，灼熱的烈日底下，一名女子坐在車夫座上趕著牛車，同時手中一刻不停地擀出餡餅的麵皮；有人已經兩年沒見到一株樹了，以致終於央求丈夫把自己帶到小鎮後，她雙手摟住一棵樹，使勁地擁抱它，又親又笑，最後竟歇斯底里起來；在西部，家庭主婦均被告知應當將床支在離牆至少兩英尺遠的位置上，以免醒來時發現身上爬滿了蠍子和響尾蛇——不用驚訝，這就是西部拓荒時期美國婦女最常面對的生活。

在西行移居的婦女中，大多數來自農業家庭，但家庭條件未必很差。光是添置馬車和裝備就得花上六百到一千美元，而一名工人當時的年收入為三百美元左右，因此，這些女先鋒們多數屬於中產階級，無疑是以女士身分自居的。她們要求自己的女兒戴上遮陽帽，保護好皮膚，還有人特製了手套，好讓雙手柔嫩，即便是不得不穿上褲裝將馬車推出泥窪、扯著嗓子轟趕牛群、燒牛糞煮飯，她們依然鬥志昂揚。「我喜歡這種野性的、荒蠻的生活。」在遺留下來的日記裡，她們寫道，「在這裡，一個聰明女人是可以大有作為的。」從 1841 年到 1866 年，先後有五萬名穿著緊身長裙的婦女，或乘坐馬車，或側坐於馬鞍，或跟在馬車後面步行，長途跋涉來到加利福尼亞，其中絕大部分是身強體健的年輕女性。她們渴望新鮮，富有冒險精神，對自己的生活充滿希望，因而一往無前地奔向西部。

那時的西部，是所有人生命的新開端，冒險的樂園，人生千載難逢的機會。獨立後的美國，狹窄的東部已經無法滿足人們獲取土地與財富的需求，面對西部的無主土地，政府於 1785 年先後頒布了土地法令，規定任何人購買西部公共土地每英畝只需一美元，最低時竟降到二十五美分一英畝。廉價甚至免費的土地分配制度，使人們的西進熱情蓬勃高漲，一批又一批的移民一刻不停地朝著太平洋方向洶湧撲去。密西西比河以西的總人口，1870 年只有六百八十七・七萬，1890 年就猛增到一千六百七十七・五萬，以致英國人驚呼：「舊美國似乎已經瓦解而向西遷移！」

1889 年 4 月 22 日，美國西進運動史上最富戲劇性的一次移民行動發生了：大約十萬移民、幾千輛大篷車擁擠在奧克拉荷馬新準州的邊界，排成整齊壯觀的一排。中午時分，隨著騎兵們的一陣嘹亮號聲，人群像決堤的洪水一般瘋狂地撲向奧克拉荷馬，僅在幾個小時之內，便將該州近二百萬英畝土地占領完畢，並在日落之前，在空無一人的格里恩，神話般地建立起了一座擁有一萬居民的城市——它充分證明，在美國西部，羅馬完全可以在一天之內建成。

荒漠、烈日、大篷車，西進女先鋒們一往無前地奔向冒險樂園。

女性無疑加入了「羅馬」的建成，實際上，女性對於西部拓荒的意義，從一開始就不只是男人的支持者這麼簡單。她們在西部的地位，是特殊而高貴的。由於西部勞動力的短缺，推翻了一直以來認為女子只適合做什麼的通例。她們做起了理髮師的行業，還登廣告提供醫藥、教育、法律、房產經紀等服務。有位婦女在不到一年的時間裡，靠著一只小小的生鐵烤箱烤製出的麵包和糕餅，掙下了一萬一千美元的收入，比那些整日埋頭加州淘金的礦工都要多得多。一些婦女也參與艱苦勞動，如趕馬車、騎馬遞送快郵等，甚至會與強盜土匪一起呼嘯山林。查利・帕克赫斯特在危險地區趕馬車多年，而直到1879年死後，人們才知道這個查利是女兒身。在發現這個事實前，《舊金山晨報》剛發表過這樣的報導：「他是他那個時代中加州最敏捷靈巧、名聲最響亮的車夫……，能夠坐上他趕的馬車，與他並肩坐在駕駛座上，實在是一種福氣。」

那是一片美麗壯觀卻又讓人生畏的土地：太陽的暴曬、暴風雪的襲擊、蝗災、乾旱、毒蟲、猛獸、飢餓、疾病、瘟疫、土著的暗箭、移民間的決鬥，還有無邊的恐懼和孤獨……。死亡的陰影一直籠罩在頭頂，可是她們就是在這樣的環境中頑強地生存下來，並創造出奇蹟——1869 年 12 月 10 日，美國最早的婦女選舉權法案在懷俄明正式生效，並在不久後誕生了美國——包括正式州和領地在內的第一位女法官：埃斯特・賀伯・莫里斯 (Esther Hobart Morris)；1894 年，大發明家愛迪生發明的活動電影放映機問世，第一部電影拍攝的就是西部女牛仔安妮・奧克利 (Annie Oakley)；1928 年，被女傳教士唐納迪娜・卡梅隆由妓院解救出來的金玉琦完成大學學業，成為第一個從史丹佛大學畢業的華裔女學生——她們是西部拓荒時期名副其實的先行者。

帶刺的玫瑰書寫西部傳奇

那是一個女人拿槍的年代，為了生存，為了與險惡環境抗爭。生活的需要使得這些女士們必須換上褲裝，脫下手套，扔掉遮陽帽，因為四周險象環生，因為前方道路未卜，因為要保護自己的親友，嬌嫩的玫瑰們唯有扛起槍，時刻豎起尖刺來捍衛自己的權益。

女牛仔安妮，開槍！

在美國俚語中，演出或體育比賽等的免費門票有一個很女性化的名字——安妮・奧克利。事實上，這個安妮不僅確有其人，她還是將西部女牛仔的傳奇性體現得最全面的人物。

她是作為「西大荒展覽會」的表演成員而為人熟知的。不同於其他女演員，安妮出場表演的可不是跳跳康康舞或是擺擺性感造型，她表演的是令人刺激的開槍射擊！

舉止溫和，槍法狠絕，女性氣質中透著一股剛強——這就是安妮·奧克利，美國人心目中的女牛仔。

一張紅桃 5 的撲克牌被拋向了空中，碩大的舞臺上，只看到薄薄的紙片在飛舞，砰的一聲槍響，撿起來再看，紅桃符號已經變成了子彈孔。在紙牌落地前，安妮可以輕而易舉地將牌上的所有符號都變成子彈孔。那時的表演者都憑藉餐券吃飯，每吃一頓，卡上就被打上一個孔。他們覺得打了孔的卡很像被安妮擊穿的撲克牌，因此就開玩笑地把飯卡稱作 “Annie Oakley”。後來，入場券打卡變得流行開來，免費的贈券或優待券上都有被剪票夾打過的孔，久而久之，安妮·奧克利就成了各種免費票券的代名詞。

在那個女人拿槍的時代，女性要成為一個神射手也不是那麼容易的事，安妮的成功更多是迫於生活的無奈。她原名安妮·摩西，1860 年出生於俄亥俄，六歲那年，當郵差的父親患肺炎去世，撇下妻子和七個年幼的子女。為了養家糊口，幫家裡增加收入，六歲的小安妮拿起父親留下的步槍開始自學射擊，然後便嘗試打獵，將獵物賣給當地的各個旅店。據說她打下的野禽特別好出售，因為每一個獵物都是精準地打在頭部。也因此，十五歲時，安妮就已經小有名氣。

後來，一位名叫弗蘭克・巴特勒 (Frank Butler) 的著名槍手來到安妮所在的小鎮。高手遇到高手，難免對決一番。在一家射擊俱樂部裡，兩人開始了一場環環相扣的較量，比分一直很接近，可是最終弗蘭克不敵安妮。然而射擊場上的失意卻為弗蘭克贏得了安妮的愛情，兩人於第二年結婚，並開始一起進行射擊表演。弗蘭克用芝加哥一條街道的名字為妻子取了藝名——安妮・奧克利。

安妮・奧克利以她精準的槍法差點阻止了一次世界大戰。

在一次「西大荒展覽會」的演出中，安妮站在三十步開外，射穿紙牌狹窄的邊緣，從此名聲大振。至於擊中拋向空中的硬幣和玻璃小球，則早就達到站著也成，跑著也成，騎在馬上馳騁也成的地步。由於聲名遠播，她甚至還遊歷到歐洲，為英國女王維多利亞、德國皇太子威廉二世表演。當時威廉二世手拿香菸，安妮站在百丈開外用步槍將香菸打滅。後來，安妮開玩笑說，要是打偏了也許就阻止了一次世界大戰。

1894 年，大發明家愛迪生發明的活動電影放映機在紐約問世，為了滿足大家對這位傳奇槍手的好奇，安妮被愛迪生專程請來，在一部歷時九十秒的小電影中露面。影片上映後，人們在紐約市的各電影棚前——花個銀幣湊近一個鏡頭往裡看的那種——排起了長龍，為的就是看她用獵槍打破玻璃珠。

1898 年，美國與西班牙的戰爭一觸即發，安妮寫信給麥金利 (William McKinley) 總統，表示她計畫集合五十名女神槍手支援國家，時刻準備著聽從調遣。

1922 年，六十二歲高齡的安妮還參加了在北卡羅萊納舉辦的射擊大賽，相隔十五公尺遠，輕鬆利落地擊中一百個目標。安妮．奧克利以其漫長的職業生涯，讓婦女射擊和打獵為社會所接受，甚至還形成了男女競賽的風氣。

女牛仔安妮，開槍!

第一女法官：我也能!

1870 年 9 月 6 日，懷俄明正在舉行第二次領地選舉，投票站的選舉氣氛比以往文明了許多，男士們收起了在酒吧裡的喧鬧，整個景象與其說是選舉日，倒不如說是在做禮拜。因為投票站裡破天荒地出現了手持選票的婦女。在婦女隊伍裡，排在最前面的是七十歲高齡的路易莎．安．斯溫，

1870 年 9 月 6 日，懷俄明，歷史上第一次美國女性行使選舉投票權，後人根據想像再現了當時的情形。

她小心翼翼地投下手中的選票，成為美國第一位行使選舉權的女性，在她身後長長的婦女隊伍裡，有一位女性為爭取這一票之權付出了巨大的努力，她就是埃斯特・賀伯・莫里斯。

一年之前的 9 月，懷俄明正面臨第一次領地選舉。在進行選舉前夜的 9 月 2 日，懷俄明南山口城最有名望的二十位人物，受邀來到莫里斯的家中參加茶會。

莫里斯是個大塊頭女人，身高差不多有六英尺，十九歲時在紐約州的奧斯威格便擁有了自己的事業——一間帽子店，此外她還當過護士、紡織工。1869 年，她同從事採礦工作的丈夫約翰一起來到懷俄明，一家人定居在南山口城，這個城市不大，卻是懷俄明最大的城鎮。埃斯特很快以勤勞能幹、負責誠懇、人緣好的帽子店老闆形象成為當地極富聲望的人物。

在這個充滿槍炮聲和淘金熱、忙碌又年輕的地方，莫里斯一直積極地為婦女權益而奔走，因為從小她的口頭禪就是「我做得到」。當六歲時，看到母親在泡茶，她一臉無畏地說，「我也能!」十九歲便當上帽子店老闆，擁有自己的事業，莫里斯的話語仍是，「我做得到!」可是，在處理前任丈夫的遺產時，莫里斯意識到面對兩人辛辛苦苦共同打拼下來的財產，在法律上她卻沒有繼承權，這使得莫里斯由熱衷於廢奴運動轉而關注女性的選舉權。她相信，這一次，她同樣做得到!

那年她已經五十五歲，但仍然精力充沛。舉辦茶會前，她早早經過了一番周密的策劃，莫里斯預計受邀的二十人當中一定會有人當選為領地議會議員，她打算透過當選者向領地議會提出授予婦女選舉權的議案。

莫里斯在茶會上說出了自己的想法，立刻語驚四座。對於這樣一個不可思議的話題，不少人完全不知所措。在他們心目中，男尊女卑，婦女主內似乎是天經地義。讓她們擁有選舉權，走上社會同男人平起平坐，這簡直是匪夷所思。令他們更為驚訝的是，在座的很受人尊敬的威廉・布萊特上校居然接受了莫里斯的想法，並當眾表示，如果他當選領地議會議員，一定要向議會提出這種議案。出席茶會的另外幾位共和黨和民主黨要人也紛紛作出了同樣的允諾。

不出莫里斯所料，威廉・布萊特果然當選領地議員，並被推選為參議院議長。1869 年 11 月 19 日，布萊特向參議院提出了在懷俄明領地實施婦女選舉權的議案。這一行動立即引起了各界的強烈反響。大多數人不相信這是真的，以為布萊特在開一個大玩笑。但莫里斯和她的夥伴們則抓緊這個時機，早早占據大兒子辦報紙的先機，向社會各界宣傳這個議案的重大意義，並向領地的總督和議員們寫信，發出呼籲，希望能夠加以支持。

議案在參議院順利通過，但在眾議院遭到激烈的反對。經過長時間的激烈辯論以後，爭辯雙方達成妥協，把婦女的選舉年齡從十八歲改為二十一歲，議案終於獲得了通過。1869 年 12 月 10 日，經總督簽署，婦女選舉權法案正式生效。懷俄明因而成為美國最早實施婦女選舉權的領地。

就在懷俄明給了婦女選舉權後不久，莫里斯得到任命，填補一席治安法官的空缺，從而成為美國——包括正式州和領地在內的第一位女法官。在上任第一天，她「身著粗棉布長袍，肩裹細毛披巾，頭髮上繫著一根綠緞帶，又打了一襲綠色領帶」。儘管同事調侃她的裝束，儘管她的前任不肯移交自己的記錄和摘要，但她堅定而公正地履行了自己的職責。在莫里斯擔任治安法官的八個半月的時間裡，共處理了二十七起案件，其中九起涉及重案，但都未發生上訴的情況。

任期屆滿後，有人推舉她擔任州議會議員，但莫里斯拒絕了這一提議，因為她已經用自己的行動證明了女人同樣做得到。1910年，在莫里斯去世後八年，瑪麗・G・貝拉米被選入懷俄明州議會，成為美國第一位女州議會議員。1917年，懷俄明州的珍妮特・蘭金 (Jeannette Rankin) 女士當選國會議員，成為美國的第一位女國會議員。1925年5月，懷俄明州選民又選出了美國歷史上第一位女州長，她的名字叫妮莉・泰勒・羅斯 (Nellie Tayloe Ross)。這一系列的進步，佇立在懷俄明州議會大廈門前的莫里斯銅像都在默默見證。

她用自己那保持幾十年不變的闊步向前姿態向女性昭示著：我們能做得到！

懷俄明州議會大廈前的埃斯特・賀伯・莫里斯全身銅像。作為一份歷史見證，她的雕像同樣屹立於聯邦國會大廈的全國雕像廳裡。（圖片出處／ Adam Procter）

災禍珍妮與《災禍珍妮》

荒寂而古老的美國西部小鎮，空無一人的街道一眼就可以看到盡頭。忽然，一陣狂風夾帶著漫天的沙塵席捲而過。塵埃落定，街道兩頭突然各自閃現出一個頭戴墨西哥式寬簷高頂氈帽，腰掛左輪手槍，穿著牛仔褲、皮上衣、高筒皮套靴的冷峻牛仔。他們兩手摸著腰間配掛的槍，一言不發、面對面地相向前進，空氣中彌漫著血腥的殺氣。「夠了！」畫面上的兩人停住了腳步，相互冷冷地注視著對方的一舉一動。這一刻，宇宙的一切彷彿都停止了呼吸，寂靜得聽不到一點聲音。就在電光火石的一瞬間，他們槍已出鞘，手已伸出，呼嘯的子彈伴著滾滾的硝煙和清脆的擊發聲震耳欲聾。硝煙散盡，其中一人已倒地斃命，另一人毫無表情地看了看對手的軀體，插槍回鞘，然後轉身跨上恰逢其時狂奔而來的烈馬坐騎，揚鞭策馬，絕塵而去……。

這是最經典的西部片場景，影視和文學塑造了一系列牛仔英雄，「野牛比爾」、「白旋風奈爾」、「災禍珍妮」等等，而其中作為一位女牛仔確有其人的就是「災禍珍妮」。

十九世紀末二十世紀初美國西部一度非常流行「一毛錢小說」，在這些流傳甚廣的通俗小冊子中，女主人公「珍妮」抽雪茄，穿牛皮褲，與男人一樣跨鞍騎馬，但從來不罵街。書裡隱隱約約提到，她有良好的家世，是因為男人辜負了她，這才來到西部。尤其是，她美麗、嫻雅、大膽。其中一冊裡有一個情節：為了制止行將發生的礦山爆炸，「災禍珍妮」「身板筆直地騎在光背馬上，沒命地順著山溝向下衝，周圍是狂奔的動物，……她的頭髮在氈帽下飄拂飛揚，雙目不時迅速流盼，閃出興奮的光彩。時不時地，她還抿起雙唇，嘯出響亮的口號，儼然一名全力拼搏的印第安戰士。」

其實，生活中的「災禍珍妮」，馬術同樣精湛，可是家世和「一毛錢小說」裡所描述的相距甚遠。她是道地的西部人，原名瑪莎・卡納里 (Martha Cannary)。瑪莎的父親是個不善經營的農場主，母親則喜歡策馬去鎮上同男人一道縱飲。南北戰爭期間，為了躲債，一家人離開了密蘇里州的農場，輾轉來到蒙大拿。最後，父親淪為賭徒，母親做了妓女，幾個女兒都被逼上街乞食。不久後父母去世，作為家中最大的孩子，瑪莎找了自己所能找的所有工作，洗碗工、廚師、女招待、護士、司機，來養活她的兩個弟弟與三個妹妹。也正是在這個過程中，瑪莎學會了騎馬和射擊，並喜歡上了與一群男人四處探險的生活。1866 年，帶領弟弟妹妹來到鹽湖城後，她將他們送到一對摩門教徒夫婦家中，然後自己便開始漂泊，那時候她才十三歲。

孤身一人的少女瑪莎，作為偵察兵，跟隨著各類騎兵團與印第安人抗戰。關於綽號「災禍珍妮」的由來，據瑪莎自己的說法，那是在懷俄明州，當時艾根上校正帶領一小隊偵察兵搜尋印第安人的活動跡象，不料在途中與印第安人狹路相逢，六名士兵死亡，重傷者無數。距離安全區只有一・五公尺，瑪莎騎馬跑在前面，回頭一瞥卻看到艾根上校中彈正從馬上搖搖欲墜，瑪莎迅速調轉方向，穩穩地接住了上校，並將他帶回了安全區，傷癒後的艾根上校笑著說：「我封你為『災禍珍妮』，平民女英雄。」

到了 1875 年時，她已經因酒量佳和到處遊蕩而知名了，她會隨著自己的性子，在大庭廣眾之下公然違反禁酒令，與一群牛仔狂飲，她也會遵從自己的內心扶貧濟弱。1878 年南達科他州戴德

1953 年，災禍珍妮的形象曾被搬上銀幕，由桃樂絲・黛 (Doris Day) 扮演，一反現實生活中的艱辛，影片裡的珍妮活潑俏皮、生活富足、愛情如意。

伍德爆發天花時，她曾勇敢地看護過患者；而且在西進的公共馬車司機被印第安人殺害後，她也爽快地承擔起了駕駛司機的職責，義務將乘客都送到了目的地。

可是酗酒、艱辛和貧困，使「災禍珍妮」五十一歲便離開了人世。關於她以及她所代表的一種全新女性生活方式的傳奇，都只能從「一毛錢小說」裡想像。

還有一些女人，如拯救了上百名中國婦女的女傳教士唐納迪娜・卡梅隆，收留了二十六位解放黑奴、被科羅拉多州州長和丹佛市長盛讚為史上最無私者之列的克拉拉・布朗，在稍有口角就拔槍相向、爭奪金礦成風、野蠻橫行、法律不彰的西部，她們的無私與慈愛越發顯得難能可貴。這是另一種意義上的女先鋒。

歷史與現實流行文化中的西部女先鋒

當現實與傳奇相遇，留下的永遠是傳奇。十九世紀中期，這些女先鋒們在西部拓荒時期所激發出的自信、自立、勇於冒險與自我實現的精神經由好萊塢和文學作品的演繹，已經逐漸成為一種流行典範，那就是女性的自立與勇於自我實現。

立國以來最偉大女作家筆下的開拓者

身為以表現拓荒時代艱苦卓絕生活的小說而聞名於世的女作家，威拉・凱瑟 (Willa Cather) 被許多評論家拿來與海明威、福克納相提並論，甚至推崇她為「美國立國以來最偉大的一名女作家」，而在這位偉大作家 1913 年的成名作《啊！拓荒者》(*O Pioneers!*) 中，就蘊涵了鮮明的女權主義色彩。

《啊！拓荒者》是威拉・凱瑟的代表作，被譽為美國中西部邊疆開拓史的縮影，小說講述了男主人公柏格森先生將家庭的重擔、拓荒的大任託付給大女兒亞歷山德拉的故事。作出這一決定並不是因為柏格森是女權主義的先驅，而是因為在幫助父親拓荒的過程中，十二歲的亞歷山德拉就顯示了她的聰明能幹，以致於柏格森不得不承認她的才能。柏格森其實一直是大男人主義，移民大草原的決定從一開始就是這位父權社會家長的主意，他作出決定時根本就沒有徵求夫人的意見。可是在荒野上磨礪出來的識時務性格，使得面對繼承人選擇時，柏格森必須考慮誰有能力誰就上，只要能讓大家活下來。

事實也證明他的選擇是正確的，面對一系列的挫折和打擊——三年大旱，莊稼歉收，經濟危機，周圍的人紛紛放棄土地向城市逃亡——亞歷山德拉仍然挑起重擔，將三個弟弟撫養成人；待家境有所好轉，兩個大弟弟為爭奪家產又阻撓亞歷山德拉結婚，悉心培養的小弟弟大學畢業後死於情殺時，亞歷山德拉也沒有動搖，更不會屈服，她始終憑著堅韌不拔的毅力和信心，堅定不移地向前走，終於征服了桀驁不馴的荒山野嶺，使之變成千里沃野。如同書中描寫的：「分水嶺的天才，偉大的自由精靈，在這邊高地上呼吸；他們一定從來沒有像現在屈服於人類的意志。任何一個國家的歷史要不是在一個男人的心中開始，就是在一個女人的心中開始。」而在凱瑟的筆下，一個國家的歷史是在女性的心中開始。女人和男人一樣，在創造歷史的進程中，都能發揮自己的作用，寫下濃墨重彩的一筆。

《啊！拓荒者》為凱瑟贏得了極大的聲譽，隨著更多反映西部拓荒時期的作品的發表，耶魯大學、普林斯頓大學和加利福尼亞大學等著名高等學府先後授予她文學博士等榮譽學位，同時她還在 1922 年榮獲普立茲獎。

生活中的威拉・凱瑟同樣堅持自我。作為西部移民的後代，凱瑟從骨子裡毫不含糊地維護著自己的獨立人格。在十幾歲的時候，她就違抗當地的社會風俗，把自己打扮得像個男孩子，頭髮留得比男孩子還要短；她厭惡穿裙子，甚至公然攻擊這種穿著方式。進入中學後，她的穿著仍沒有改變。她穿吊帶褲、工裝褲；

在學校的演出中繼續扮演男性角色。後來，她為取悅一位朋友的母親，才把頭髮留長。1895 年，凱瑟大學畢業，同時也進入婚嫁年齡，但她喜歡自由，不想結婚，曾有兩人向她求婚，都被拒絕。她認為自己最喜歡的男性就是父親和弟弟，因而不需要其他異性的關懷，所以終身未嫁。晚年時，凱瑟閉門謝客，潛心創作。到 1995 年，由其小說《我的安東尼婭》(*My Ántonia*) 改編的電影《聖安東尼婭家族》獲得奧斯卡最佳外語片獎，也是在她逝世近五十年後才能實現的事。

征戰好萊塢的 Bad Girls

與美國女性在西進運動中的作用直至上世紀 1960 年代才引起重視相似，在好萊塢的電影中，人們所能看到的大多數西部片中，女性都作為一種背景或陪襯而存在。早在 1903 年，美國人艾德溫・鮑特的電影《火車大劫案》就已經具備西部片的雛形。而經典的西部片公式即是善良的白人移民受到暴力的威脅，英勇的牛仔除暴安良，結果是群敵盡殲，那個牛仔在做完好事之後飄然而去，像遊蕩的牧民一樣。在此之中，影片還要用一定的長度去表現牛仔的邂逅，對純潔姑娘一見鍾情。這些女性代表著善良、母性和文明，是引導和救贖男性的象徵。

女性，以瀟灑幹練的女牛仔形象出現在銀幕上，有跡可查的是默片時代一個名叫姬娜 (Gina) 的演員。只是，正如她所處的時代是默片時代一樣，這部電影和這個具有如此標誌性意義的角色，能供人深度挖掘的信息並不多。直至上世紀 1950 年代，女牛仔才作為一種現象出現在一些影片中，如瓊・克勞馥主演的《荒漠怪客》(1954 年)，芭芭拉・斯坦威克 (Barbara Stanwyck) 的《復仇女神》(*The Furies*，1950 年)、《蒙大拿的牧牛女王》(*Cattle Queen of Montana*，1954 年) 以及《四十枝槍》(*Forty Guns*，1957 年)。

細心的讀者會特別留意這四部電影所出現的年份——1950 年到 1957 年間，戰後的世界經濟迎來了一個發展的高峰期，同時某種女性獨立的思潮在湧動。此外，由於二戰中美國本土婦女大量接替了走上沙場的男人的工作崗位，艱苦的環境和困難的條件迫使她們不得不脫下漂亮的女性時裝，像男子漢一樣穿上了堅硬的雄性牛仔褲。這一穿，竟獲得了出人意料的特殊效果：在充滿陽剛之氣的牛仔褲的浪漫包裹下，女性的陰柔之美更顯得嫵媚俏麗、卓爾不群。牛仔褲很快贏得了美國各階層婦女的芳心，隨即帶動了婦女穿著觀念的一次革命性的解放——女人可以做和男人一樣的工作，瀟灑地穿上同一樣式的服裝，牛仔褲填平了男人和女人之間的界限。這一流行現象在好萊塢電影裡的反映就是作為女牛仔出現的角色不再是驚鴻一瞥，當時已先後獲奧斯卡最佳女主角提名的實力派演員瓊・克勞馥和芭芭拉・斯坦威克在影片中分別穿著牛仔裝，與男主角平分秋色。這種著裝和戲分的變化正暗合了即將到來的社會潮流。

而實際上，真正在好萊塢電影中引起巨大爭議和反響的女牛仔電影是 1994 年上映的 *Bad Girls* (中文譯名《致命女人香》)。單單從中文譯名中，就可看出這部電影的女權色彩。與慣有的西部片不同，在 *Bad Girls* 裡，唱主角的是女性，而且只是女性，不是陪襯，也不平起平坐，影片用四個性格各異的絕色女子占滿銀幕——十九歲的茱兒・芭莉摩 (Drew Barrymore)、當紅的安蒂・麥道威爾 (Andie MacDowell)、瑪麗・斯圖爾特・馬斯特森 (Mary

Stuart Masterson)，還有與《未來總動員》(*Twelve Monkeys*) 裡判若兩人的麥德琳・史道威 (Madeleine Stowe)。故事講述了四名弱女子在荒漠之中受盡刁悍歹徒洗劫，不但財物盡失，心靈亦受到一番凌辱。四人為了找回失去的錢財和自尊，決心攜手展開復仇行動，她們咬緊牙關奮力學習馬術和槍械操作，更不畏長途跋涉遠赴墨西哥找尋仇家。與經典的西部片模式不同，在影片中，最終拯救這四名弱女子的是她們自己，而非不知何時從天而降的牛仔英雄，因為「男人走開」的故事理念，影片在上映後曾引起較大的爭議。可是，不論爭議結果如何，當 2006 年，另兩位大美女莎瑪・海耶克 (Salma Hayek) 及潘妮洛普・克魯茲 (Penélope Cruz) 連袂主演《神鬼二勢力》(*Bandidas*) 時，觀眾都會捂著嘴偷偷樂。

「我是西部牛仔姑娘，喜歡舞蹈的旋轉，我有著與男子相匹的充沛體力，總是期待去揭開生活的新篇章。」在美國風風雨雨的西部拓荒歷史中，這些堅強而柔韌的女子，漸漸被淹沒在滾滾煙塵中。可只是記述與想像她們那英姿颯爽的背影，就足以令人彷彿又走進那段桀驁不羈、以自由為生命的燃情歲月。

青青李子　小土　雪梅

逆光之舞

那些站在大師身後的女人們

如果沒有那些大師的名字，或許直到今天我們也不會認識這些非凡的女性。她們的名字附著在那些男人的後面而得以留存，她們的一生都籠罩在他們的光環下，被消去了反抗的聲音。我們習慣地順從著大師的眼光去瞭解和釋讀她們，也不可避免地去誤解和歪曲她們。只有當我們努力撥開大師這層傳奇的迷霧，呈現在面前的才是這些女性最真實的自我。

在電影《羅丹與卡蜜兒》中，伊莎貝・艾珍妮將卡蜜兒這個人物詮釋得深入骨髓。（圖片出處／ Alamy）

光影之中，光影之外

情感糾結的最深處，往往是靈感迸發的最高時。圍繞著史詩一般美妙的作品、鑽石一般璀璨的思想，根本沒法說清，男人、女人，到底誰成就了誰，誰又拖累了誰。

一個女人的一生得遇一位舉世公認的藝術大師得耗費幾世的修行？天才之間的相遇、追逐、碰撞，以及煙火般燦爛的謝幕，這些都不是凡夫俗子可以希冀的人生，而是只有身在其中的人才擁有的冷暖自知的經歷。沒有誰能說清這到底是幸運還是不幸。

雖然老年莒哈絲語氣篤定地告訴她的小情人：能陪伴我，你是多麼地走運！但大多數故事還是這樣的：一個才情非凡、氣質獨特的女人或懵懂或蓄意地踏入了一位大師的生活，然後不可避免地被其過大的光環掩映住，也束縛住，被迫長久困頓在大師的陰影下無法逃脫。而她們所有試圖辯解和掙扎的表情與動作都被看做是一種貓咪的姿態，且必須永遠藏在主人的身後。

這些原本擁有獨立思想、自由精神和驚世才華的女性，隨著與之對應的男人的名聲越來越大、成就越來越多、社會地位越來越高而逐漸喪失了歷史話語權，最終只能成為大師們的一種附麗。

外人樂此不疲地挖掘她們與大師之間饒有情致的故事，被大師的傑出引導著去觀看，無暇顧忌實質上並不存在於任何視角下的真實的她們，種種誤讀和扭曲由此誕生。

譬如那位大家眼中典型的迫害妄想症患者卡蜜兒・克勞黛。世人習慣性地把目光聚焦在她與羅丹相戀的十五年裡，同情她的飛蛾撲火，唏噓她的瘋狂結局，哀她的不幸也怒她的不爭，但對於她的才華、作品和她付出生命也要證明的「女雕塑家」名號並不感興趣。在十九世紀那個並沒有女藝術家一席之地的時代，面對這個把靈魂和生命都鑄進了黏土的女人，我們可以、也必須脫離羅丹來表達敬意。

而那個被壓在詩人葉慈 (W. B. Yeats) 長達一生的悲情愛戀下的愛爾蘭女革命家毛特・岡 (Maud Gonne)，也在歷史長河中默默承受著世人的微詞和怨念。我們這些被葉慈詩句感動得淚水漣漣的人，似乎永遠也無法諒解這個冥頑不化的女人對大詩人的決絕和不識抬舉。然而我們卻忘了這個女人出生在嗜血暴力的軍人家庭，一生都嚮往力量感，她為愛爾蘭的獨立事業奉獻了人生，也和任何一位普通女子一樣擁有選擇愛的權利。為什麼她一定必須愛葉慈？是因為他太愛她，還是因為他榮獲了諾貝爾文學獎？這世間或許什麼事都可以由努力得來，唯獨愛情不行！正如我們每一個普通人不會因為一個話不投機半句多的人數十年如一日的追求就嫁給他一樣，剛強果敢且不乏力量的毛特・岡小姐自然也可以不愛一個纖細柔弱的詩人！

至於那個曾被沙林傑 (J. D. Salinger) 掃地出門的梅納德 (Joyce Maynard)，在經歷了人生無可名狀的迷茫和恐懼之後，還能找到如此溫暖和悲憫的力量，不得不說是一種驚喜。作為旁觀者或崇拜者，我們可以理解甚至欣賞大師沙林傑對世界的憤怒和冷眼，但這種憤怒和冷眼卻不是適宜接近和共同生活的。一個接近和與之共同生活過的女人能不被這種強大氣場凍死，而仍然保持對這個世界強大的愛意和好奇，需要何等的力量啊？或許，我們應該為此而感謝時間賦予女性的能力，同時也感謝這個堅強的女人那顆強大的內心。

只有努力去除附加在我們思維中的男性視角，以最平和的心態接近這些女性，才能看到真實原本的她們，瞭解她們堅強獨立的內心，感受她們激情四溢的才華，感謝她們溫暖完整的力量。

只有驅逐籠罩在她們身上的大師的陰影，才能重溫曾經驚鴻一瞥的美麗，彷彿從沒受過傷害一樣，彷彿一切的陽光又重新灑到她們身上……。

不只是羅丹的情人

卡蜜兒・克勞黛並不是一個熟悉的名字，大家都習慣言語輕慢又心情複雜地叫她「羅丹的情人」。如果不是羅丹最後堅持要保留十五件卡蜜兒的雕塑作品在他那高闊輝煌的個人展覽館裡，恐怕這個耗盡生命都在拼命逃離羅丹陰影的女人根本不會被世人記得。如果真是如此，那麼現在的我們除了深深的遺憾之外，恐怕還將虧欠這位天才女性一份追悔莫及的歉疚！

1864 年 12 月 8 日，在法國維爾納夫的克勞黛家誕生了一朵耀眼的玫瑰花。狂喜不已的父親給她取名卡蜜兒・羅莎莉・克勞黛，並把對出生十五天就夭折了的長子亨利的愛全都轉移到了這朵玫瑰上。之後的日子，他對女兒寵溺到極點，任由她像個男孩般光腳奔跑、在泥地裡打滾、天天奔到山林裡去對著嶙峋怪石發呆……。他開心地看著女兒替他這個中規中矩的公務員釋放所有壓抑的天性。那時候，小卡蜜兒的天堂在家鄉的蓋安山和塔爾努瓦森林裡。她熱愛那裡柔軟的泥土、堅硬的巨石和守林的老婆婆。她曾經暗下決心，要一個人穿越這片寂寞的森林，獨自登上高崗去征服巨石。而當她真的站在那裡，她隱約看到了三個小時車程外的巴黎，以及自己閃閃發光的未來！

當夢想遭遇愛情

對大自然和泥土的熱愛讓卡蜜兒在十二歲時就立下了要當雕塑家的志向。而那個時代的歐洲，雕塑純粹是男人的藝術，女性幾乎沒有接觸它的權利。不過卡蜜兒的執拗和父親的支持仍舊把她帶到了巴黎，帶進了僅有的一間招收女學生的雕塑工作室。紙醉金迷的花都除了孤獨，並沒有給這位少女帶來太多影響，因為她把所有的心思和時間都投入到了雕塑上。當別的姑娘們抖落一天的灰塵出去快活時，她仍然堅守在石膏像前，不善交際、不愛言語，甚至連自己的美麗都來不及發現，那時候她湛藍的眸子裡滿是對雕塑夢想的篤定，憧憬著終有一天用自己的雙手來征服這座桀驁的城。

可是一切都在 1883 年，當卡蜜兒第一次與羅丹相見時被終結了。這位矮小紅髮的大師在看到她的瞬間，就被其高闊的前額、倨傲的嘴唇和藍色的瞳仁怔住了。他從來不乏美女相伴，但她們在這一刻統統黯然失色，一種在天才之間才會產生的火花在羅丹大師和這位名不見經傳的少女之間燃起。從此羅丹多了一位名叫卡蜜兒・克勞黛的女學生。

一位是年僅十九歲的少女，一位是已經四十三歲的雕塑家。一場曠日持久的追逐、碰撞和相互蹂躪一觸即發。羅丹一系列經典名作都在這個時期完成，其中有不少靈感源於卡蜜兒，甚至有很多雕塑還是跟這位天才女性一起完成的。卡蜜兒成了羅丹的繆斯，不論在藝術上還是生活上，他都不能離開她。而作為一位有著雕塑理想的女性藝術家，年輕的卡蜜兒也在經濟和心理上需要羅丹這樣的大師。在他天才的創造力隱蔽下，她沒能發現羅丹在感情上的搖擺和軟弱，義無反顧地投入了他的懷抱。她是他的學生、助理、模特兒、粗雕工，也是他最親密的情人，天才碰撞出的火花和愛情的光暈成就了羅丹的傑出，而此時的卡蜜兒還沒有一塊屬於自己的位置。羅丹也曾試圖在社交圈裡推出她，可是天生厭惡交際的卡蜜兒總是沒有與人周旋的耐心，頭腦中的雕塑不過是童年山中的神聖泥土和屬於自己的恆久緘默。

不錯，她把緘默留給了自己，那麼屬於她的雕塑又在哪兒呢？意識到這個問題的同時，她也看清了另一個殘酷的真相：羅丹似乎永遠也不會離開那個保姆般照顧了他一生的情人蘿絲。對愛情的忠貞如同對雕塑的執著一樣讓卡蜜兒執意要一個準確的答案。只要能得到一顆確定無疑的真心，她並不稀罕婚姻的形式，但就是這樣一個卑微的願望，羅丹也無情而蠻橫地將其撕裂，他甚至認為她的「嫉妒」妨礙了他的靈感。他們開始爭吵推搡，一次又一次因斑斑血跡的現實而分手，又反反覆覆因虛幻的情感和藝術而復合。她為了他兩度流產，精疲力竭的羅丹在最後竟然因此如釋重負。他們的決裂終於還是無法避免地來到眼前。「兩個勢均力敵，卻有著不同理念的天才，註定不可能共享同樣的客戶和同一間雕塑室。」

用才華埋葬自己

藝術上的絕世才華遮掩不了人性的弱點，浪漫的藝術幻想也阻擋不了現實生活的複雜殘酷。預知結局的卡蜜兒曾絕望地說：「你做著田園詩式的美夢，但我們其實是游離在墓園裡的鬼魂。」

事實也的確如此。從前的日子是「羅丹做夢，卡蜜兒做工」，現在脫離了羅丹的她儘管傑作迭出，卻無法被當時的社會和藝術圈承認。在這一時期，卡蜜兒的雕塑作品從對生活的美好反映轉變為了對痛苦、恐懼和死亡的宣洩表達。每一尊塑像的線條都充滿著在對立中尋求的統一，把一種高濃度的痛苦和純潔表達得淋漓盡致。自從與羅丹斷絕關係之後，她就切斷了與上流社會的聯繫。不參加社交，只是把自己關在工作室裡埋頭苦幹，這樣做的結果是她的心血和傑作都被當作最廉價的擺飾出售。展覽會上的好評無法帶給她可以買更多石膏的金錢。從來不曾追求過名利的卡蜜兒開始因為買不起雕塑材料而四處借債，甚至還因為付不出模特兒的工錢慘遭毒打。走在街上，人們都鄙夷地稱她為「雙手骯髒的高等妓女」，他們說她的作品不過是對大師羅丹的抄襲，沒有人認真對待過她，沒有人對她和她的作品表達敬意。巴黎，並不看重一個對雕塑懷有深摯感情的女人。他們真正在意的是她——卡蜜兒・克勞黛曾經秀美的藍眼睛、好身材、蓬勃青春和傲慢的壞脾氣！不論當時還是現在，藝術領域的話語權始終屬於羅

卡蜜兒・克勞黛把自己的身軀和整個生命都融入了雕塑中。

丹這樣的大師，可是明確知道卡蜜兒驚人才華的大師羅丹、曾經深愛過卡蜜兒的男人羅丹，懷著一種異常複雜的心痛和恐懼保持了沉默。他一次次想向她伸出援手，卻始終沒有出面澄清輿論對卡蜜兒抄襲他作品的誣陷。他寧願永遠將她作為自己創作的靈感源泉，他只希望她作為自己的助手和分享者來被籠罩在大師的光環下，而不能接受她與自己的分庭抗禮。

所以當愛與讚美都轉變成兇狠的怨恨，這個女人漸漸沉淪到最陰暗的精神分裂的深淵。1913 年 3 月 10 日，一代天才雕塑家卡蜜兒・克勞黛終於被送進了精神療養院。在那一刻，她的精神世界轟然倒塌。她生命的最後三十年都是在那裡度過，直至悲慘終老。由於缺少精神、社會、物質、道德、藝術和心理上的支持，她的創作變成了自己的墳墓。在那個女性藝術家得不到認可的年代，她把自己的整個生命和靈魂投入到雕塑事業中；而在與羅丹之戀中，也始終是她承擔著一切風險。她毫無保留、從未保留地獻祭了自己，直到親手把自己非凡的才華和無畏的情感點成了生命中最後一抹哀豔煙花！

戰時，埋葬卡蜜兒的墓地由於政府徵用被徹底鏟平，她的後人只好把一塊圓形石板放在維爾納夫村克勞黛家族的墓地上以示紀念。至此，卡蜜兒・克勞黛小姐在世間的所有足跡都被抹去，只有這個美麗的名字和她僅存的雕塑作品還殘留在歷史斑駁的記憶中。

是長矛不是蘋果花

七十一歲的毛特・岡仍然以最激進的態度在都柏林的大街上向人群演講，她至死也深愛著她終身的情人——政治！而同樣深愛著她的葉慈卻連自己身後的追悼會也未盼來這朵他終身難忘的「蘋果花」。或許，如她晚年所言：這個世界會因她沒有嫁給葉慈而感謝她！

「當你老了，白了頭，睡思沉昏……。」

葉慈的這首情詩幾乎感動了世界上所有的女人，卻偏偏除了他想要感動的那個對象。

1889 年 1 月 30 日下午，少女毛特・岡第一次與二十四歲的青年詩人葉慈相見，「她佇立窗畔，身旁盛開著一大團蘋果花；她光彩奪目，彷彿自身就是灑滿了陽光的花瓣。」儘管這個愛好暴力與革命的少女惹怒了葉慈那位文質彬彬的畫家父親，但年輕詩人的生命卻從這一刻開始註定要被這朵「陽光中的蘋果花」所牽引。

愛情讓他們都吃盡苦頭

1866 年 12 月 21 日，毛特・岡出生在英格蘭的唐漢 (Tongham)，是英國駐愛爾蘭陸軍上尉托馬斯・岡和妻子伊迪斯的長女。岡夫人在女兒五歲時就不幸去世，所以小小的毛特・岡很早就被送往法國接受教育。這樣的家庭背景造就了她獨立強悍又異常果敢的性格。法國之於毛特・岡並不意味著香水華服和濃豔沙龍。在這裡，她受到許多激進思想的洗禮，政治開始攻占她人生的位置。同時年輕的毛特・岡還無可救藥地愛上了法國右翼政治家呂西安・米納瓦爾 (Lucien Millevoye)，並為他誕下一名男嬰，取名喬治。然而孩子不過一歲多就因腦膜炎夭折，於是青春無畏的她又再次為愛人生下一個女兒。她曾以為他們會是人生路上永不分離的伴侶，因為他們有著共同堅定的政治信念——為愛爾蘭的自由而戰！但現實殘酷，這位年輕的民族女鬥士在情字路上吃盡苦頭，最後不得不以分手回國告終。

回到愛爾蘭的毛特・岡不知疲倦地投入到愛爾蘭的民族解放大業中。她為釋放愛爾蘭政治犯而奔走呼號；在十九世紀的最後十年裡，不停穿梭在英格蘭、蘇格蘭、威爾斯和美國之間，為愛爾蘭的獨立竭心盡力。她和葉慈一起組織了針對維多利亞女王週

青年時代的毛特・岡就開始了自己政治上的追求。

年紀念的抗議，創辦了名為「愛爾蘭之女」的革命女性社團，為那些女性民族主義者提供一個「家」；1902 年，她還在葉慈的戲劇《凱瑟琳・尼・霍利亨》(*Cathleen Ni Houlihan*) 中扮演女主角，為宣傳自己的政治理念傾情奮鬥。

但比愛爾蘭解放更讓她備感艱難的是詩人葉慈那恆久堅韌的愛意。儘管她從一開始就懇求過葉慈保持友誼，但是愛情的表達還是無孔不入。那些著名的、深情的、驛動的詩句成全了閱讀者的悲情心理，卻把莫名的壓力強加在了這位強悍的女子身上。從葉慈第一次因錯誤理解她信件的意思之後而產生的求婚行為開始，幾十年的歲月中，毛特・岡不得不一次又一次地狠心拒絕他。她向他坦白自己曾與呂西安・米納瓦爾生過兩個孩子，震驚的詩人在痛苦萬分之後還是很快「原諒」了她；1903 年，毛特・岡嫁給了同道中人——愛爾蘭民族解放領導者之一約翰・麥克布萊德 (John MacBride) 上校，幾近崩潰的葉慈卻還是在 1916 年，待麥克布萊德因起義失敗被處以死刑之後再次向他的繆斯求婚。

1917 年，五十二歲的葉慈最後一次發出自己婚姻的請求，得到的仍然只是堅硬的回絕。這時距離他第一次見到這朵「蘋果花」已經過去了二十八年。幾個月後，這位大詩人因為那相似的「年輕時的歡愉」而向毛特・岡的女兒伊索德・岡 (Iseult Gonne) 求婚，再次被拒。事情到了這個地步，對哪一方來說都是一種悲慘。這支一直被詩人執拗地誤認為是「蘋果花」的長矛在把柔弱詩人戳得遍體鱗傷的同時，也不得不留給自己一份無法言說的歉疚。其實她並不討厭葉慈，她甚至還很喜歡他，但那並不是她要的愛情。她雖然把自己的一生都奉獻給了愛爾蘭的解放事業，但那也並不意味著她就是一個冰冷的政治假人。她也曾有過熾烈的愛情，也在愛情的道路上跌倒受傷，她的婚姻生活其實很不順利，甚至還存在磨難，但她有足夠的勇氣和能力，她並不會因為這些轉而向葉慈尋求避難，即使是深愛她一生的葉慈，即使是榮獲諾貝爾文學獎的葉慈。她天生要愛的是那些強勢的、有力的，甚至是蠻橫的男人，絕不會是柔弱的、敏感的、永遠淚眼矇朧的詩人。在她看來，一切要為政治服務，而葉慈卻要為藝術而藝術。所以作為一個獨立陽剛、天性喜好血淋淋革命的女鬥士，毛特・岡恐怕從本質上就跟葉慈是兩個世界的人。她有愛的權利，也有選擇愛的權利，這些都不能夠因為葉慈的聲名而遭到剝奪。

晚年的毛特・岡仍然以最激進的態度在都柏林的大街上向人群演講，她的語氣仍然那麼憤怒、拳頭仍然那麼堅硬！而疾病纏身的葉慈已在 1939 年 1 月 28 日病逝於法國的「快樂假日旅館」。他盼望了一生的毛特・岡並未前去憑弔。她把對葉慈的決絕保留到了最後。或許葉慈那些情真意切的詩句她從不曾看過第二眼，但她還是成為他一生的靈感泉源。葉慈自己也說過：如果我和她步入婚姻，那麼寫詩就不再有意義。他想的是當她白了頭，去愛她朝聖者的靈魂，去愛她衰老了的臉上痛苦的皺紋，但毛特・岡卻連皺紋也沒有留給他。旁人看來這是多麼殘忍的結果，但正是愛情的痛苦成全了偉大的詩人。在後人無盡的感嘆和或多或少的埋怨中，毛特・岡如堅信自己的政治主張一般告訴我們：這個世界會因她沒有嫁給他而感謝她！

藉文字重生的女人

喬伊斯・梅納德，一切從文字開始，一切以文字終結。當愛情和他都消失不見，唯有文字忠實陪伴她。它是她傾盡一生構築的王國，她是它獨一無二的王后。當記憶的閘門被文字的蒼老輕輕撬開，她一生的全部悲情便緩緩滲進世人的眼睛。

1972 年 4 月的一天，耶魯大學校園的草坪上春光正好，一個十八歲的少女隨手將刊載了自己文章的《紐約時報》塞進書包，雙眸閃爍著貓一般的狡黠靈慧。耀眼的才華不由分說地過濾掉她身邊虛偽的友情，令她只能孤獨地享受著青春、陽光，以及生命中所有稍縱即逝的良辰好景。

一週之後，這個名為喬伊斯・梅納德的女孩收到在當時美國文壇神話般的大作家沙林傑的來信，後者毫不吝嗇地稱讚她的寫作天賦，並叮囑她在盛名面前保持低調，不要被掌聲和追捧所迷惑。這些看似平常的句子被涉世未深的喬伊斯當做金玉良言銘記於心。少女的魅力一旦獲得賞識，自然無可救藥地影響到她的理性判斷。果然，喬伊斯隨後做出的抉擇令眾親友大跌眼鏡——她放棄了正在就讀的大學學位，逍遙地栽進大作家的隱居生活中。

沙林傑的背棄

如果沒有遇見沙林傑，喬伊斯很可能已順利從耶魯畢了業，在文字王國裡名成利就。可上帝偏要她樂不可支地奔向這座深淵，把半生幸福搭建在布滿巫蠱的懸崖絕壁上。

這一年的沙林傑已是不折不扣的五十三歲老男人，自從《麥田捕手》(*The Catcher in the Rye*) 令他一舉成名後，便跑到新罕布夏州一間鄉村小屋裡離群索居，對這個給予他名利的世界報以挖苦和唾棄。喬伊斯做夢也想不到，這段暴風雪式的愛情在他們同居後不久便警鐘長鳴。在他看來，她對金錢的追求，對名利的渴盼，甚至對一件漂亮衣服的嚮往，無疑都是自甘墮落的行為。為此，他想方設法要把她從俗世中強行剝離出來，命令她練瑜伽，錙銖必較地計算食物的營養成分，減少乃至斷絕同親友來往……。面對她的困惑和沮喪，大師開始變得厭煩。

急轉直下的局面令喬伊斯錯愕不已，可是對狂熱戀情的憧憬也使她對這個言辭刻薄、性情孤僻的男人無限忍耐。他的精神世界在她那裡形成怪誕又神奇的氣場，於是自閉也變作高貴，乖戾亦成為脫俗。她固執地以為，自己對他而言是全世界最特別的存在。但這世上有沒有不可替代的愛，從來都是個問題。不到一年，喬伊斯就被沙林傑無情地掃地出門。導火線是他們同居的祕密被喬伊斯的朋友洩露給了《時報》的記者，使得他常年來對個人隱私的辛苦維護功虧一簣。他認定是這個可惡的、竟然還熱愛這個世界的年輕女人在搞鬼。熱愛這個世界？這是多麼的不可原諒！

在這場情愛的角逐中喬伊斯輸得血濺當場。但她極力避免檢

少女喬伊斯眼中滿是對這個世界的好奇與憧憬，那種只能坐在小屋裡看天際的日子必然不能囚住她的靈魂。（圖片出處／Getty）

討它，只是用稿費在沙林傑的居所附近買下一幢農舍，閉門寫作。最好的時光已被糟蹋得毫無光彩，包括她的才華和胸中那束宛若春雷的顧盼生輝。少女喬伊斯被迫學會了愛的折墮，又在折墮中學會服從。當綿延整個青春期的幻覺在她眼前坍塌，她所能做的不過是收集四散的灰燼。開始獨自生活的喬伊斯專門給自己制定了「一日活動時間表」，每天按部就班地閱讀、散步、畫畫、參與排劇、親自種植蔬菜、結交新朋友，同時也為好幾家報刊雜誌撰稿。她知道，現在必須得讓自己忙碌起來。但所有回憶從拿起那天開始就不曾放下過，即使她已完全淪為沙林傑最不屑的庸俗女人，她的深心仍懷揣隱祕的希望，只要他願意給予自己一個哪怕僵硬的擁抱，她都可以將過往一筆勾銷。這就是她血液中悲愴淒豔的成分，它們塑造出的喬伊斯・梅納德命中註定要遭遇這場劫數和敗陣，然後她無可奈何地存活下來——非活下來不可，因為她還有那麼多文字渴望書寫。

書寫與重生

彷彿重回萬物伊始的那種潛在的溫柔，愛與愛的匱乏重新投身筆端，這個女人險些被摧毀的一生藉文字的力量再度凝聚，這裡面包含的是線性時間最大的魔力。

用了兩年時間喬伊斯才真正接受了被沙林傑拋棄的現實，《紐約時報》成為她生活的支柱，但彼時的她對未來依舊沒有明確規劃，隨波逐流地為自己安排了一條平凡女子的道路：結婚，生子，離婚。男人們來了又去，愛情像風一樣虛空，唯一不變的只有文字。在它神聖的光焰中，所有暗夜裡的掙扎都得到補償，失敗的婚姻被塗上討喜的玫瑰色，捏造的幸福透過詞句感染了每一雙閱讀的眼睛。她成了廣受歡迎的專欄作家，得到了被大師不齒的名利，她當然無法做那個住在森林小屋裡的啞巴女人。她藉文字掙脫掉過去不切實際的束縛，然後破損的內心復又重新灌注進劫後餘生的悲憫，變得充盈、芬芳。

當然，還有孩子。三個可愛的孩子是她在世上最大的財富。她曾說：「生兒育女是我一生中最幸福的經歷……，再沒有什麼別的詞能像他們三個人的名字那樣具有超凡的魔力，說出這三個詞就可以找到希望和快樂。」

1997 年冬天，喬伊斯重返新罕布夏州的隱居地，二十五年的蟄伏令她終於有決心面對七十八歲的沙林傑，給少年的情懷一個終局。「我來這裡只是想問你一個問題，傑里（沙林傑的名字），我在你的生活中到底有什麼用?」垂垂老矣的沙林傑仍然那麼憤怒，他聲嘶力竭地喊道:「這個問題，你不配知道它的答案!」並沒有預想的諷刺或滑稽，也沒有怨恨，甚至連氣憤都沒有。當愛已絲毫不剩，拂袖而去就是最大的驕傲。

在這次儀式般的了斷後，喬伊斯的整個身心徹底獲得了解脫。她拍賣了手頭保留的十四封沙林傑的書信，並開始著手撰寫回憶錄——《我曾是沙林傑的情人》。在書裡，喬伊斯並沒有摻雜過多怨念，也無所謂懺悔，甚至也不是釋懷，它的誕生只是一種表明——情愛毀滅之後遺留了痕跡，但那痕跡早已不是愛本身。

世間沒有感同身受這回事，隔岸觀火卻是很多的。喬伊斯的痛與悔、罪與罰，終究要她以自己的柔弱肉身獨自承擔。倘使再次站在宿命的十字路口，她或許依然重蹈覆轍。但她早已擁有恢復的力量，擁有溫暖悲憫的內心。她得到了，然後放下了。也就終於脫胎換骨，成為一個真正充滿力量的女人。

時間賦予女性力量

時光流轉至我們這個世代，女性為生命、為情愛所受的苦楚依舊深重而鮮明。即便是《欲望城市》中那四

個在紐約城中快意恩仇的強悍女子，也照樣被寂寞和軟弱直取了柔腸。但女性自我拯救的力量常常就在這些山重水複疑無路的瞬間猝然爆發。

面對長期以來男人們刮骨的打量、肆意的玩弄和新人舊人的拋棄，女性的容忍已達到極限。她們不再滿足於被世界簡陋地接納，厭倦了陳舊的過時的溫柔，也絕對不願相信單靠「順從」這副無形的鐐銬可以永遠捕獲男人的心。於是，十九世紀陰鬱沉悶的天空被鮮紅的女性旗幟閃電般劃開一道口子，終至暴雨傾盆。主動爭取經濟獨立和政治權利的新女性不願再受制於她們的身體以及由此帶來的情感束縛。操縱女性生命的不再是兩性之愛，也不再是男人對女人的取捨態度，她們希冀用自己的生命來證實這樣一個真理：女性有資格、也完全能夠主宰自己的人生。

十九世紀中晚期，在物質基礎上無法獨當一面的卡蜜兒雖視愛情為聖物，卻偏偏無法成為羅丹名正言順的妻。當這段戰戰兢兢長達十餘年的地下情付之東流，進入羅丹生活圈的夢想旋即破滅。儘管後來曾在弟弟保羅支持下舉辦個人作品展，但卡蜜兒並沒有藉此獲得新生。她心有不甘又無法逃脫地必須臣服於以羅丹為代表的那個由男性主宰的藝術等級世界。光芒四射的才華根本不足以構成她活下去的信心，更無法利用它在那個沒有女雕塑家絲毫地位的時代獲取社會公眾的認可，最終走入了瘋狂的地獄。

比她幸運的毛特・岡恰好趕上這場女性主義浪潮的尾巴。這個膽大自傲的女子無視大詩人葉慈的一次次追求，器宇軒昂地跑到街上同整個男權社會搏殺，向他們的話語機制發起挑釁，周遭的眼光她壓根兒就不在乎。同卡蜜兒的脆弱相反，她勇敢地置身於時代的浪尖，像抽打陀螺一樣任情任性地驅使著自己的生命，享受到把炸彈扔進男性生存空間的快感。但這種激烈甚至激進的態度似乎更多的是一種宣戰的姿態，因為強硬而耀眼，也因為強硬而失掉了柔韌的智慧。

二十世紀 1960、1970 年代，在美國興起的第二次女性運動要求社會各公眾領域對女性開放，女人要完全走出閨房，走出家庭，躋身社會各行各業去自由享受曾經只屬於男人的特權。但享有自由與承擔風險是等量齊觀的。被迫獨自穿越生活驚濤駭浪的喬伊斯拼命抓住文字這塊浮板，女性原始的堅強在她身上展露無疑。文字像光，投射到她的生命中就是為了拯救。「女性專欄撰稿人」的身分引導喬伊斯遠離卡蜜兒的毀滅之道和毛特・岡的暴力反抗之路，時間為她打開了通往另一世界的大門。跨過邊界的她幸運地獲取了女性內心最柔軟也最溫暖的力量。這種專屬於女性這個性別群體的力量才使得她找到了一個完整的最好的自己。

於是在歷史的長河中，女性憑著時光的饋贈和自己的努力，擁有越來越完整的身影。她們不再做只能自我毀滅的卡蜜兒，也不是堅硬決絕的毛特・岡。她們將如喬伊斯，甚或超越喬伊斯般義無反顧地避開大師刺目的光環，真誠而竭力地用與生俱來的才華鑄造起並不十分完美卻必然獨立堅韌的靈魂。她們將以獨立的姿態從容站到男性身旁，不再只是一種附麗。

這便是古往今來造物主賦予女性最深沉的智慧和偉大之處！

蓮澗雨　陳思蒙

女性香菸史
另一束自由的火把

十九世紀以來，女性吸菸的藝術形象大量出現，關於女性與香菸之間關係的定義開始不斷發生變化。一度，抽香菸的女性是「壞女人」的標誌；十九世紀後期開始，吸菸成為女性文學家、藝術家和女權主義者們獨立、自由精神的象徵；二十世紀 1940、1950 年代的好萊塢電影裡，女明星細長白皙的手指間握著的菸斗顯示著難以掩飾的神祕、優雅和魅力。

藝術一直都是現實的反映，香菸對於女性的意義，在是否有損健康的外表下，是與男性爭取平等的另一段歷程。她們要擁有的是可以自由選擇吸菸與否的平等權利，至於真的吸或不吸，那是另外一回事。

女模特兒輕拈燃燒的香菸，優雅和神祕展露無遺。（圖片出處／Corbis）

吸菸勾起最強烈的性別聯想

菸草面世後不久,就得以成為藝術表現的主題之一,但它是男性身分和地位的象徵,女性很晚才出現在這些作品中。現實社會裡,女性得以和男性公開分享菸草的藥物療效和鬆弛神經的神奇妙用是二十世紀之後的事情。從「男人的事情」到「女人的事情」,是場性別之間的角力。

從人類文化的角度審視吸菸,它從來都是個矛盾的統一體。作為興奮劑和弛緩劑,吸菸具有醫學功效的同時也能置人於死地;吸菸既能帶來歡愉和放鬆,也潛藏著危險;吸菸可以為你贏得友誼,卻也能帶來背叛。吸菸的雙重性質同樣體現在性別上,關於這一點,著名詩人泰奧菲爾・戈蒂耶 (Théophile Gautier) 在寫給友人的信中說得一點沒錯:「最強烈的性別聯想存在於吸菸和性越軌之間——兩者同樣交織著興奮和放縱。」幾個世紀以來,香菸被定論為「男人的事情」,代表他們的特權。

四個世紀前的荷蘭,社會經濟和文化一派欣欣向榮,被譽為「黃金時代」。在當時的繪畫圈裡興起了一種全新的藝術形式,香菸的主題便是其中之一,且極為流行。這些繪畫作品,以表現男性吸菸者的狀態和生活為主,女性極少現身其中,即使出現,也形象不佳。她們通常被描繪為菸館的奸詐老闆娘,將煙霧繚繞的房間裡的一切盡收眼底，然後乘人之危占酒鬼菸鬼的便宜；或者，她們是在為客人灌菸斗的老婦人，動作被男性畫家們描繪得極其下流，以表明她們是妓院的老鴇。當時很多畫家的自畫像中，吸菸也被賦予了很強的象徵意義。當作品中的畫家背對空白畫布抽菸時，表明他在浪費時間；當畫家面對畫布抽菸時，則表示吸菸為他帶來了靈感。之後的整整一個世紀，香菸幾乎絕跡於西方藝術世界。十九世紀，隨著浪漫主義藝術的興起，藝術家們紛紛將個人的興趣和情感引入作品，其中，香菸是他們表現自我的一個最常用和最有效的方式。在彌漫的煙霧中，畫家、作家和哲學家都陷入了沉思。他們吸著菸，專注的眼神中透露出思考的深邃。這些傲氣的藝術家們借助中產階級偏好的香菸，把自己標榜為高於他們的、有思想的一族。

藝術作品裡的香菸反映著現實社會的等級差別，不同的吸菸方式代表著不同的人物類型，菸斗和雪茄對應於有權階級，雪茄更是慎重和冷靜的象徵物。香菸則標誌著青春、力量和冒險，同時意味著焦慮和緊張。但無論階級如何，香菸只是男性身分和地位的標誌，與女性無關。那時的整個世界都認為女人吸菸，尤其是在公開場合吸菸的想法，是不能接受、令人反感的。如果你這麼做了，就證明你是個「壞女人」。當時的社會風俗認為，吸菸僅限於男人的房間或吸菸沙龍、撞球室和圖書館。在這些地方，吸菸是無傷大雅的男性活動之一，是他們用來交際、娛樂的普遍方式。一個女人則只應待在房間裡，做個純潔的情人、媽媽或天使。

雖然曾經在十六世紀的法國和十七世紀的荷蘭，女性和男性一樣可以吸菸（當時她們多半是為藥用，女性沒有享受吸菸娛樂性的權利）。但在隨後一個世紀的歐洲，即使是體面的資產階級婦女，也失去了享用菸草作為藥物的權利。當時，只有一些這樣的女人還在吸菸，「靠出賣色相的演員、吉卜賽人和妓女」。這些吸菸的「壞女人」，是不少作家筆下叛逆、不道德女性的來源。

1857 年，古斯塔夫・福樓拜 (Gustave Flaubert) 一邊抽著雪茄，一邊藉由描寫艾瑪・包法利的吸菸動作來強調她虛偽的自由追求：「由於其僅有的愛的結果，包法利夫人的禮貌改變了。她的神情變得更大膽，言語顯得更自由，她甚至嘴裡叼著菸，很下流地同羅德爾先生一起外出，好像是在向人們挑戰。」艾米爾・左拉 (Émile Zola) 寫於 1880 年的小說《娜娜》(*Nana*) 描繪了一個身處社會底層不得不靠出賣身體以維持生計的少女，左拉用娜娜嘴角吐出的菸圈昭示了她的妓女身分和她身上潛在的危險，暗喻這種女人不僅篡奪了獨屬於男人的吸菸權利，還將一步步掏空他們的衣袋，最後將危害整個世界。

十九世紀後期，隨著女權運動的興起，很多女權主義者視可否吸菸為女性爭取平等地位的一部分，1840 年在紐約舉行的第一屆世界婦女權利大會上，很多出席會議的女性公開要求婦女們享有自由選擇吸菸與否的權利。與此同時，很多女性作家和藝術家，像喬治・桑 (George Sand) 一樣，穿著男裝、抽雪茄菸，向男權禁忌進行挑戰。無論在她們的小說還是畫作中，吸菸女性代表著女人的獨立、思考和自由。二十世紀以來，各個階層的女性都重新開始吸菸，香菸逐漸出現在她們的唇間，成為她們的生活方式。1915 年，吸菸成為美國「新女性運動」的一個標誌，滑著爵士舞步、香菸在手，是她們時髦生活的典型特徵。1928 年，在美國菸草公司舉行的「好彩」(Lucky Strike，美國著名的香菸品牌) 香菸活動中，新女性們高舉香菸這「自由的火把」，和強加在她們身上的「愚蠢的偏見」作抗爭。一年後，十個初涉社交界的年輕女士抽著好彩香菸走在紐約第五大道上，用香菸宣布自己的自由和獨立。女權主義者魯斯・海爾也曾為好彩公司的活動向女性同胞們發出邀請:「女人們!燃起另一束自由的火把!點亮另一個性禁忌!」

隨後，女性吸菸的形象為德國威瑪時期電影和好萊塢 1940、1950 年代的黑色電影定下了基調，香菸成為體現女性優雅、魅力的道具長久地留存在銀幕上。上世紀 1980 年代在美國出現的一則女士香菸廣告語不無驕傲地標榜著:「這是女人的事情!」當然，誇張的廣告詞一定程度上是香菸生產商和廣告商們向女性消費者牟取暴利的手段，但從「男人的事情」過渡到「女人的事情」，若拋卻健康的問題不論，女人與香菸之間的交纏，的確是一段爭取自由和平等的歷程。在全世界禁菸運動一再興起的同時，藝術得以突破現實的界限，記錄下這段歷史。

死去是咎由自取

梅里美 (Prosper Mérimée) 的《卡門》(*Carmen*) 創造了文學史上第一個吸菸女的形象。1875 年，它經由改編亮相巴黎歌劇院，卻慘遭失敗。觀眾一邊倒地譴責美麗、叛逆的工廠女工卡門，她的死也沒能喚起他們的一丁點憐惜，相反，他們把同情的目光都給了殺害她的霍賽。因為，巴黎的中產階級觀眾怎能忍受一個叼著菸捲的吉卜賽女郎?

《卡門》裡菸廠女工手持香菸合唱，場面宏大。（圖片出處／Alamy）

進入二十一世紀，《卡門》是每年世界各地歌劇舞臺長演不衰的經典劇目。這位吸菸的捲菸廠女工，是全世界觀眾心中性感迷人、散發異國風情的吉卜賽女神。首演至今的一個多世紀，這齣歌劇被無數導演翻拍，他們每個人都為它做了不同的改動，也添加了不同的思想，但卡門手裡的香菸未曾被任何一位導演拿掉過，因為那是她的標誌，她叛逆、獨立的魅力正是由手中的菸捲傳遞出來的。但這支菸的最初亮相，卻因為打破了性別、種族、階級等多方面的禁忌，遭到觀眾的一致譴責。

喬治・比才 (Georges Bizet)1873 年完成的歌劇《卡門》，改編自普羅斯佩・梅里美 1845 年創作的同名中篇小說，它是歌劇史上最著名的以吸菸女性為主角的劇作。《卡門》在巴黎歌劇院的首次演出由於撼動了太多既有的社會秩序而慘遭失敗，其中之一便是一群一邊吸菸一邊歡快地扭打在一起合唱的女子，她們是故事中塞維亞的一個著名捲菸廠的女工。在捲菸廠門前，歌劇拉開了序幕。

這個真實存在的、位於塞維亞郊區的捲菸廠把守森嚴，因為裡面成百上千的女工整天在用纖細的手指捲著菸捲，酷暑難當時，一些人常常半裸著身體。一般男人未經許可不得入內，據說確實有不少人為了得到通行證而惹了麻煩。事實上，捲菸廠很快成了來自歐洲不同地區男性訪客的必經之地。而隨著戈蒂耶、比埃爾・路易士、莫里斯・巴萊斯等作家的造訪，這座小小的捲菸廠及其女工漸漸成為法國色情文化中的重要元素，作家對這些女工的描述讓大眾對那裡既心生嚮往又滿懷畏懼。

卡門作為這些製作香菸也享用香菸的「放蕩」女工中的一員，她的背景本身就是對當時社會認同的「只有妓女才吸菸」這一道德觀的挑戰。即便從捲菸廠門外吸菸的護衛及其他男人的歌唱中，觀眾得知，卡門性感迷人且個性鮮明：當因與工友打架而被捕時，她表現得激情澎湃而叛逆；當說服逮捕的士兵唐・霍賽釋放她時，她的獨立和決心又彰顯無遺。

卡門和霍賽的愛情家喻戶曉，後來這位愛上了鬥牛士的吉卜賽女郎被妒忌的霍賽殺害，她成了第一個死在巴黎歌劇院的女主角。但她的死並未換來觀眾的惋惜和眼淚，評論一邊倒地譴責她，而將同情都給了殺人犯霍賽。他們認為卡門的死是咎由自取的結果，而不是霍賽衝動、妒忌和過強的占有欲導致的後果。

歐洲人，尤其是法國人，向來把吉卜賽人看做和猶太人一樣的異類，源自羅馬民族的他們被視為兇險、迷信和令人恐懼的外國人。人們習慣於用動物形象描述吉卜賽女郎的野性美、兇狠和異域道德觀，在他們眼裡，她們雖風情撩人，卻狡猾惡毒，尤其是她們手中香菸升騰出的煙霧，更是被當成引誘男人甚至令他們喪命的蠱物。這種對吉卜賽女郎的負面印象從頭到尾地出現在梅里美的小說裡，在 1847 年的小說修訂本中，他還在最後一章特別描寫了她們的不道德。為了迎合巴黎觀眾的喜好，歌劇舞臺上的卡門已經被「馴服」了許多，但她顯然還是一個典型的吉卜賽女郎：性感、淫蕩，既是萬人迷又是危險分子。首演失敗後，巴黎歌劇院總監卡米爾・都洛克勒的話代表了觀眾厭惡的情緒：「巴黎歌劇院這樣屬於家庭、舉行結婚儀式的地方怎麼能出現吸菸的吉卜賽女郎?」卡門的種種叛逆行徑，尤其是吸菸行為，使她成為社會的對立面。

十九世紀末二十世紀初，是以吸菸女性為主角的歌劇登上歐洲舞臺的起始階段，其中，晚於《卡門》公演、較為著名的是作曲家沃爾夫・費拉里 (Ermanno Wolf-Ferrari) 的《蘇珊娜的祕密》(*Susanna's Secret*)。這齣劇作讓觀眾認識了一位對香菸的「芬芳氣味」懷著「純真無瑕」的讚美之情的資產階級叛逆女子。被蘇珊娜愛稱為「我那帶著香氣的小毛病」的香菸，是她向新婚丈夫極力隱藏的祕密，因為她知道自己這個階層的女子吸菸是多麼失態的事情。妓女們可以叼著香菸招攬生意，但人們絕不會相信她這樣的資產階級女子也有同樣的嗜好。當丈夫聞到她身上的香菸味道便誤以為她早有情人，在他以暴力宣洩了憤怒之後，真相大白於天下。故事的最後，蘇珊娜的丈夫認為妻子不應該放棄吸菸的愛好，而邀請她和自己一起吸菸，兩人用蠟燭為各自點燃一支香菸，一起唱著：真正的愛人，一刻不停地吸菸，相互扶持著走向新房。

《蘇珊娜的祕密》中，著名歌劇演員拉克嘉・波利 (Lucrezia Bori) 飾演偷偷摸摸吸菸的中產階級女性蘇珊娜。這齣歌劇的演出在當時的歐洲大獲成功。

和大大方方吸菸的卡門相比，蘇珊娜的行為偷偷摸摸，但卻得到了巴黎甚至整個歐洲觀眾的喜愛和認可。同為香菸，在蘇珊娜和卡門的手中，一個被認為是可以原諒的「愛好」，另一個卻成為「壞女人」、「妓女」甚至是「女巫」的標籤。結論只有一個，並非不同的階級身分和地位為她們帶來了不同的命運，而是偷偷摸摸的鬼祟比大大方方的挑戰更可取，因為女性公開吸菸的行為是為社會不容的，她們還沒有權利如此公然地挑戰權威。

掙脫男性的力量

十九、二十世紀之交，女性避開男性，甚至在公開場合吸菸的行為激起了男性的恐懼。作家亞瑟・辛農對此下定論：「女人越深地投入到自身中，就離男性文明的力量越遠，也就越危險。」是的，男人們幾個世紀的擔心終於應驗了。

新入侵者

越來越多的女性開始享受香菸帶來的愉悅，男性們開始焦慮，他們的世界受到了女性的入侵。

女性參政論者和「新女性」把吸菸看成是挑戰社會規定的「自然」女性行為的途徑之一，男性們在女性身上早已看到的威脅更加明顯了。這樣「危險」的女性無處不在，她們是女性參政主義者、是普通的家庭婦女，也是在公開場合，甚至是在電車上無所顧忌地吸菸的摩登女郎，更令他們擔憂的是，這些女性也可能就是他們身邊的妻子和情人。

在馬科斯・品伯頓 1890 年 1 月發表的短篇小說《新入侵者》中，就有這麼一位女性。年輕的妻子芭布斯 (Babus) 對丈夫的忽視感到不滿，於是女扮男裝悄悄溜進他俱樂部的吸菸房。那天晚上丈夫回家後，很沮喪地發現妻子沒有在門口迎接他，而以往「她常常在那裡吻他的下巴尖，幫他拿帽子和報紙」。他發現妻子芭布斯居然在他的書房裡，一臉壞笑地靠在安樂椅上吸菸。就像他在俱樂部裡一樣，她抽菸時拿著一杯苦艾酒，從嘴裡吹出團團煙霧。看到這樣的妻子，丈夫「哭笑不得」。後來，芭布斯還跟他複述在俱樂部裡偷聽到的對話，丈夫對妻子的反常行為感到震驚而憤然離家。小說的最後，以夫妻恢復以往的常規相處模式告終，但裂痕已然存在，夫妻之間關於香菸的戰爭發生過一次就難免發生第二次。

香菸作為兩性之間鬥爭的工具在男性藝術家的筆下還在繼續。一個女人香菸上的煙圈環繞在海報四周，這是倫敦版的悉尼・格藍迪 1894 年的戲劇《新女性》的廣告海報，格藍迪把生活中男女之間以香菸為武器的戰鬥搬到了戲劇舞臺。劇中，一位丈夫不喜歡他妻子寫的關於性別平等的書，把「菸灰落在最後一章上」；另一位中產階級的未婚女子像蘇珊娜一樣偷偷吸菸，她還向男友進一步表示女性應該有大門鑰匙，這樣她們就可以像男人一樣自由進出房子，因此她被那位體面的單身漢放棄，相反他選擇了一位舊式的、不吸菸的、曾當過女僕的女人。

但顯然，關於香菸還牢牢握在男性手裡的想法，就連男性藝術家都意識到那只是一相情願的可笑說辭。讓他們更為恐懼的是，香菸已經被受過良好教育的女性拿在手中，她們要爭取的不只是能否吸菸，而是它背後潛藏著的男女平等的權利。

索要平等和尊嚴

越來越多的女藝術家和女作家以正面的形象描繪吸菸的女

性，賦予她們以尊嚴。當然，這些女人當中也包括她們自己。無論在生活還是在藝術中，吸菸，都是她們藐視傳統的標誌。

深受歡迎的英國小說家瑪利亞・劉易絲・拉・雷姆威達 (Mary Louis La Rohmweida) 在她 1867 年創作的小說《兩旗之下》中塑造了一位勇氣異常的軍人女主角西葛瑞特。她繼承了卡門對吸菸的隨意態度，但吸菸並不是她招致厄運的前提，而是她藐視社會傳統的手段，她以「朝他吹一口菸」來應對男人的侮辱；她也繼承了卡門對性的隨意態度，但她「對濫性帶來的毀滅的嘲笑，在喝酒、大笑中蔑視它，在菸草的火光中燒盡它」，在一次戰鬥中，她為愛人參加了一次埋伏行動，最終不幸死去。小說作者雷姆威達自己也是位吸菸者，她把吸菸當成進入男性世界的第一步，在男人們點燃菸管和雪茄的時候，她拒絕離開房間，她說：「紳士們，現在就當我母親和我不在房間裡。就像你們在俱樂部那樣抽菸喝酒吧，就像你們在吸菸室裡那樣說話吧。」

弗蘭西斯・班傑明・約翰斯頓 (Frances Benjamin Johnston) 和珍・亞徹 (Jane Ache) 也是像雷姆威達一樣正面描繪女性吸菸者的女性藝術家。很長一段時期內，大多數的男性藝術家和作家同福樓拜和左拉一樣，把吸菸的女性描繪成不正常、危險和不誠實的人。相反，這些女藝術家們把吸菸作為女性獨立和思想的象徵，她們以手中的香菸，向社會索要平等和尊嚴。

約翰斯頓是最早獲得商業攝影成功的美國女性之一，她 1864 年出生於華盛頓，父親供職於美國財政部。1883 年到 1885 年間，她在巴黎的朱利安學院學習素描和繪畫，夢想成為一名插畫家。回到華盛頓以後，約翰斯頓意識到報紙裡的繪畫插畫很快就會被相片排擠掉，於是她弄到了一臺柯達相機，在史密斯索尼恩學院

約翰斯頓享譽世界的《自拍照》。右手拿著香菸、左手端著酒杯，她故意選擇了保守人士不認同的女性行為，以向男權社會發出挑戰。

的攝影實驗室學習。她在 1889 年開始了職業攝影生涯，拍下了許多著名人物如蘇珊・安東尼的照片，並接受了一系列具有挑戰性的攝影記錄任務，例如在隨時可能發生礦難的科一諾煤礦裡拍照等等。

約翰斯頓創造了令人震驚的《自拍照》大約是在三十二歲，當時她已經是從業七年左右的成功者。這張她 1894 年在華盛頓家中攝影室裡拍的照片，展現了其作為有內涵的女性被包圍在自己收藏的藝術作品和照片中的愜意悠然。相片裡，她一手拿著香菸，一手拿著啤酒杯。她坐在那兒，一條腿輕快地搭在另一條腿的膝蓋上，露出小腿和內衣，但她的衣服本身沒有任何挑逗性，表情也沒有誘惑性。她的香菸和啤酒杯不是一時的心血來潮，而是她生活的真實面目。在她展現自己個性的淺淺微笑和招搖的態度中，表明了她是有意識地選取了這幾個保守的、觀眾不可容忍的女性行為。約翰斯頓終身未嫁，她抽菸喝酒，朋友中既有吉卜賽人也有達官貴族。她藐視傳統，然而卻保持了健康的觀念和中產階級的其他優點。

十九世紀 1890 年代末出生於土魯斯的珍・亞徹以她繪製的女性形象的彩色平版畫聞名，它們以商業廣告和裝飾鑲嵌版畫出版發行。與她同時期的另一位著名版畫師是名為慕夏 (Alphonse Mucha) 的一位男性藝術家。不同於慕夏畫的女人吸入菸氣如此之深，以至於充滿了她們的身體，到最後連頭頂的頭髮也要豎起，亞徹畫的女人並沒有完全被吸菸這一行為本身所吞沒，儘管她們

亞徹繪製的「JOB 捲菸紙」平版畫。畫中的女性衣著高貴、表情內斂，絕不同於男性畫家筆下吸菸女性的放浪形骸、衣著挑逗。

的姿勢、表情和手勢表達了她們經由吸菸產生的愉悅之情。

約翰斯頓和亞徹描繪的吸菸女性形象都是以側面示人，使得女性吸菸者和觀看她們的人之間保持了一定的距離。她們的頭髮安分地固定在頭上；她們的衣服鈕釦都扣著，胸部遮得嚴嚴實實；儘管她們沒戴珠寶，但她們的衣著時尚甚至更昂貴；她們的表情也是收斂的。這些都明顯不同於慕夏或者其他男性漫畫家筆下頭髮狂亂、表情曖昧、放浪形骸的女性吸菸者。約翰斯頓《自拍照》裡那似有若無的笑意表示她不喜歡製造迎合社會讚賞的形象。而亞徹筆下的吸菸女人，頭昂得很高，看起來就像精於感官享受的鑑賞家。這些形象就像古典的浮雕：她們都是側面，胳膊限制於淺淺的平面中，周身滿溢著女性的優雅和高貴。

在藝術手法上，約翰斯頓和亞徹的作品都運用了強烈的明暗對比和確定的線條，而不是用她們的同代人常用的淺色、不確定的形狀和游離斷裂的線條。約翰斯頓所穿的暗色格子花呢外套和亞徹畫作中的黑色斗篷一樣，成為她們作品中一種有力的設計元素。

更具有突破性的是，她們還借用了過去一直為藝術中的男性形象注入力量的垂直線條。十九世紀藝術理論家們認為垂直的線條往往帶有權威的含義，也就是男子氣概：「垂直線是貴族、偉大、王權和權威的線條。」在約翰斯頓的《自拍照》中，一個垂直的扶壁出現在她身後；亞徹畫作中由斗篷形成的垂直線是她所繪海報最顯眼的元素之一。

為什麼雷姆威達、約翰斯頓和亞徹要篡奪典型的表現男性形象的繪畫手法，並將它運用到對女性吸菸者的描繪中呢？藝術評論家們認為一個顯而易見的答案是，吸菸意味著女性被排除在外的更廣闊的知識領域，藉由吸菸，一位女性可以公開獲得「做她喜歡做的任何事的權利」。還有就是，當時關於香菸的一個普遍知識是，它可以刺激幻想、連接記憶，從而增強創造力。在十九世紀 1890 年代無數表現關於藝術家和哲學家靈光乍現或等候靈感來襲的漫畫中，90% 以上都被描繪為吸菸的形象。作家在所作的詩歌中也無數次地寫過這樣的句子:「我看到一個詩人的夢想／存在於上升的煙圈中」，「抽菸時我所有的思想在飛揚／不抽菸它們就沉降在地上」，而福爾摩斯系列小說也普及了這樣的觀念，即菸草引出深刻的思想。所以很多女作家、女藝術家本身都是香菸的積極使用者，比如喬治・桑、南希・艾利科特、波娃等等。像雷

著名的法國作家莎岡像不少女作家一樣喜歡吸菸，認為這是激發靈感的方式之一。（圖片出處／Corbis）

姆威達、約翰斯頓和亞徹這些迫切希望擴大自己女性視野的藝術家，她們選擇了以正面的形象描繪吸菸的女性，賦予她們以尊嚴，而她們自己也因此獲得了滋養思想的力量。

彰顯魅力的小道具

在威瑪時期和好萊塢 1940、1950 年代的電影中，曾有一位典型的女性吸菸者風靡一時，得到大眾廣泛的認同。在整個電影史上，沒有一個人可以像瑪琳・黛德麗 (Marlene Dietrich) 那樣把香菸運用得那般爐火純青。吸菸不僅勾勒了她的個性，而且成為她彰顯魅力的手段，她將女性吸菸的形象帶到了新的層次。

一幫賭紅了眼的賭徒們焦急地遊蕩在某個私人賭場喧囂的紙牌遊戲間，他們不停地吸著菸，似乎深吸一口會讓他們越戰越勇。這是著名電影《賭徒馬布斯博士》(*Dr. Mabuse the Gambler*) 中的一個場景。

以這部電影為代表的上世紀 1920 年代德國威瑪時期的電影，為好萊塢 1940、1950 年代的黑色電影營造出了幽暗、朦朧、虛無的氛圍和基調。好萊塢有名的黑色電影都是由同時期的移民導演拍攝的，但不管是新手、上進的藝術家還是老到的導演，他們都在一次次地演繹著威瑪時期電影裡明暗交錯的燈光，在濃煙的陰影中錘鍊著自己的眼光。

被好萊塢黑色電影導演繼承的，還有《賭徒馬布斯博士》中那個吸著香菸的女性形象，這位名為陶德的女爵士獨自倚在華麗的沙發上，指間優雅地夾著一支香菸，一邊懶洋洋地吸著，一邊冷眼注視著菸民眾生相。二十世紀 1940、1950 年代的好萊塢女明星，幾乎沒人沒有在電影中飾演過吸菸女郎的角色，吸菸女郎很大程度上就是好萊塢黑色電影的象徵。但沒有哪個人可以像瑪琳・黛德麗一樣把香菸把玩得那般富有魅力，並以此名留世界影史。

來自於德國本土的女演員瑪琳・黛德麗因為在約瑟夫・馮・史登堡 1930 年導演的《藍天使》(*The Blue Angel*) 中飾演羅拉羅拉——一個烏煙瘴氣的酒吧的歌女和柔弱的浪蕩女而一夜成名。從這部電影開始，到後來她在好萊塢和歐洲主演的後期作品，黛德麗的標籤就是一個精通如何擺弄冒煙的香菸，惹人注目、快人快語的女主角。吸菸不僅勾勒了她的個性，也成為她彰顯魅力的手段。她吸引了無數效仿者和粉絲，獲得如潮的好評，甚至有一個專門的網站介紹她的銀幕吸菸形象。

《藍天使》中有場重頭戲是這樣的：虛偽的教授羅斯到羅拉羅拉的化妝室看她，前一天在這裡他剛剛和自己的學生——羅拉羅拉的粉絲們撞了個正著，接著他竟鬼使神差地拿了羅拉羅拉的一條燈籠褲，鬧了個大笑話。近景鏡頭下，羅斯坐在羅拉羅拉化妝臺的對面，帶著一臉的懊悔和孩子氣向她求饒，此時羅拉羅拉冷冷地把一支香菸放在唇間，並把菸盒遞給羅斯。教授看上去很緊張，加上羅拉羅拉身體和空氣中散發出的熱氣，他的手一抖動，幾根香菸掉在地上。此刻導演讓鏡頭跟隨羅斯去清理香菸，他的手扶在桌下，觀眾也能以他的角度欣賞眼前的一切，包括羅拉羅拉的絲襪和內衣。與此同時，羅拉羅拉一邊點燃香菸，一邊說著她的經典語錄：「嘿，教授！看完了寄給我一張明信片，好嗎?」

黛德麗進入好萊塢的處女作同樣是史登堡導演的作品，片名叫做《摩洛哥》(*Morocco*)。電影中，她扮演的歌女艾米・卓麗頭戴大禮帽、梳著長辮子，一邊傲氣十足地吸著菸，一邊迷離地環顧著旁觀者。令人難忘的還有她在《歷劫佳人》(*Touch of Evil*) 中塑造的坦尼婭，同艾米・卓麗一樣，煙霧總是繚繞在這個吸菸的

四十九歲時，黛德麗還曾被「好彩」香菸邀請擔任形象代言人，可見其「吸菸女性」形象深入人心之程度。

吉卜賽女子的許多特寫鏡頭中。

黛德麗的吸菸形象賦予了她一種獨有的權威和性感，這份女性魅力讓她凌駕於所有崇拜者之上。她那挑逗式的吐煙圈的形象征服了無數男士的心，儘管銀幕前的女觀眾也同樣為她著迷。用評論家的話說，她是「男女通吃」，她的魅力已然同香菸散發的強大誘惑力聯繫在了一起，在四十九歲的時候，「好彩」香菸還邀請她擔任其最新產品的形象代言人。廣告畫中，跟《賭徒馬布斯博士》中的陶德女伯爵類似，黛德麗優雅地靠在一張絨毛沙發上，唇間不經意地叼著一只菸斗，旁邊醒目的廣告詞是：「黛德麗說：我吸溫和的香菸——好彩！」隨著事業到達巔峰，她的吸菸形象廣為流傳，被很多明星在影片和時尚照片的拍攝中複製。黛德麗將女性的吸菸形象帶到了新的高度。從黛德麗開始，整個世界發現：香菸之於女性的意義，不過是突顯魅力的小道具。

出於健康問題的考慮，全世界的禁菸運動不時興起，本專題的目的絕不是為了歌頌菸草，正如學者沃頓在《吸菸全書》的序言中所示，他的研究不是為吸菸寫墓誌銘，他最終得出的結論是：「吸菸……可能要存在下去。」當代英國青年藝術家中的佼佼者、女攝影師莎拉・盧卡斯也曾為自己拍攝了自拍照，她穿著模糊性別的 T 恤、扮著男性吸菸時的瀟灑神態，並將之命名為《以火滅火》，她的反叛態度顯而易見。我們想說的是，有關於香菸的藝術還將繼續，不論是譴責、讚美，還是簡單記錄這種最廣泛的社會習慣。而從中，我們可以摸索出女性自身發展的點滴印記。

漠　北

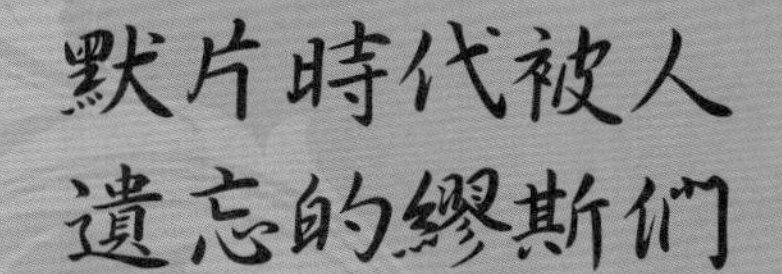

也許沒有人注意到，2008 年夾雜在眾多娛樂花邊消息中有一則簡短的訃告——好萊塢默片時代的影星安妮塔・佩姬在睡夢中辭世。這個名字原本就屬於一個已經逐漸被人遺忘的無聲歲月。然而也許一切只是因為那個時代太過短暫，以至於今天的人們幾乎遺忘了這些電影默片時代的繆斯們，以至於我們很難分清究竟是她們締造了默片的黃金時代，還是默片讓她們的芳名像一顆顆點綴夜空的星星得以鐫刻在世界電影的天幕之上。

在表演中，莉莉安・吉許 (Lillian Gish) 擅長用眼神表達情感。她柔美的形象和憂傷的眼神已經成為默片時代銀幕上經典的記憶。（圖片出處／Corbis）

默片維納斯的誕生

1895 年 12 月 28 日這天，在巴黎卡普辛路 14 號大咖啡館的「印度沙龍」裡，當盧米埃兄弟播放的火車進站的短片幾乎讓觀眾被移動的影像嚇得欲四散奔逃時，歷史在這一刻被定格，正式宣告電影的誕生。電影的誕生為女人帶來一種契機，在銀幕上，她們擁有前所未有的和男性平起平坐的權利和自由，擁有領導時尚創造流行的偉力，儘管沒有聲音，但依然燦爛如花。

具名之戰與明星製造

在上帝創世記中先有了男人，後有女人，於是人類的歷史有了開始。而在電影史上，先有了女人，然後女人成為明星，於是成就了電影百餘年歷史中無數的傳奇和風情。

在今天，當明星文化充斥在生活的每一個角落，並因其巨大的影響力成為一種利潤豐厚無可匹敵的印鈔機器時，人們很難再回想起在電影誕生之初，電影演員的名字被列為電影公司的高度機密，嚴禁被觀眾知曉。而對於在銀幕上徘徊於真實和表演間的女人們來說，姓名是種力量，當她們的姓名被人所知，她們才成為真正的明星和銘刻在光影中的繆斯和傳奇。

現在想想可能會覺得可笑，那時候電影公司之所以將演員視為祕密，拒絕將其名字公之於眾，完全是出於一種生產者對成本提高的擔心——如果演員的名氣被觀眾的熱忱捧高，公司就要支付演員更高的薪水。然而，歷史局限如此，對於電影這個新生兒，在人們有限的認知中，從未想過它能產生如此巨大的影響，以至於一個人的影像魅力就可以變換成巨大的財富和資產。更何況，此時的電影就像一隻醜小鴨——情節簡單乏味，製作低劣；播放地點是一個小房間；就連城鎮最底層的勞工都買得起票進去大飽眼福。跟成熟高雅、娛樂中產階級的劇場表演相比，那時的電影簡直低俗不堪，就連電影演員自己都認為從舞臺表演進入銀幕表演，是一種讓人羞愧的倒退，並因自慚而不願署名。

然而，這一切依然無法阻止對演員的喜愛和熱情在觀眾間迅速蔓延。希望獲得他們銀幕偶像資料的信件如雪片般向影廠飛來。在要求得不到滿足時，觀眾就按演員各種各樣的特徵和標記替自己的偶像們起名，比如經常演出拜奧格拉夫製片公司電影的女演員就叫做「拜奧格拉夫女郎」，維泰葛拉夫公司的演員就叫做「維泰葛拉夫女郎」，一頭金髮的甜美女孩叫做「金髮女郎」，等等。

第一位被人們知曉姓名的電影演員是佛羅倫斯・勞倫斯(Florence Lawrence)。佛羅倫斯曾是舞臺巡演公司的兒童演員，擅長扮演天真無邪的少女。1907 年，巡演公司倒閉，走投無路之下，佛羅倫斯加入了愛迪生電影公司。1909 年，著名導演兼製片人 D. H. 格里菲斯將她挖到拜奧格拉夫製片公司，以一週拍兩部電影的速度迅速走紅，成為著名的「拜奧格拉夫女郎」。

一年後，一名叫卡爾・萊勒姆 (Carl Laemmle) 的發行商改行成為獨立製片人，成立了自己的電影製片廠——美國獨立電影公司（又稱 IMP，1925 年被華納兄弟接管）。萊勒姆慧眼識珠，千方百計遊說佛羅倫斯離開拜奧格拉夫公司，投入自己的陣營。果然，不久後佛羅倫斯就從銀幕上消失了。隨之，萊勒姆在各家報紙上散布「拜奧格拉夫女郎」遇難身亡的消息，緊接著又在第二天的報紙裡「揭發」前一天的報導是獨立電影公司的對手所為，並向公眾保證佛羅倫斯不僅安然無恙，而且馬上要出演獨立電影公司的新片《背棄的誓言》。就在這場有預謀的商業炒作中，佛羅倫斯・勞倫斯的名字第一次面向大眾揭開了神祕的面紗。

在萊勒姆的炒作下，佛羅倫斯一躍成為電影史上第一個具有真名實姓的明星，她在聖路易斯市公開露面澄清謠言時，「前來迎接她下火車的人，比前一週迎接到訪的塔虎脫 (William Howard Taft) 總統的人還要多」。在她之前，從沒有一位電影演員有機會證明，一個銀幕偶像能擁有如此的魅力。而卡爾・萊勒姆，這位日後環球影城公司的創辦者，經此一役，證明了電影演員的巨大號召力和不可估量的商業價值，並開創了把最受歡迎的銀幕演員推向市場的運營模式，即好萊塢明星制。

偶像領導時尚

偶像是種領導權的代名詞。於是，電影給了女人一個契機，在大銀幕上，女人不僅擁有了一種新的職業，而且在這個行業中，她們不僅前所未有地和男人的地位不相伯仲，且還擁有了無與倫比的魅力。在此之前，從沒有哪個職業中的女人能像她們一樣，一夜成名，蜚聲世界，繼而短短幾天就可以將一種風潮遍布大西洋兩岸，引來男人們的戀慕，女人們的爭相效彷。

在電影造就出一批新的明星之前，女人們追逐模仿的偶像是舞臺上的紅星名伶。二十世紀初的劇場，是中產階級和上流社會男女相逢融匯、展示家世品味的又一個社交園地，也是衣香鬢影的時尚聚集地，而電影的出現打破了這種時尚領導權的限制，走在時尚前沿、引導人們對服飾以及行為舉止審美趣味的不再是戲劇表演家、聲樂家和舞蹈家，或是舞臺包廂中某位尊貴的名媛，而是發生了從貴族到平民，從舞臺到銀幕，從相對單一的風格到時尚多元化的轉移，並隨著電影在世界範圍內的發展和風行，大大提高了時尚的傳播速度並擴大了影響範圍。在銀幕上，不管是誰，不管出身是否卑微，不管服裝是否華麗得讓人屏息，只要你有天賦的美貌和良好的審美品味，再加上特立獨行的勇氣和一點點運氣，你就擁有了領導時尚的可能性。

莉莉安・吉許是默片時代銀幕上最炙手可熱的紅星。在 1925 年拍攝《波西米亞》(*La Bohème*) 時，法國知名的藝術家艾爾泰擔任影片的服裝設計，然而在服裝問題上莉莉安卻和這位前衛藝術家發生了嚴重分歧。片中莉莉安扮演的角色是一個任勞任怨的平凡女子，而在莉莉安看來，艾爾泰設計的棉布裙卻過於張揚，不符合角色的氣質。於是她親自動手將服裝材料改成了舊絲綢。結果，她的大膽舉動不僅讓同時代的導演賽西爾・B・戴米爾大加讚賞，且引發了流行一時的「仿舊」潮流。艾爾泰還因此被挖角回巴黎擔綱服裝品牌「撒旦夫人」的服裝設計。

而默片時代最早的性感派女明星代表葛羅里亞・斯旺森 (Gloria Swanson) 則將奢華的時尚做派進行到底，即使一戰期間清教徒式的審美流行一時，人們依然難以抵擋她身上那珠光寶氣、紙醉金迷的雍容魅力。葛羅里亞・斯旺森一生鍾愛裘皮和珠寶，為了得到心頭好，常常一擲千金花費數十萬之資。葛羅里亞・斯旺森彷

默片時代，葛羅里亞・斯旺森身上性感奢華的風範無人能及。她是默片時代的女星中最早萌發明星意識的人，堅定地促使電影明星和時尚產業緊密連結，她的電影與其說是劇情片不如說是她的個人秀場。

彿天生就是為了讓世人知道珠寶和奢華的魅力，由於她的名號和影響，卡地亞於 1930 年生產了一款用鑽石、白金和水晶石製作的手鐲，因為她的喜愛和推崇而成為珠寶配飾史上的經典名品。

這也要歸功於明星制度的建立，當演員們成為大眾偶像時，她們就獲得了一種自覺，借用葛羅里亞・斯旺森的一句名言：「我打定主意，在成為明星後，每時每刻都要表現出明星氣派。從看門的，到最高層的總裁，人人都會看到這一點。」

清純，依然是清純！

在二十世紀初，正面的女性形象依然與「端莊的」、「柔弱的」、

「善良的」、「無辜的」以及「賢慧的」等等與傳統女性審美相關的關鍵詞緊密相連，延續著男性視角中對女性的期望。

在傳統道德繼續影響著女性審美規範的同時，在默片發展的黃金時代另一件重要的歷史事件——一戰的爆發也推動著銀幕女性形象的轉變，戰爭無一例外地將女性塑造成堅實的聖女形象，將最溫暖最理想化的審美觀附加到女性身上，上流社會的女性盡力把自己打扮成一副修女或是聖母的妝容。

從 1910 年到 1920 年這十年間，鮮豔的妝容成為成熟、嫵媚、妖冶等形象氣質的符號，然而流行趨勢卻向自然妝靠攏。那時女

從這張照片上可以看到同樣是清純女星，瑪麗・璧克馥（Mary Pickford，左）俏皮女孩的路線和瑪麗恩・戴維斯（Marion Davies，右）成熟閨秀的風範迴然不同。（圖片出處／ Corbis）

蒂達・巴拉是默片時代著名的妖女。她的角色常常是充滿異域風情的妖姬、巫女，成為銀幕上邪惡的充滿誘惑的美學符號載體，在默片時代的銀幕上烙下獨特的烙印。

人們的妝容僅僅限於塗上口紅，以及在眼簾上塗些凡士林油膏。而為了突顯自然純美的氣質，美白風潮大行其道。1910 年，在拍短片處女作《歹徒的寶貝》時，瑪麗・璧克馥為了表現角色身上的病容與柔弱，特地往自己的臉上多撲了些白粉。結果她聰明的舉動不僅讓導演青睞有加，且純潔柔弱的形象擄獲了大批觀眾的芳心。

受戰爭影響，一戰期間，男人們更青睞像瑪麗・璧克馥這樣看上去純潔無瑕的女性，希望在後方有像她一樣貞潔的妻子和愛人。社會主流的審美趣味折射在銀幕上，結果是儘管有著雍容性感的葛羅里亞・斯旺森、充滿妖姬般誘惑的蒂達・巴拉 (Theda Bara) 等一批女星，但和瑪麗・璧克馥同樣具有少女氣質的莉莉

1920 年代，默片銀幕上的主角由清純的鄰家女孩變成玩世不恭又充滿羅麗塔誘惑感的「爵士娃娃」。

安・吉許、安妮塔・佩姬等一批女性成為男人的夢中情人和女人的行為標榜，構成這段時間銀幕形象最主流的女性情調。

這股標榜清純的潮流一直持續到戰後 1920 年代，進入頹廢放縱的「爵士時代」，才被任性挑逗的「爵士娃娃」形象所逐漸取代，然而此時有聲片已經出現，銀幕的領導權開始了劃時代的更新罔替。然而，即使在有聲片已經基本全盤占據銀幕的 1930 年代，卓別林等一批默片導演依然發出了最後的光芒，在《城市之光》(*City Lights*) 等一批無聲電影中，人們看到的還是默片黃金時期那清純惹人憐愛的女孩們。直到今天，默片時期的女伶們在人們腦海中留下的經典印象依然是白色的面龐和水樣的眼睛。

無聲年代的花朵

默片時代在電影史上太過於短暫。但是只要提及這個時代，就不可能避開她們的名字，因為那是屬於她們的時代。然而今天的人們只有在僅存的影像和文字中去領略這些當年影壇女神們的魅力和榮光。

莉莉安・吉許：默片時代第一女王

如果沒有電影，莉莉安・吉許大概只是俄亥俄州某個小鎮上平凡無奇的女孩，和其他相夫教子的女人沒有什麼兩樣。然而默片這種雖然沒有聲音但表演更為純粹的藝術形式，卻讓這個俄亥俄女孩最終成為電影史上難以被遺忘的奇葩。

和很多童年不幸的影星一樣，吉許出生於一個破裂家庭，酒鬼父親在她兒時就離家出走。為貼補家用，吉許不得不輟學跟著母親隨巡迴劇團四處演出以維持生計。

1912 年，她和妹妹桃樂絲・吉許 (Dorothy Gish) 來到紐約探望已成為電影明星的好友瑪麗・璧克馥，在好友的推薦之下，莉莉安・吉許結識了導演格里菲斯。當格里菲斯見到莉莉安・吉許時，眼前彷彿一亮，在她身上，這位導演看到了一種溫潤又落寞的氣質——彷彿帶有「近乎神性的光輝」，就像狄更斯小說中的古典美人，純潔無邪又脆弱無力——這是他最為迷戀的氣質。至此，吉許完成了人生最重要的一次轉變，從此開始長達七十餘年的電影人生之旅。

莉莉安・吉許是格里菲斯影片中最重要的女主角之一，兩人最經典的演繹就是那部永垂影史的《一個國家的誕生》(*Birth of a Nation*)。和同時期那些把舞臺上誇張的肢體語言帶入銀幕表演的女演員不同，莉莉安・吉許的表演更加深沉細膩，眉間的一顰一笑即傳情達意。格里菲斯的導演手法以將演員逼迫到極端而著稱，而這種讓許多演員難以忍受的「殘酷」表演方式卻讓莉莉安・吉許與之一拍即合。為了進入角色最真實的狀態，她義無反顧地將自己置於寒冷、飢餓、暴曬之中。在拍攝影片《世界中心》(*Hearts of the Word*) 時，為了達到格里菲斯想要的效果，她真的緊咬嘴唇忍受鞭打；《東方之路》(*Way Down East*) 中，她更是臥於浮冰之上，以致雙手嚴重凍傷。有一個流傳甚廣的故事，當年在寒風中拍攝《被摧殘的花朵》(*Broken Blossoms*) 時，由於忍受不了姐姐為了實現導演夢想中的效果而再次將自己置於生死邊緣，妹妹桃樂絲對格里菲斯發出威脅:「如果我姐姐被凍死了，我就殺了你!」幸好，這部戲只拍了十八天，莉莉安活了下來，格里菲斯也撿了一條命。

莉莉安・吉許和格里菲斯合作十三年，拍攝了十多部影片，她將格里菲斯殘缺的美學演繹到極致，甚至有人這樣評價說，格里菲斯的巔峰時代很大程度上有賴於「無聲電影第一女王」莉莉安的參與。但是同時，莉莉安・吉許的銀幕形象也被禁錮在嬌弱病態、純潔幽怨的類型中。

然而實際上，正是格里菲斯在電影誕生之初那一部部開天闢地不可跨越的天才之作，才讓莉莉安憑藉風格剛硬的作品成為默片時代的第一女王。格里菲斯還是莉莉安的良師益友，1920 年，在格里菲斯支持下，莉莉安・吉許執起導筒拍攝了自己唯一的一部導演之作《改造她的丈夫》(*Remodeling Her Husband*)。影片的主角由她的妹妹桃樂絲・吉許擔綱，影片拍攝完畢時，只花了全部預算的不到五分之一。電影放映後口碑不錯，桃樂絲也和劇中男演員假戲真做，從銀幕情侶變成現實夫妻。然而，這段婚姻並不美滿，這讓當初用電影為兩人牽線搭橋的莉莉安・吉許相當自責，從此不再執導電影。

人們始終猜測著，在莉莉安・吉許和格里菲斯的合作中，能令她為表演捨生忘死的除了她自己對電影的那份執著外，也許一切逃不出一個「愛」字。故事到底有怎樣的過程，這大概永遠是個祕

莉莉安・吉許（左）和妹妹桃樂絲・吉許（右）同為默片時代的雙子星。

密了，但在一張舊照片中，人們也許可以得到靜默的暗示——在照片中，莉莉安憂鬱的眼睛凝視著格里菲斯，而格里菲斯卻不以為意地望向攝影機，隔在他們中間的是格里菲斯剛剛新婚的妻子。

1925 年，在拍完《暴風雨中的孤兒們》(*Orphans of the Storm*)後，因為片酬的關係，莉莉安和格里菲斯友好分手，次年，莉莉安轉投米高梅電影公司。此時的米高梅給莉莉安的薪酬開價是八十萬美元拍攝六部電影，這在當時是天價薪酬。在高額的片酬之外，米高梅還給了莉莉安・吉許可以自己挑選劇本、演員、導演的額外條件。這種絕對的大牌待遇，除了她，只有後來的葛麗泰・嘉寶享有過。在這裡，她拍攝的《波西米亞》和《風》(*The Wind*)讓她的表演生涯達到頂峰。

然而，就在演藝事業達到頂峰的時候，莉莉安卻突然變成了不合時宜的人。因為潔身自好，莉莉安沒有什麼八卦新聞為人們提供茶餘飯後的談資。米高梅認為莉莉安這種嚴肅的私生活不利於對她的宣傳，希望製造一些醜聞來提高大眾的關注率。這種炒作手段在今天人們已經習以為常，甚至成為明星不能缺少的「生活片段」，然而，在莉莉安看來卻難以容忍，她驚憤之餘斷然拒絕了米高梅的建議。自此，莉莉安和米高梅之間出現裂痕。米高梅覺得在她身上花了冤枉錢，對她百般刁難，甚至在電影《風》拍攝完成後一度考慮將影片雪藏。

1928 年，莉莉安按照合約完成六部影片後，毅然離開米高梅公司。此時，有聲片替代默片已經變成了不可逆轉的潮流。然而新生的有聲片如同當年稚嫩的默片一樣，因為聲音的出現而削弱了電影視覺藝術的魅力，充滿了低俗的插科打諢。拍攝了兩部有聲片後，莉莉安不願再曲意迎合潮流，於是留下一句：「默片正在發展成為完整的新藝術形式，我可不希望有聲電影來擋路。」隨後就重新回到舞臺，投入了莎士比亞和易卜生的懷抱，成為百老匯一名戲劇演員，直到 1940 年代才重返影壇。

1946 年，隨著有聲電影的成熟，莉莉安重返影壇，並憑藉《太陽浴血記》(*Duel in the Sun*) 中的精湛表演獲得當年的奧斯卡最佳女配角提名；1970 年，莉莉安・吉許榮獲美國電影藝術與科學學院奧斯卡榮譽獎；緊接著，橫跨默片與有聲年代的莉莉安終於贏得人生和電影生涯中的最高榮譽——電影學會終身成就獎；而 1987 年，她與另一位老演員貝蒂・戴維斯 (Bette Davis) 連袂演出電影生涯的絕響《八月的鯨》(*The Whales of August*)，此時她已九十四歲高齡。在晚年，莉莉安成了電影活動家，大力宣揚和贊助對無聲電影的研究。

莉莉安・吉許終身未婚，雖然曾兩次訂婚，但始終沒有步入結婚的禮堂。當有人問及感情，她只淡淡答道：「我從九歲就開始戀愛，但沒時間當個好太太。」也許時代變遷，但在莉莉安心中依然只有格里菲斯的影子。當好萊塢已經遺忘那個曾拍出絕世之作《一個國家的誕生》的天才導演時，只有莉莉安沒有忘記，她一直照顧多病的格里菲斯直到他去世。在格里菲斯去世之後，在莉莉安的遊說之下，美國政府發行了紀念格里菲斯的郵票，他們之間神祕的情感過往以這樣的方式完美落幕。

1993 年 2 月 27 日，莉莉安在睡夢中離開了人世，享年九十九歲。她在遺囑中還留下專門資金給美國電影研究院用以保護格里菲斯的電影。

瑪麗・璧克馥：好萊塢第一代甜心掌門人

早在瑪麗・璧克馥把莉莉安・吉許推薦給格里菲斯之前，她已是盡人皆知的電影明星。和那些柔弱的受人擺布的同行不同，瑪麗・璧克馥在擁有美貌的同時還有著聰明的頭腦，主宰和鞏固著自己的職業生涯和地位。銀幕上，她將自己的「甜心形象」演繹為獨立影像藝術；私下裡，她擁有和其他明星一樣熱鬧豐富的婚姻生活；她還是第一位成為好萊塢百萬富翁的女性。這看似很童話，但一切都在她顰笑間的掌控中。

瑪麗・璧克馥出身演藝之家，父母都是舞臺劇演員。從小耳濡目染，不到六歲璧克馥就已經成為地方巡迴劇團的兒童演員。年輕的瑪麗・璧克馥玲瓏倩俏、笑顏如月，加上一頭漂亮的金色捲髮，猶如童話故事走出的灰姑娘，深受觀眾喜愛。

在莉莉安・吉許到來之前，瑪麗・璧克馥曾是格里菲斯電影中的第一女主角。她處世精明，即使面對女星們翹首以盼想要合作的大導演，也依然談笑風生地不忘為自己的片酬討出個好價錢。格里菲斯非常欣賞這位有個性的姑娘，短短一年之內就與她合作了五十一部短片。

瑪麗・璧克馥是個相當高產的電影演員，1909 年到 1912 年間她一共拍攝了一百四十部電影。她身軀嬌小，面容甜美，一頭捲曲的金髮成為她標誌性的特徵，在電影公司還不願公布演員姓名的時期，觀眾們特地為她起了「金髮美女」的綽號，甚至爭相模仿她的髮型。由於擅長演繹少女情調的角色，瑪麗・璧克馥被形容為「美國甜心」，成為彼時的「青春片女王」。直到 1912 年她將莉莉安・吉許帶進影壇才結束了她一枝獨秀的局面。

成名後的瑪麗・璧克馥不斷玩轉各家電影公司，薪酬也隨之水漲船高，從四十萬美元的片酬一路飆升至五百萬美元。然而，璧克馥的雄心壯志並不止於此，她從未甘心只做美麗的花瓶任人擺布。1916 年，她憑藉自身的影響力和電影公司簽下一紙合同，其中的薪酬是週薪一萬美元，外加三十萬元的獎金，同時她還成立了瑪麗・璧克馥影片公司，專門拍攝由她演出的影片。

然而，這位商場得意的美國第一情人卻在情場上一路坎坷。1911 年，瑪麗・璧克馥與經常聯手拍戲的男演員歐文・摩爾 (Owen Moore) 結為連理。婚後璧克馥在事業上突飛猛進成為當時炙手可熱的巨星，而摩爾卻在星途上接連受挫，從一個翩翩君子淪落到靠酗酒度日，讓璧克馥失望至極。

1919 年，璧克馥在為戰爭籌資宣揚自由債券時結識了當時的銀幕英雄道格拉斯・范朋克 (Douglas Fairbanks)。兩人一見鍾情，為了掩人耳目，他們暗地互訴衷腸，明面上卻拼命擠對對方，只有好友卓別林將一切看在眼裡，卻對他們之間的曖昧情愫祕而不宣。不久後，為爭取更大的創作自由以及賺取更多的利潤，璧克馥與范朋克、卓別林及格里菲斯聯手組建後來輝煌一時的聯美電影公司。

1920 年，璧克馥和范朋克各自結束自己的婚姻走到一起。璧克馥擔憂僅離婚二十六天就再次步入婚姻殿堂的舉動會引起影迷們的抵制咒罵，從而毀了自己的演藝事業，於是她十分低調地前往倫敦度蜜月。但在倫敦她還是被瘋狂的影迷從敞篷車中拽了出來，不過影迷並不是為了譴責她在當時離經叛道的感情生活，僅僅只是想真實觸摸一下生活中的影壇女神。當范朋克夫婦輾轉來

瑪麗・璧克馥因一頭金色捲髮，被觀眾親切地稱為「金髮女郎」或「小瑪麗」，她擅長扮演可愛、天真的小女孩，她的少女風情在默片時代受到觀眾熱烈歡迎。

到巴黎時，同樣引起騷動，璧克馥不得已逃進一間肉鋪躲避熱情過度的影迷。

兩個明星的結合讓各大製作公司開始藉機炒作他們之間是「完美的王室組合」，即使在私人派對上，他們出場之時人們也會畢恭畢敬行站立禮節。最令人不可思議的是，當年全世界各國高層前往白宮訪問時，總有人也順便詢問下是否有機會拜會住在比佛利山莊的范朋克夫婦。

第二次婚姻帶給璧克馥的是演藝事業上又一次飛躍，她由「美國甜心」一躍成為「世界的情人」，而此時她的作品依舊沿襲著「少女風情」。當時光悄悄滑入 1920 年代的尾端，璧克馥預感到隨著年華老去容顏衰減，再重複老路勢必會成為她演藝事業上的一處瓶頸。早就想在形象上有所突破的璧克馥決定冒一次險。在拍攝《貴夫人》(*Coquette*) 一片中，三十五歲的她決心顛覆長久以來的少女形象，剪去了標誌性的金色捲髮，換成風靡一時的鮑伯頭。此舉一出，璧克馥的新形象立即成為全世界報紙的頭條新聞，而勸阻她改變形象的信件如雪片般從世界各地飛來。

儘管觀眾對她的新形象並不買帳，1929 年，璧克馥還是憑藉這部《貴夫人》成為繼珍妮・蓋諾 (Janet Gaynor) 之後第二位奧斯卡最佳女主角。然而瑪麗・璧克馥這次的獲獎卻疑點頗多，因為在頒獎之前，她曾將全部評委請到家中大開派對。此事直接導致美國電影藝術與科學學院對奧斯卡評審方式的改變，以保證結果的公正性。

時光的腳步畢竟難以阻止，美人老去再也無法續寫往日的輝煌。1933 年拍攝完影片《祕密》(*Secrets*) 之後，璧克馥終止了自己的演藝生涯，轉而寫作、擔任電臺播音、經營聯美電影公司和一個以自己名字命名的化妝品公司。她和第二任丈夫范朋克的感情也日漸疏遠，1936 年這對曾經的璧人最終分道揚鑣。很快，瑪麗再次墜入情網，與電影明星查爾斯・羅傑斯 (Charles Rogers) 結婚，兩人相伴直到終老。

1953 年，在經濟大蕭條的衝擊下，一度躋身美國八大電影公司之一的聯美電影公司難以為繼，璧克馥和卓別林將聯美電影公司出售。1979 年 5 月，這位曾經的「美國甜心」、「世界情人」因突發腦溢血告別人間，一段好萊塢傳奇就此落幕。

瑪麗恩・戴維斯：玫瑰花蕾的悲歌

有人說電影《大國民》(*Citizen Kane*) 中凱恩的原型就是報業大王赫斯特 (William Randolph Hearst)，也有人猜測凱恩臨死前說的「玫瑰花蕾」其實就是赫斯特的情人瑪麗恩・戴維斯。而電影開頭中，凱恩一擲千金為第二任妻子興建歌劇院的橋段，也是來自赫斯特與瑪麗恩・戴維斯交往中的橋段。總之，這位默片時代和莉莉安・吉許齊名的女星，她的傳奇連著另一段傳奇。

在很多人看來，瑪麗恩・戴維斯也許是默片時代的明星中最令人扼腕嘆息的，她才華出眾卻有如午夜曇花，始終沒有跨過從默片到有聲電影的語言障礙，當有聲電影取代默片時，只能漸漸退出銀幕，和無聲片一起沉寂在歷史的過往中。而直到今天，她的影像經典已經鮮有人可以記起，世人津津樂道的也只有她和當時的報業大亨威廉・倫道夫・赫斯特的曖昧情史。

和莉莉安・吉許的病弱與瑪麗・璧克馥一成不變的嬌俏相比，瑪麗恩・戴維斯的美貌看上去更加明朗健康，還是少女時就頻頻登上眾多刊物的封面，更為可貴的是她在擁有美貌的同時還有著出眾的表演天賦，十六歲時便已在美國的戲劇中心百老匯登臺演出。

在一次演出中，瑪麗恩・戴維斯獨特的風姿讓當時權傾一時的美國傳媒大王赫斯特一見鍾情，迅速拜倒在她的石榴裙下，甚至不惜發動自己的人脈網並投入重金為其演藝事業造橋鋪路。在赫斯特的鼎力幫助下，戴維斯很快打入好萊塢，並一躍成為炙手可熱的銀幕寵兒。

1920 年，年輕的瑪麗恩・戴維斯終於擋不住赫斯特的攻勢，與之在加利福尼亞同居。大概是終於抱得美人歸，赫斯特興奮之餘更是利用自己的傳媒優勢大肆宣傳戴維斯。但是和當年戴維斯剛剛挺進好萊塢時的宣傳效果恰恰相反，高頻度的轟炸使得觀眾一度對戴維斯厭惡至極，險些讓她成為票房毒藥。然而這絲毫不妨礙戴維斯和包括卓別林在內的許多著名導演的合作。這個時期戴維斯最為著名的角色來自 1922 年拍攝的《鐵劍柔情》(*When Knighthood Was in Flower*)，戴維斯在此片中對法國王后瑪麗・都鐸的完美演繹不僅好評如潮，也讓很多年中對這個角色的演繹無人能超越。

如果說瑪麗恩在默片時代的成功僅僅是因為情人赫斯特的鼎力相助，實在有失公允，瑪麗恩有著出色的表演才華和魅力，她在電影中常以男裝示人，非常有個性。（圖片出處／ Corbis）

但是在 1927 年第一部有聲電影出現之後，戴維斯的演藝之路開始從頂峰向低谷滑落，雖然在此期間仍然拍攝了諸如《走向好萊塢》等經典影片，但是隨著有聲電影對默片的衝擊越來越大，無法適應有聲電影的戴維斯也漸漸開始感到一種無形的壓力。由時代變革所帶來的問題，就連她那個幾乎無所不能的情人赫斯特也無能為力。1937 年，有聲電影開始成為主流，失望的戴維斯宣布退出影壇，就此再也沒有涉足電影一步。

退出影壇的戴維斯居住在加利福尼亞一處赫斯特專門為她建造的宮殿中，和這位報業大亨過起了有實無名的夫妻生活，並育有一女。應該說戴維斯和赫斯特確是真心相愛，只是因為礙於社會輿論對其名譽地位的影響，赫斯特才沒有正式和他的妻子離婚。

1940 年，導演奧森・威爾斯拍攝了著名的影片《大國民》，這部電影就連赫斯特都能看得出來是在影射自己，但其中被傷害最深的，卻是戴維斯，因為劇中影射戴維斯的那個角色蘇珊・亞歷山大只是一個依靠自己情人能力和容貌去博得名聲的庸俗女郎，而劇中出現的「玫瑰花蕾」這一臺詞，也被傳作是赫斯特對戴維斯私處的暱稱。這兩個原因直接導致赫斯特惱羞成怒，傾盡全力來封殺這部電影，使得《大國民》直至二戰結束後才得以公開發行。事後導演奧森・威爾斯也承認這部電影唯一的缺憾就是傷害了瑪麗恩・戴維斯。因為現實中的瑪麗恩・戴維斯不僅擁有出色演技，人緣也相當不錯，唯一的嗜好僅僅是喜歡喝酒和迷戀七巧板遊戲。

從十七歲進入影壇，到 1937 年宣布息影，瑪麗恩・戴維斯的電影生命不過短短的二十餘年。1961 年這個曾經在默片時代風光無限的電影明星因為癌症離世，戴維斯因為語言上的障礙而沒有能夠進入有聲電影時代，對於她和她的影迷來說都是一種遺憾，但她在默片時代塑造的形象已經足夠令她的名字和電影史一起永存。

蔓荼羅　Chris

女人身體的戰爭
從避孕藥到墮胎合法化

這一秒，我可以很迷戀你，下一秒，我就可以甩手而去；這一秒，我可以與你同居生子，下一秒，我就可以決定，他／她，何時才能來到這個世界——是的，作為二十一世紀的新新女性，我們享有著絕對的自由：選擇的自由、戀愛的自由、生育的自由，更重要的是支配身體的自由——我們掌控著自己的身體，可以決定何時懷孕，而何時只是享受性的歡愉。

可是，從一出生就享有這一切的你，是否知道讓自己「輕鬆擺脱困境」的緊急避孕藥於 2000 年才正式在藥店裡自由出售？你更想不到的是 1960 年避孕藥片才被核准生產，墮胎合法化則更晚——1973 年。從避孕藥片到墮胎合法化，所展現的是一部女性抗爭史——為爭取身體自主而反抗到底！

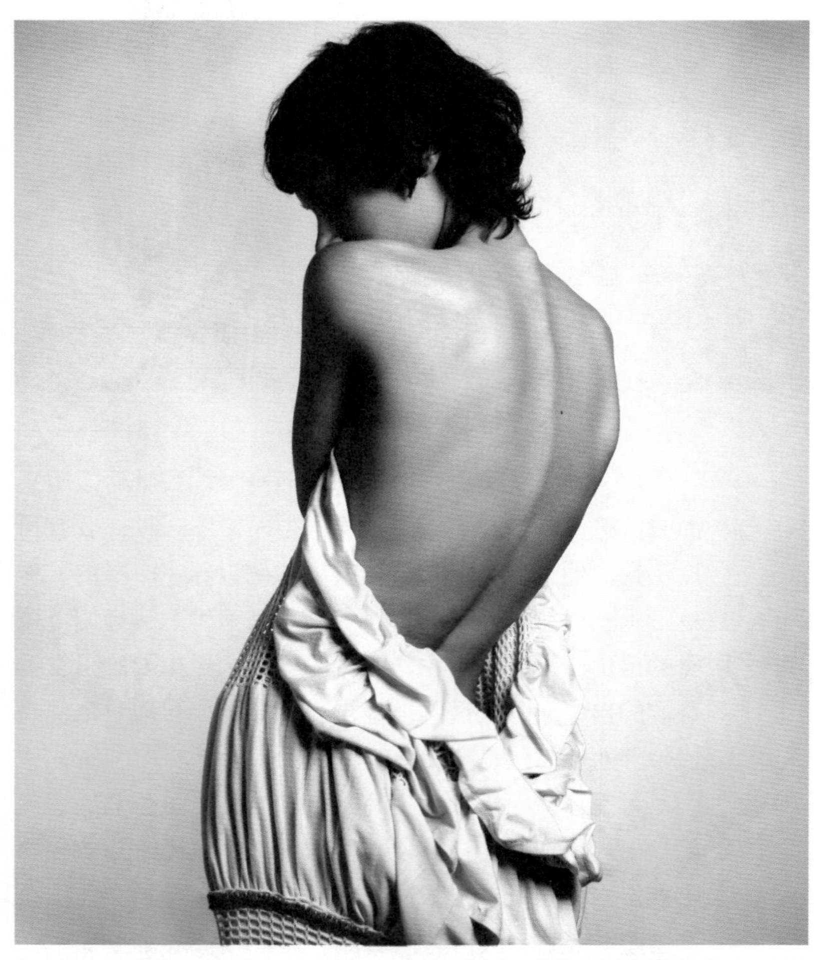

在經過一段艱苦漫長的抗爭之後，女性終於得以擁有支配身體的自由。（圖片出處／ Shutterstock）

一道上千年的女性枷鎖

在過去的十多個世紀裡，女人們都被灌輸著要秉承一條古訓——對丈夫的需求要絕對服從。就傳宗接代被阻止而言，在每一次性行為中採取避孕措施都是一種剝奪天性的罪惡。千百年來，女人對生兒育女根本沒有任何選擇。

「一直以來，我常常納悶為什麼自己對懷孕的恐懼甚於死亡？……可是很多時候，我絕不敢逃避丈夫的親近。假如不能讓丈夫得到滿足，他可能會遺棄我。我非常擔心。」

這是一位有著十三個兄弟姐妹的新婚女子寫給避孕藥之母瑪格麗特·桑吉爾 (Margaret Sanger) 的話。而她，絕不是最恐懼的那位。僅僅是在另外一封信件中，一個雖然只有二十六歲，卻已經身為五個孩子母親的女子比她更為焦慮。「請告訴我怎樣才可以不再懷孩子。如果再生孩子的話，我會累死的。從上次懷孕，直到流產，我一直在受罪，現在後背還直不起來，人很虛弱。求求你們了！告訴我該怎樣才可以不再懷孕。」

僅僅是在上個世紀 1950 年代，只是五十多年以前，所有的女人，不論是貧窮的還是富裕的，貌美的抑或年老的，未生育的或五個孩子的母親，都時時刻刻準備著以同一種方式，被人任意宰割。

墮胎術，以刮匙探入子宮將胎兒從子宮壁刮除。需注意刮匙不能刺破子宮，以免婦女流血致死，器械務必徹底消毒，以免受到致命感染。這就是上個世紀，簡單有效的避孕手段——避孕藥片未出現之前，婦女面對不堪重負的生育壓力所能採取的措施。可是，也並不是所有人都能有幸使用這一方法。在墮胎隱祕且非法的年代，大多數墮胎術施行者只對收取費用感興趣。有錢的婦女可以找經驗豐富的醫生。貧窮的婦女則只能被趕出診所，採用民間祕方私自墮胎，或是面臨著在手術前與男手術師發生性關係的局面。其他手段，包括使用衣架、鞋鉤、編織針或灌洗液等。直到 1930 年代，許多想要中止妊娠的婦女仍依賴灌洗法，通常是碳酸皂、碘和松節油加水混合的有毒溶液，不僅無效，而且常常導致不孕和死亡。

如果再往前追溯，這道沉重的生育枷鎖已經捆綁了女性上千年。那時候，人們習慣使用的器械是又尖又細的木棍，或者喝水銀。在過去的許多個世紀中，女人們要忍受著痛苦的煎熬，面臨著死神的威脅，而且，在生與死之間，女人對生兒育女根本沒有任何選擇。因為千百年來，她們都被灌輸著要秉承一條古訓——對丈夫的需求要絕對服從。在中國，那是三從四德；在西方，早在中世紀，神學家、聖徒湯馬斯・阿奎那就告誡，就傳宗接代被阻止而言，在每一次性行為中採取避孕措施都是一種剝奪天性的罪惡。此外，禁止避孕、墮胎的法律隨處可見。美國於十九世紀後期就通過了《康姆斯托克法》，明令禁止傳播墮胎工具以及為防止懷孕而設計、研發的任何藥品、醫療、器件或其他物品。英國早在 1803 年就頒布了禁止婦女墮胎法，將墮胎視為非法行為，最高可處以死刑。

1974 年在美國舉行的支持墮胎選擇的遊行活動，沒有人知道在墮胎非法時期死了多少人。

沒有人知道在這幾千年中為此死了多少人，更沒有人會去統計有多少女性因此而身心受創。有跡可查的，只是一些蘊涵歷史深意的數字。據美國支持墮胎組織統計，從 1946 年到 1972 年，美國大約有一千一百萬到三千二百萬人次墮胎，基本都是非法墮胎，死於非法墮胎的婦女大約有七千人。而自墮胎合法化之後的 1973 年至 1999 年，墮胎人次三千四百萬，死亡人數不到五百。

七千，五百，不論哪一組數字，都是冷冰冰，毫無生命的。我們無法想像這些數字背後那些鮮活而又充滿個性的生命，我們理解不了身為人母的喜悅怎會被生育的恐懼所取代，我們揣測不出她們喝下水銀、爭搶煮銅水時的心情。甚至，我們會為女性在爭取生育自由的歷史進程中所發生的一系列事件的細節而驚詫不已：1916 年，美國第一家節育診所在紐約布魯克林開張，僅十天，就以分發「淫穢」材料的罪名被關閉；1943 年，瑪麗路易·吉歐因為替人墮胎而被法國貝當政府判刑斬首；1957 年，避孕藥最初是以治療月經不調的形式出現的，以致在愛爾蘭，這個 93% 的居民信奉天主教的國家竟鬧出這樣一個笑話：該國是世界上婦女月經不調發病率最高的國家；1971 年，當波娃領頭發表支持墮胎的〈三四三宣言〉(*Le manifeste 343*) 時，立即被輿論汙蔑為「三四三個蕩婦」……可是我們終究看到了這道枷鎖在鬆動，避孕藥片裹挾著二戰後的嬰兒潮和世界範圍內的女權運動毅然合法，在那個熱情四射的 1960 年代，披頭四們乾淨利落地了結了貝多芬們的時代，“Make Love, Not War” 的口號在迷你裙間翩翩飛舞、流連忘返。在叛逆精神蕩漾的全新世界裡，上千年的生育枷鎖被強行撬開，然後砸爛，碾碎，揚灰。

這一切是如何發生的？

避孕藥面世三十週年時，美國《婦女生活》雜誌發布宣言：避孕藥以一種前所未有的方式改變著我們的生活。它鼓勵了性開放和試婚。同時，也刺激了女權主義運動。一旦婦女們意識到她們能夠控制自己的身體，便開始向她們的丈夫、父親、老闆和教父們的權威提出挑戰。那麼，這一系列的影響是如何發生的？它的背景又在何方？

戰爭，消費繁榮，嬰兒潮

避孕藥片的誕生從一開始就與節育相連。在第一次世界大戰前，最直言不諱的節育支持者，同時也是對避孕藥之母桑吉爾夫人影響最深遠的女性就是社會主義活動家艾瑪・戈德曼 (Emma Goldman)，她首次喊出了「自願做母親」。戈德曼認為，沒有有效的節育措施，婦女不會得到身體的支配權，享受真正的性自由。由於向公眾做節育演講，示範避孕工具，1916 年 2 月，戈德曼被捕入獄。那時的生育自由抗爭困難重重而又收效甚微。

第一次世界大戰、大蕭條，以及第二次世界大戰期間由於參軍造成的男人的損失，共同導致了二十世紀上半葉婦女上班人數的不斷增長。在戰爭開始的 1941 年，95% 的戰時女工都想離職回家，而到了戰爭結束時，約有 80% 的人改變了主意。婦女習慣了自己的獨立、個人成就感，以及外出工作所帶來的經濟利益，具有女權主義意識的新女性隊伍開始壯大。

同時，伴隨著二戰軍人返鄉生子，第一次嬰兒潮出現。嬰兒潮一代是在一個繁榮的、具有消費意識的經濟中長大的。學校的教學大綱是略帶叛逆的《麥田捕手》和馬克・吐溫。上大學後，他們的生活帶上了社會不和諧的印記：冷戰，核毀滅的潛在威脅，越戰；而在另一面則是民權運動、女性解放，以及環境保護主義發展而來的理想主義。他們批評父輩發起戰爭，製造汙染，遵奉平庸乏味的資產階級生活方式。嬰兒潮一代即使不是一再受到激進的政治觀點和憤世嫉俗的社會風氣影響，至少在衣著、髮型、音樂的選擇和毒品方面也潛移默化。1964 年前後，嬰兒潮中出生的婦女上大學，至此，某種解放思想的思潮已在不知不覺中進入主流文化，與這個動盪的社會並存。

避孕藥片與性解放

1959 年 12 月底，經過兩年漫長而壓抑的等待，避孕藥片擺脫治療月經不調之名而公開用於節制生育的決斷時刻終於到來。在那個極冷的冬日，桑吉爾夫人協調組建的避孕藥研發團隊核心成員之一約翰・洛克博士來到華盛頓「食品和藥品署」，聽取判決。等待了一個半小時，一個三十歲左右的官員終於走進房間。他的提問觸及了很多問題，包括藥物與癌症之間可能存在的聯繫，它可能引發的道德、宗教領域的麻煩，等等等等。洛克站在那裡，面色凝重，雙眼緊盯著那名官員：「小子，你在跟我過不去！」

「我要重新考慮這一切，請聽候我的命令。」

洛克站起來，抓住他的衣領：「不，你必須現在作出決定。」

當然，他沒有批准申請。五個月之後的 1960 年 11 月，避孕藥片才終於被正式批准生產。一種完美的避孕藥品終於誕生！

同時，比基尼成為流行泳衣，超短裙面市，且早在 1953 年金賽報告的第二部《女人的性行為》中，就有大量的統計數據表明，相較於傳統上將性生活看做是不得不忍受的職責，這一時代的女性越來越多地將其視為可享受的樂趣。所有這些，都暗示著一種全新的生活方式呼之欲出。

1962 年，廣告公司總裁、日後成為著名時尚雜誌《大都市》(*Cosmopolitan*) 主編的海倫・格里・布朗 (Helen Gurley Brown) 出版《性與單身女孩》(*Sex and the Single Girl*)，極言兩性之樂，

貝蒂・傅瑞丹 (Betty Friedan) 參與創建的美國全國婦女組織在婦女解放運動中作出了重要貢獻。（圖片出處／Corbis）

以及未婚者的社交前途。在書中，她評論說，女性「可能結婚，也可能不結婚。在當今世界，這對婦女而言已不是什麼大問題。」《性與單身女孩》成為「性解放」的代言人。1963 年，女權主義作家貝蒂・傅瑞丹的《女性迷思》(*The Feminine Mystigue*) 出版。在書中，傅瑞丹駁斥了那種認為婦女只能做賢妻良母和花錢購物的論調，認為在現代社會，有效的避孕手段可以使婦女發揮更多的社會作用。因此，當代美國婦女的一個重要目標就是，爭取權利控制自己的生育過程，由自己決定何時生育，是否生育，以及生多少個孩子。傅瑞丹的這一呼籲正式吹響了婦女解放運動的號角，同時也反映了一種全新的道德觀念的到來——性自由及性平等。

避孕藥片的合法化加速了這場解放風暴。1965 年，美國最高法院裁定「格里斯沃爾德訴康乃狄克州案」。當時，格里斯沃爾德因給結婚夫妻提供避孕藥片而面臨一百美元的罰款，因為根據所處地康乃狄克州的法律規定，任何使用藥物或醫療手段以避免懷孕的人，將受現金處罰或拘禁。格里斯沃爾德不服，於是提起訴訟，認為該法規侵犯了購買者及其個人的隱私權。美國最高法院支持了他的主張，從而令購買避孕藥合法化，更為避孕藥的普及使用開出了一路綠燈。

這場伴隨著避孕藥誕生而開始的性解放運動來得如此猛烈，以致羅馬天主教會都面臨著分裂。1966 年，由教皇親自任命成員的委員會，經歷時三年的討論研究，以三十五票對五票的壓倒性優勢通過要求改變教會生育觀點的決議，而決議最終被粗暴地拋置一邊，教皇保祿六世表示，關於避孕的決策仍需更多時間加以研究。1967 年 10 月，有二千五百位羅馬天主教徒參加的第三次世界大會的代表在聖彼得大教堂傾聽保祿教皇的嚴厲警告。他告誡「任何人試圖在沒有統治集團或反對統治集團的情況下做事情都是錯誤的」。第二天大會駁斥了教皇的觀點，當讀到一個專家小組有關提倡節制生育和節制生育應由個人的道德責任感去考慮的報告時，雷鳴般的掌聲傳遍整個會場。

避孕藥解放的又何止女性?!

墮胎合法化的革命之路

性解放風潮日漸強勁的同時，有關墮胎的爭議也越來越成為焦點。早在 1962 年，謝麗・芬克比恩事件就使得墮胎話題正式進入公眾視野。

謝麗・芬克比恩 (Sherri Finkbine) 是亞利桑那州一位兒童電視節目主持人，打算前往瑞典接受合法墮胎。因為她此前服用了數月的鎮靜劑，胎兒很可能畸形。此事經報導後，墮胎成為頭條新聞，夫婦倆的決定引起了梵蒂岡方面的譴責，引發了上千封批評和恐嚇信。最終，芬克比恩被電視臺辭退。謝麗的結局引發了許多人的同情。1966 年舊金山流行痲疹，使得墮胎問題再度成為關注的焦點。眾所周知，孕婦若感染痲疹，將生下嚴重殘疾的嬰孩。當時的一些醫生不顧墮胎禁令，為已感染痲疹的孕婦墮胎。同年 5 月，舊金山司法人員逮捕了二十一名為患有痲疹的孕婦墮胎的醫生。此舉引起醫學界人士及社會大眾的普遍不滿。在他們的支持下，被逮捕的醫生勝訴。

這幅 1960 年代的宣傳畫，表明連山姆大叔都贊成使用避孕藥。

在整個 1960 年代後期，女權運動的成員們舉行示威、演講，為墮胎做遊說。1966 年，傅瑞丹與其他人共同建立美國全國婦女組織，次年，經過激烈的大會辯論，全國婦女組織將墮胎納入婦女權利法案，開始有系統、有組織地投入到墮胎運動中，爭取墮胎合法化成為 1960、1970 年代婦女運動參與者們所追求的共同目標。

1972 年，新生的女權主義雜誌《女士》刊登了一則廣告，標題是「我們曾墮胎」，傑出的女性如蘇珊・桑塔格、芭芭拉・特克曼、莉蓮・海爾曼等都在上面簽了名。

終於，墮胎合法化迎來了歷史性的時刻——1973 年 1 月 22 日，對於一位化名珍・羅伊的已婚孕婦指控達拉斯縣地方檢察官亨利・韋德阻止她墮胎的羅伊訴韋德案，美國最高法院以七票對二票裁定，孕婦是否終止妊娠屬個人自由，其有權作出決定。

世界範圍內的墮胎合法化則更晚，法國 1975 年通過了《韋伊法》，在波娃為首的法國婦女權利聯盟集中抗戰了四年後，墮胎終於合法化；愛爾蘭 1992 年 11 月經過公民投票，允許婦女到愛爾蘭以外的國家進行人工流產；瑞士直至 2002 年的全民投票中，72% 的選民才對墮胎非刑事化的改革提案投了贊成票。

從避孕藥片到墮胎合法化，勾勒出的是一個世紀女性爭取生育自由權利的風雲變幻，而在每一場變幻的背後，都有無數位婦女抗爭的身影，她們在每一次重大事件的關口，搖旗吶喊，捨身奮戰。

那些重大轉折背後的巾幗英雄們

節制生育口號提出、避孕藥片誕生、羅伊訴韋德案

勝訴，這些都是載入女性爭取生育自由史冊的標誌性歷史事件，而推動這些歷史事件的則是一群已被遮蔽、遺忘了的偉大女性——瑪格麗特・桑吉爾、凱瑟琳・麥柯米克 (Katharine McCormick)、莎拉・威丁頓 (Sarah Weddington)。在那個蕩滌一切的年代，她們與自己的同胞們手挽手，肩並肩，互相扶持著去爭取一個又一個勝利。

瑪格麗特・桑吉爾：一生只為節育

1966 年，距離避孕藥片誕生已經過去六年了，可是圍繞著藥片在宗教上的爭辯仍然硝煙不止。瑪格麗特・桑吉爾夫人已經等不到避孕藥片被教會接受的那一刻了，那一年的 9 月 6 日，避孕藥片之母、全球節制生育運動推動者瑪格麗特・路易斯・桑吉爾在療養院中安詳地死去。在最後的歲月裡，她對孫女細語：「不要害怕男人，我僅僅是想讓你知道性是正常生活的一部分。你只管享受它，別對它感到害怕。」

桑吉爾夫人最為人熟知的稱謂是「避孕藥之母」，而她的一生都與節制生育事業相連，她認為婦女的解放首先從生育自由開始。

1879 年，當瑪格麗特出生在紐約科林鐵路邊的一間小屋時，她的母親已經生了五個孩子了，而且身體虛弱，還有結核病。瑪格麗特出生後，母親日益瘦弱，大部分時間都臥床不起，到 1899 年的一個星期五病魔奪去她的生命之前，她又生了五個孩子，還流產過七次。在母親的葬禮上，十九歲的瑪格麗特站在母親的棺材旁，雙眼盯著父親，平靜地說：「這一切都是你造成的。媽媽是因為生了這麼多孩子才死的。」

1909 年，瑪格麗特已經成為一名護士。她看到了更多婦女如自己的母親般，成為被遺忘的受害者。印象最深的是一個貧民區居民的悲劇。那名婦女大約二十八歲，有三個小孩，她的丈夫是個工資微薄的卡車司機。她因私自引產而不省人事。經桑吉爾和醫生及時救治之後，那名婦女甦醒過來的第一句話就是乞問：「我該怎樣防止懷孕?」

「告訴我祕密吧，告訴我富有的女人用的什麼方法，」她總是這樣乞求，並試圖把幾個硬幣塞進桑吉爾的手裡，「這是我所有的錢，求求你告訴我吧。」然而醫生只是開玩笑地建議，「你可以讓你的丈夫睡到房頂上去。」

三個月後，桑吉爾再次被請到她家，這名婦女又因試圖自己引產而昏迷，這一次桑吉爾沒能救回她，她在桑吉爾到達十分鐘後死亡。

這件事永遠地改變了桑吉爾的人生。

她辭去了護士工作。1914 年，她創辦《婦女反抗》(*The Women Rebel*) 雜誌，撰文鼓勵婦女拒絕懷孕，並首創了「節育」一詞。雜誌出版七期直至被郵局宣布為淫穢書籍而不予投遞。後來桑吉爾又撰寫了《家庭生活常識》，這是一本詳細的節育小冊子，推薦和解釋各種避孕方法，並為婦女的墮胎權據理力爭。不久，以力主通過反淫穢法而聞名的議員安東尼·康姆斯托克 (Anthony Comstock) 親自敲開了桑吉爾家的門，以散布「汙穢、猥褻、色情、淫穢、下流和粗俗」刊物的罪名逮捕了她的丈夫。而僅僅是幾個月前，桑吉爾才冒著喪生的危險逃到英國。

最終，一些桑吉爾的朋友直接給美國總統威爾遜寫信，要求他保護桑吉爾的正當權益。1916 年 2 月，政府正式撤回對瑪格麗特的起訴申請。

避孕藥之母，全球節制生育運動推動者——瑪格麗特・桑吉爾。

而這只是激起了桑吉爾更強烈的反抗。她舉行了一場全國演講旅行，在旅行演講的每一站——芝加哥、聖路易斯、底特律、洛杉磯、舊金山——她都向聽眾們講述不斷懷孕的痛苦和私自墮胎的危險，要求社會給婦女以新的自由。

結束了演講旅行後，桑吉爾夫人決心將事業推向新的發展階段——開設節育診所。

1916 年秋，桑吉爾和妹妹埃塞爾・貝琳在布魯克林的移民街區上開設了美國第一家節育診所。診所開張的第一天，就接待了一百多人。之後每天爆滿。可是在第十天，一個滿臉嚴肅的女人從等候的人群中擠進房間，宣布：「我是警察，瑪格麗特・桑吉爾，你被捕了。」

三個身穿制服的男人開始驅趕屋裡候診的病人，翻箱倒櫃，受到屈辱的桑吉爾怒火萬丈，她拒絕乘車，堅持走路去法庭。桑吉爾及妹妹走在這幾個警察的前面，身後跟著一群人。

對埃塞爾的審判在桑吉爾之前，她最終被判三十天監禁。她開始絕食，聲稱要像英格蘭爭取平等參政權的婦女一樣，在監獄期間不吃不喝、不洗澡，也不工作。埃塞爾連續四天成為報紙的頭條新聞人物，只有德國重新武裝潛艇的新聞才使埃塞爾的絕食鬥爭從頭版上退下來。

對桑吉爾的審判在不久後開庭。布魯克林移民街區的婦女們走上街頭，一個接一個地拉起了手。為了避免激怒公眾，法官準備讓桑吉爾恢復自由，但必須保證不再重犯。桑吉爾直面法官，答道，我是故意觸犯法律的，我希望成為一個試驗品，並把今天的法律視若無物。最終桑吉爾被判三十天監禁，同樣進行了絕食鬥爭。

桑吉爾（左）與妹妹貝琳（右）在庭審現場。

出獄後，桑吉爾創立美國生育控制聯合會。1926 年，繼成立了國際計畫生育聯盟後，桑吉爾又去了歐洲，組織世界人口大會。那次會議的主題——人口膨脹——標誌著桑吉爾呼籲節育的鬥爭轉向更高層面——解決世界社會問題。

到 1950 年，已是七十一歲高齡的桑吉爾仍為生育自由奔走呼籲，並親自協調組建了由生物學博士格里高利・平克斯 (Gregory Pincus) 主導的避孕藥研發團隊。避孕藥片這一名稱更是由她首創。節制生育、為女性爭取生育自由的熱情使得桑吉爾奮戰到最後一刻。

「我這樣做並沒有錯！誠然，就正在進行的事業而言，是蹲監獄還是享有自由對於我是非常重要的，但是我這樣做……是為了使關於節制生育的宣傳不再被大眾認為是下流、骯髒的事，是為了使人們認識到節制生育的真正重要性。」這是 1915 年間，桑吉爾從逃亡的英國主動歸來出席審判時，面對法庭據理力爭的話語。那時的她，丈夫入獄，女兒病亡，自己高燒攝氏三十八、九度，此時支撐桑吉爾的只有一絲信念，而歷史給了她最強有力的回應。

凱瑟琳・麥柯米克：讓避孕像吃藥般簡單

成功有上百個父親，而失敗卻是個孤兒。這句諺語用在避孕藥片發明者的爭議上再合適不過。一共有五個避孕藥之父，可是即便是最名正言順的格里高利・平克斯也沒想到過發明一種可以控制生育的藥品，直到有一天，兩個女人向他提出這項引人注意的課題。她們明確表示她們的目標就是研製一種「像吞下一片阿司匹林般」方便快捷的避孕藥，同時願意為此投入巨資進行生產。

這兩個女人才是「當之無愧的避孕藥之母」——瑪格麗特・桑吉爾和凱瑟琳・麥柯米克。1950 年，七十一歲的桑吉爾和七十五歲的麥柯米克一起積極爭取科學家的支持，在未動用政府一分錢的情況下，催生了這一改變世界的神奇藥片。而其中，麥柯米克不但直接促成了桑吉爾組建藥片研發團隊，更是避孕藥研製的

凱瑟琳・麥柯米克私人資助了避孕藥片的研發。

主要資金來源，平克斯開始研究沒幾年，她的投資額就擴大到二百萬美元。

凱瑟琳的一生都洋溢著高貴的美麗。她出身名門，曾祖父曾先後被美國第二任總統約翰・亞當斯任命為國防部長、財政部長，同時家族的每一代成員都畢業於哈佛大學。作為麻省理工學院的生物學碩士和第一個拿到該專業學士學位的女性，她對平克斯等人的研究並未多加干預，甚至在日後面對藥片的所有權之爭時，她都選擇了迴避。她用後半生的隱居向世人展示著高貴的真正含義——低調及奉獻他人。

或許，如果沒有丈夫的那場病，凱瑟琳・麥柯米克夫人的一生堪稱美滿。她的丈夫斯坦利・麥柯米克 (Stanley McCormick) 作為普林斯頓大學優等學生畢業。斯坦利的父親發明了收割機，創建了工業王國——國際收割機製造公司。1904 年兩人在日內瓦的豪華別墅宣誓結婚時，前來參加婚禮的客人使跨洋客機連續幾週班班爆滿。作為家族基業的繼承人，斯坦利工作不久便升到公司會計主任。可是美滿的婚姻生活不足兩年，斯坦利便得了間歇性精神分裂症。在醫生看來，就像是家族遺傳性的病魔潛藏了二十多年之後終於發作。凱瑟琳決心不要孩子，她離開了社交圈，全心全意照顧丈夫。這一決定改變了她的一生——在其後半生，她一心投入到尋找控制懷孕的可靠途徑中來。

由於她對節制生育的興趣，1917 年麥柯米克第一次見到了桑吉爾。1927 年，麥柯米克同意將其在瑞典的房屋借給桑吉爾的世界人口大會來接待三百名代表。在整個 1920 年代，麥柯米克就藉漫遊歐洲時，幫助桑吉爾向美國走私避孕膜。1928 年她們開始不定期的書信往來，模糊地表達了對避孕的共同興趣。

1947 年，斯坦利去世。已年近七十的凱瑟琳終於打贏了財產官司。那份財產是巨額的，她甚至花不完存款利息的利息。可是她沒有用來奢華無度地揮霍。1950 年 10 月，她即寫信給桑吉爾，提出兩個問題：避孕研究的前景和最需要的財政支持。桑吉爾馬上就在紐約與同事舉辦商討晚宴，並在不久後介紹麥柯米克一起來到平克斯的實驗室。

當平克斯表示馬上開始研究，至少需要十二萬五千美元資金時，麥柯米克夫人當場從手提袋裡取出支票簿，簽了四萬美元，說：「我將告訴我的金融代理人，給你送來其餘的部分。」

在給平克斯開出第一張支票後，麥柯米克的捐助急速增加。在其後半生中，她一年捐給平克斯私人研究實驗室的款數大約在十五萬美元至十八萬美元之間，並想以她的名義留下研究基金一百萬美元。是麥柯米克的金錢為避孕藥全面鋪平了道路。然而，1967 年 12 月 28 日，在瑪格麗特・桑吉爾去世一年多後，九十二歲的凱瑟琳・德克斯特・麥柯米克在默默無聞中死去。相較於桑吉爾的死——它是頭條新聞——這位私人資助了二十世紀最偉大科學和社會學突破的麥柯米克就寒酸多了。《紐約時報》、《波士頓全球報》和《洛杉磯時報》都沒有刊登她的訃告。甚至，在萬能的網路上也只能找到一張她像樣的照片。

莎拉・威丁頓：羅伊案背後的推動者

雖然避孕藥片在 1965 年就已經合法了，但是墮胎合法化卻晚了近十年。1973 年 1 月 22 日，在經歷了近三年的法律訴訟後，標誌著墮胎合法化的羅伊訴韋德案，才最終裁定：孕婦墮胎與否屬個人自由，其有權作出決定。墮胎合法化，這一女性的天賦權利，由此終於在美國全國範圍內邁出了第一步。

推動這第一步艱難向前邁進的是兩位剛剛大學畢業的二十六歲女學生——莎拉・威丁頓與琳達・科菲 (Linda Coffee)。她們是伴著搖滾樂和性解放成長起來的嬰兒潮一代，整個青春期都感受著蕩滌一切的 1960 年代，眼下就是如火如荼進行著的女權運動，開始邁入社會的威丁頓與科菲，此時的內心同樣蠢蠢欲動。

事實上，在未遇到諾爾瑪・麥科維 (Norma McCorvey)，也就是日後羅伊案原告之前，她們已經在研究各州關於墮胎的法規資料。那時，威丁頓因為經常參加女權活動而結識了提升婦女自主意識協會，該協會時常會為想要墮胎的孕婦提供更為安全的診所信息，可她們不確定這樣做是否違憲。於是威丁頓主動請纓去查法律條文。

然而，搜集的資料越多，威丁頓越感到現在德州禁止墮胎的法律不合理。她告訴自己的大學同學琳達・科菲，她要挑戰這條法律。而首先，她需要一名孕婦做原告。

那是在一家 PIZZA 店門前，威丁頓第一次見到懷有身孕的麥科維。她已經走投無路，這是她的第三個孩子，而她根本無力養育。

莎拉・威丁頓是羅伊訴韋德案的幕後推動者。（圖片出處／ Getty）

在墮胎無望，聯繫嬰兒收養的過程中，她認識了莎拉・威丁頓。

威丁頓坦承自己的訴訟計畫，說她不知道能否打贏官司，但願意投入時間去做，而且不要一分錢。最終，麥科維在一份法律保證書上簽了字，美國歷史上影響最深遠的訴訟案由此展開。

1970 年 3 月 3 日，化名「珍・羅伊」的麥科維將阻止她墮胎的達拉斯縣檢察官亨利・韋德告上法庭。庭審期間，各界關注。6 月 17 日，德州聯邦法院作出支持麥科維的判決，但拒絕制止禁止墮胎法。控辯雙方對此都不滿意，雖然麥科維已產下嬰兒，雙方還是把案件鬧到了聯邦最高法院。

1971 年 12 月 13 日，大雪紛飛，羅伊案在聯邦最高法院第一次庭審。如今已貴為德州大學兼職教授，並曾在 1978～1981 年間擔任美國總統卡特 (James Earl Carter) 助理的威丁頓律師，回憶起開庭時的情形，用得最多的一個詞是 “packed”。所有的座位都擠滿了人，審判室裡擠滿了人，媒體室裡擠滿了人，所有的座位都坐滿了人。那天的訴訟，威丁頓是在父母的陪同下去的，因為他們擔心會有激進分子半路阻撓，危及威丁頓的人身安全。而對於第一次在聯邦最高法院打官司的莎拉・威丁頓來說，沒有恐懼，只有不斷爭取的勝利。

在當天的法庭上，控辯雙方爭執不下，水火不容。而聯邦最高法院也正處在新舊交替中。兩名新法官已經通過了國會的批准，但還未宣誓就任，最高法院的判決需聽取他們的意見。同時對這件影響整個社會道德規則的案件，法院的判決需要慎重，再慎重，所以時任首席大法官的華倫・伯格採取了拖延戰術，能拖一天就是一天。

可莎拉・威丁頓和琳達・科菲不會容忍拖延。利用這段時間，威丁頓重返德州，競選並最終獲得了德州議會的一個席位。「如果不能透過法律方式解決，那麼就借用政治力量去改變！」她們不推翻禁止墮胎法不罷休。

1972 年 10 月 11 日，時隔近十個月後，聯邦最高法院第二次庭審。這次威丁頓提供了三份全國產科、婦科最高權威醫生的口供書，內容涉及非法墮胎可能導致的感染，已經發生的危險實例和大量血淋淋的數據與圖片。這是這些殘酷的事實第一次在聯邦最高法庭公開，現場一片靜默。

此次辯護引發了大法官們心理天平的微妙變化。1973 年 1 月

22 日，聯邦最高法院以七比二作出判決，支持羅伊一方，判決德州立即廢止禁止墮胎的法律。判決宣布後，全美除了先前通過墮胎合法化的紐約州之外的四十九個州，都修正了一切禁止或限制墮胎的法律。

羅伊案的勝訴使無數的美國婦女更安全。

女性爭取生育自由的今天與明天

"The Pill" 是避孕藥片的專有名稱。從 p 到 P 的轉變，你可以簡單地理解為一個大小寫的變化，也可以把它看成一個時代的標籤，因為這個永遠大寫的 P 字後面，標注的是每一個自由女性的精神——Person，一個獨立個體的人！

2006 年初，美國南達科他州的一條地方法案引起了舉國上下的密切關注。

3 月 6 日，以嚴格的墮胎法規著稱的南達科他州批准了一條新的、最嚴厲的禁止墮胎法案：醫生只有在孕婦生命處於危險的情況下才能實施墮胎手術；任何其他情況下——如因強姦或亂倫而導致的懷孕，或出於對孕婦的健康考慮——實施墮胎術的醫生都將獲重罪。

同樣是在這一年，布希政府下的食品與藥品管理局拋棄準則、推翻醫學專家的結論，用盡各種託詞試圖禁止出售非處方緊急事後避孕藥。最終同意出售的前提是購買者必須是十八歲以上的女性，並且要求藥店將避孕藥放在櫃檯後儲備，以限制藥物的使用。

女性爭取生育自由的百年抗爭面臨著嚴重倒退，甚至要倒退到上個世紀初，所有的自由都被禁止前。禁止墮胎，禁止避孕，禁止節育，禁止女性自由支配自己的身體，禁止婦女作為一個獨立「人」而存在。

實際上，在女性爭取生育自由的進程中，突破與反覆並存，進步與阻礙交纏。

避孕藥引發的宗教爭議已成歷史。單是墮胎合法化問題，僅以美國為例，反墮胎的極端分子創建美國生命激進派聯合會，對墮胎診所的醫務人員實施暴力威脅和傷害，稱之為「情有可原的謀殺」。有數據統計顯示，1977～1983 年的七年間，共發生 149 件墮胎診所暴力事件，非法手段包括對做墮胎手術的醫生和護士的恐嚇、綁架、射殺，及焚毀、襲擊、爆炸做墮胎手術的醫療診所等；1984 年，該數字增至 131 件；1993 年最高，達 434 件，其中極端暴力事件為 43 件（指謀殺、縱火、爆炸）；1994 年 7 月，保羅・J・希爾槍殺了六十九歲的墮胎醫生約翰・布里頓及其保鏢詹姆斯・H・巴雷特，殺人後的希爾平靜地將槍放到地上，站在那裡等著警察來抓他。2003 年 9 月，希爾成為美國因暴力反對墮胎而被判處死刑的第一人，在行刑前，他稱自己是「烈士」。

2006 年 1 月，墮胎合法化的支持者們在美國聯邦最高法院外集會，紀念羅伊訴韋德案宣判三十三週年。（圖片出處／達志／東方 IC）

此外，雖然 1973 年自主墮胎權作為個人的基本權利被美國最高法院確立下來，使得它已同言論、宗教自由一樣，受憲法保護。但是，僅僅是在三年後，1976 年，禁止將政府醫療基金用於墮胎的《海德修正案》在國會通過，最高法院維持了這一修正案。此外，最高法院法官人選的每一次變動，都可能為反墮胎案的合法提供契機。僅是 2000 年 6 月 29 日，最高法院的九名法官以五比四的投票否決了內布拉斯加州有條件的墮胎禁令，從而才勉強保住了羅伊訴韋德判例。

夾困在醫療利益與政治利益之間，婦女的生育自由權在墮胎問題上仍然面臨各方面的阻力和不確定性。然而，就如避孕藥的生存和發展充滿曲折一樣，婦女維護自身天賦權利的道路也一樣是曲折的，同時前途光明。

不知你是否發現，在擺放著成千上萬種藥片、膠囊、栓塞劑和各種祕方的藥房裡，你只需要盯準 Pill，只要將「所有片狀藥物總稱」的 pill 的第一個字母大寫，就可以輕鬆自如地找到避孕藥。the Pill 是避孕藥片的專有名稱。從 p 到 P 的轉變，你可以簡單地理解為一個大小寫的變化，也可以把它看成一個時代的標籤，因為這個永遠大寫的 P 字後面，標注的是每一個自由女性的精神——Person，一個獨立個體的人！

人的解放首先從獲得對自己身體的支配權開始。節育、避孕藥片、墮胎合法化……。歷史以其特有的神祕方式，為女性成為真正意義上的人開闢了道路。現在，只需要繼續走下去。

雪　梅

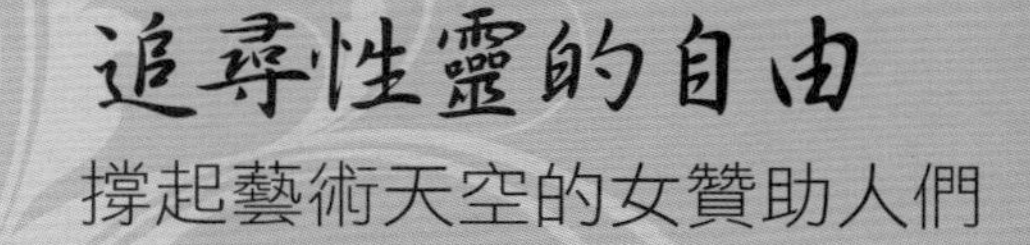

追尋性靈的自由

撐起藝術天空的女贊助人們

在藝術史上，藝術贊助人是一個特殊的角色，他們不是藝術創作者，但卻無時無刻不在影響藝術發展的進程。他們不僅僅是藝術家的提款機，他們更是藝術家的伯樂、知音，以及精神夥伴。而對於女性贊助人來說，贊助藝術這件事同樣意義重大，她們在用自己的財富和品味撐起藝術天空的同時，她們也在不斷追尋著自己性靈的自由。

藉由贊助藝術，惠特尼 (Gertrude Vanderbilt Whitney) 成功地把財富轉化為精神審美。

贊助藝術，女性突圍的祕密通道

藝術贊助人的意義在於為那些脆弱得不諳世事的藝術家們提供了暫時風平浪靜的庇護，免得他們的天分被冗繁的俗務所打擾。而相比藝術家對於贊助的需求，藝術贊助這件事對於這些坐擁財富與地位的女人同樣重要，贊助是她們影響世界的祕密通道。

藝術贊助人，一說起這個頭銜，總讓人在崇高的藝術之外，又聯想起繁華放達的貴族生活和一段段活色生香的偉大情史。然而，藝術贊助人的貢獻遠遠不只為後世的小說家或影視編劇歌頌愛情和人性提供創作素材這麼簡單，藝術不是烏托邦，在藝術的傳承和發展中，除了藝術家的天才外，正是這一代又一代的藝術贊助人用自己無與倫比的眼光和財富支撐了藝術的前進。

贊助人制度是歐洲藝術界歷史悠久的文化生態之一，幾乎與歐洲文明同時起源。在古羅馬帝國，那些叱吒疆場的鐵血皇帝們，也大多是藝術愛好者，他們在發掘和培養藝術人才上不吝開銷，也為各類藝術家提供了實現抱負的舞臺。進入中世紀之後，教會和宮廷貴族成為藝術贊助人的主力，不過受贊助的藝術家需要按照贊助人的意志從事文藝創作。文藝復興之後，資產階級興起，許多有錢人為自抬身價附庸風雅，也希望豢養幾個藝術家，就像那些貴族曾經享受的尊榮一樣，讓他們在樂譜或小說的扉頁上寫

英國女王伊麗莎白一世在位時，極大地促進了藝術的繁榮。

下「致尊敬的某某閣下」。二戰之後，贊助人制度經歷了法律化的轉型，即贊助人與被贊助人組成一種持續穩定的、契約化的利益交換聯盟，藝術贊助成為建立在商業文明基礎上的反映藝術家與消費者之間關係的一種特殊形式，藝術贊助同時開始具有選擇開放性和公益性特點，時至今日仍舊是歐美藝術體制的核心組成部分。

不管是羅馬皇帝，還是今日曼哈頓的富豪，不可置疑的是，藝術贊助人多數是真誠的藝術愛好者，他們不僅僅是受贊助人的伯樂，同時也是受益人，因為在與藝術家們的交流中，他們又從這些天才身上盡情汲取著藝術養分，來滋養自身的精神世界，這比財富和權力更容易帶來充實的快樂。美國的電視女王歐普拉曾說:「物質上的成功讓你有能力去關注其他非常重要的事情，那就是，有能力為自己的生活，也為他人的生活創造非凡的改變。」

相比男性贊助人來說，贊助藝術對女性而言，並不僅僅是豐富精神世界這麼簡單。歷史上手筆最大的女性贊助人幾乎都戴著王冠、手執權杖，如建造了世界上第二大奇跡空中花園的巴比倫賽美拉瑪女王，如直接培育了以斯賓塞、莎士比亞、馬洛為代表的英國文化精英的伊麗莎白一世，又如將伏爾泰、狄德羅捧成一代大文豪的凱瑟琳二世。最不濟的也像彭巴朵夫人一樣有個路易十五這樣有錢又有權的情人。

然而即使這些權力和財富在握的女人，她們的世界依然被男性話語所包圍。對於她們來說，贊助藝術這件事在漫長的一段時間裡，不僅僅是粉飾金錢地位的花邊，或是出於裝點她們精神生活的需求，很大程度上，贊助藝術是她們情與性的表達，是她們在婚姻、金錢和政治之外尋求自身存在感的方式與答案，是她們在肉身受限時向自由突圍的一條祕密通道。

而對於藝術家們來講，假使沒有這些女伯樂和守護者參與藝術的進程，不知道他們創作的春天會是怎樣一番光景，而今天的藝術史將會是怎樣的單調與荒蕪。

守望藝術，權力與財富之外的自由與愛情

在漫長的藝術史中，隨著時代的變遷，女贊助人的角色也在不停地轉變，從讓藝術家敬畏依賴的恩主，到那些著名情史中的女主角。然而，無論怎樣的角色轉換，

不變的是，她們在守望藝術時，所煥發出的追求自由與愛情的勇氣與光芒。

德埃斯特——贊助文藝復興的姐妹花

文藝復興時期是女贊助人的重要舞臺，這其中不摻雜情欲，僅僅跟自由有關。

在西方藝術史上，從文藝復興開始，女性開始成為重要的藝術贊助人角色，對近現代文明施加自己的影響，在同一時期的中國人眼裡，這幾乎是一個不能被理解的現象，由「窮得只剩下錢」的女性贊助人去拯救掙扎在貧困線上的七尺男兒——在中國文人的觀念裡，面對這帶著脂粉香的贊助，無論是桃色效應還是軟飯嫌疑，都足以令人避之唯恐不及。然而，東西方的倫理差異正體現於此。在十字軍東征期間的騎士文化中，吟遊詩人將騎士階層的浪漫情懷和檢驗男性吸引力的標準，直接指為獲得城堡女主人的青睞。然而，在等級森嚴的歷史歲月中，這是一種純粹的柏拉圖式的精神愛情，而漫長的中世紀將這種情懷深深植入歐洲的文化當中，即使當歷史的腳步行進至以顛覆中世紀的禁錮為己任的文藝復興時期，森嚴的等級觀和這種浪漫情懷依然在延續，女贊助人與男性藝術家之間的關係就脫胎於這種女主人與騎士的模式——從純粹典雅的欣賞與忠誠開始起步，止於恩主與僕人的關係。

在今天看來，這種關係似乎因為缺了一些桃色的成分而顯得有些局促和緊張，缺少讓後人浮想聯翩的空間，然而對於身處其中，擁有權力卻沒有情感選擇權和人身自由的女性來講，對藝術的熱愛和贊助，卻是為數不多的能讓她們體現出自己才華，消磨光陰並改善生存環境的事情和管道。她們透過這種曲折的方式，獲得精神上的自由或是避難所。

在文藝復興時期，與美第奇家族齊名的女贊助人是德埃斯特姐妹花。伊莎貝拉・德埃斯特 (Isabella d’Este) 和貝阿特麗絲・德埃斯特 (Beatrice d’Este) 是活躍在文藝復興時期的義大利的一對姐妹。二人出生在費拉拉城邦的貴族家庭，在幼齡時期就被分別許給了曼圖亞大公和米蘭大公。姐妹倆的生命軌跡呈現出驚人的一致，幼年因為是女兒而不受重視，隨後成為政治聯姻的犧牲品，導致終身不幸的婚姻。然而，姐妹倆本身文采出眾，妹妹貝阿特

伊莎貝拉・德埃斯特被視為文藝復興時期藝術家的庇護女神。

對貝阿特麗絲・德埃斯特來說，恐怕只有藝術的世界才能抵消真實生活帶來的苦悶。

麗絲更被稱為文藝復興時期最美麗最富才華的公主，失意的感情讓她們在庇護和贊助人文主義學者和藝術家方面煥發出別樣的激情。

姐姐伊莎貝拉與曼圖亞大公弗朗西斯科二世的婚姻大約在她三十歲左右的時候就陷入了死寂，心灰意冷之餘，意志剛強的她曾給丈夫寫了一封只有寥寥數語的信:「不必等別人告訴我，我曉得過去閣下愛我是多麼少，然而這是一件令人多麼不快的事。我……不願意再去提它了。」結果，弗朗西斯科二世尋花問柳的生活過早耗損了他的健康，丈夫的長期臥床讓伊莎貝拉作為曼圖亞的女主人，被推上決策者的位置。她在政壇上遊刃有餘，成功進行過多次外交斡旋，避免曼圖亞的主權被劃入教皇的管轄區。

在藝術趣味上，她繼承了費拉拉貴族化的審美風格，在審美要求上成為曼圖亞時尚的引領者，據說她自己每年的裙裝都要做一百件。過著奢華生活之外，伊莎貝拉更不遺餘力地收集大量古典書籍的手抄本、珍貴的人文主義雕像，如米開朗基羅的《愛神丘比特》，以及畫作、大理石古董和樂器等。當時的曼圖亞宮廷，匯集著歐洲第一流的藝術家、哲學家和文學家，伊莎貝拉對藝術的態度虔誠而熱情，與許多藝術家保持著長久的通信，本博、阿廖斯托、伯納多等人都曾為她吟詩作頌。1524 年，在伊莎貝拉的屢次邀請下，著名畫家拉斐爾的學生羅馬洛決定在曼圖亞定居，他憑藉自己的藝術造詣將宮廷裝飾一新，並別出心裁地用羅馬時代標誌性建築裝飾風格來體現文藝復興時期多情而奔放的文化特徵，令整個宮廷都為之震驚。

文藝復興時期著名畫家達文西和提香都有伊莎貝拉的肖像畫傳世，在文藝復興史上，她是少數被主流學者首肯的女性之一，被詩人尼科洛譽為「世界第一夫人」，被小說家班戴洛譽為「女中豪傑」，更有「文藝復興第一女性」之稱。

跟姐姐伊莎貝拉在政壇上的叱吒風雲相比，貝阿特麗絲的命運則始終被不幸的陰雲所籠罩，她十四歲即嫁給比她大二十多歲的米蘭大公路德維科・斯福爾札，婚禮曾經因為路德維科・斯福爾札與情婦塞西莉亞・加里那妮的關係而屢次受到冷漠對待並一再拖延。婚後的八年，她時時需要為自己的孩子與丈夫情人的私生子爭奪繼承權，最終在二十二歲那年因難產死在產床上。

由於當時的米蘭城實力雄厚，貝阿特麗絲在短暫的主政期間曾充當義大利一流文學家、詩人和藝術家的保護者和贊助人，不惜重金從歐洲各地聘請有學問和有藝術天才的人來到米蘭。她本人藝術修養極高，非常欣賞西拉菲諾的抒情詩和六弦琴的配唱，以至於當貝阿特麗絲死後，西拉菲諾難以忍受知音的離去而離開了米蘭。貝阿特麗絲所做的一切都令她廣受藝術家的愛戴，曾經有一位詩人寫了一百四十三首十四行詩來讚美她。不過，由於她的早逝，她在米蘭城所做的許多開風氣之先的事情都被算到了路德維科・斯福爾札頭上，使其在文藝復興史中擁有極高的「出鏡率」。

在當代美國作家柯尼斯伯格的小說《微笑吧，蒙娜麗莎》中，女作者曾經對貝阿特麗絲的一生展開過美好的想像。在她的筆下，貝阿特麗絲崇尚自由、開朗自信，因為相貌平凡，她的到來開始並不為公爵歡迎，但其後卻用自己「快樂天使」一樣的樂天與純善贏得了公爵的愛情和周圍人的喜愛。不過，貝阿特麗絲對於供奉於米蘭宮廷的達文西過於嚴肅、缺乏活力的畫風並不認可，屢次拒絕入畫。而達文西則在貝阿特麗絲離世後，終於藉一次為商人妻子作畫的機會將自己對這位令人尊重的女性的懷念傾瀉而出，留下了蒙娜麗莎那不朽的神祕微笑。這恐怕是對《蒙娜麗莎的微笑》最為浪漫的解釋了。

藝術之外的情感交鋒

當資本主義的興起打破女贊助人與藝術家之間的階層隔膜，在藝術之外，一場愛情的交鋒正在進行。

經歷了文藝復興的洗禮，當歐洲的文明綿延到了十八世紀啟蒙運動之後，隨著階層差異被打破，高貴的女贊助人與藝術家之間不再是恩主與僕從的關係，情與性的解放漸漸彌合了女贊助人與男性藝術家之間感情的距離，也為以往精神夥伴的關係注入了一種或明或暗的激情。也是從這時候開始，女贊助人與藝術家之間曖昧不清的關係開始給了人們想像的空間和演繹的興致。

對於藝術家來說，女贊助人有著其他女性難以企及的複雜吸引力。在她們身上，既有男性對於情人和母親的假想，又有紅顏知己所必備的藝術修養和生活情趣，與男性贊助人明顯帶有政治束縛的贊助行為比起來，女性贊助人對藝術本身要熱忱得多，對藝術家也更為尊敬，她們不會妄自尊大地對藝術家的創作指手畫腳，而是懂得欣賞和聆聽，也更懂得享受藝術家們奉上的審美盛宴。同時，對於藝術價值的追求令這些女贊助者氣質超凡脫俗，於是她們既是激發他們創作靈感的繆斯，又是他們在權貴世界中的最體面的讚美者和堅強牢固的後盾。

而對於身居名利場的女贊助人而言，藝術家是她們生活體制外的另一種人，他們瀟灑不羈，才華橫溢，氣質狷介又激情四射，沒有哪類男人比他們更能製造愛情的美妙，他們可以隨時獻上最新鮮熱辣的情詩，最動人心扉的吟唱。

於是，在達成精神上的溝通與物質上的盟友之後，愛情不僅僅是逢場作戲，這種混合了感恩、知心、刺激與禁忌的情感在某種程度上，是兩類人在各自的人生中不可或缺的冒險。於是，在這種幽深複雜的關係中，伴隨著人類藝術文明進程的是無數著名的情史。

盧梭，這位偉大的啟蒙運動思想家不僅開啟了人們對人性的探知，一本《懺悔錄》讓華倫夫人對他的哀婉愛情與他驚人的自省同樣聞名於世。和華倫夫人相遇時，盧梭還是個十六歲的懵懂少年，而華倫夫人則是一位曾經歷過婚姻挫折和流亡生活的二十八歲貴族少婦。盧梭與法國啟蒙運動的其他代表人物不同，他出身低微，在遇到華倫夫人之前，他只是個溫飽難足的窮小子。然而，在華倫夫人身邊的十三年，讓盧梭得以在一個量身訂做的計畫下接受系統而嚴謹的教育。儘管自己也是寄人籬下，接受著法國國王的接濟和庇護，華倫夫人卻以一種奇異的執念相信著這個年輕人，將自己的聰明才智傾注到了對他的培養上：從神學院到音樂學校，她尋找著適合他成長的教育道路；為他今後能夠進入上流社會，她親自教授他歷史、政治、自然科學等等知識；在盧梭在巴黎最初的幾年，她甚至還寄來自己的香料配方以幫盧梭獲取金錢，即使她知道由於年齡的差異，這一切也許都沒有回報，然而盧梭身上所顯露的才華和活力四射的青春氣息，仍然讓華倫夫人樂於奉獻自己的所有。

對於盧梭來說，他對華倫夫人的感情既像是對母親一樣的依戀和感激，又像是對情人般充滿占有欲。而文藝復興時期貴族女性的高貴傳統，在華倫夫人身上依然體現為忠於自己的判斷，並不遺餘力地付出。甚至對於自己身體的交付，也並不是滿足一時的情欲，而是對於盧梭真實的愛戀。以至於當若干年後，貧病交加的華倫夫人求助於盧梭的經濟援助時，面對盧梭冷漠的打發，她依然脫下了自己僅有的一枚戒指送給了盧梭年輕的愛人。

隨著資本主義的發展，在啟蒙運動後的幾百年裡，藝術家和贊助人之間向更加平等的方向發展，而其中所隱含的情感也更像一個男人與一個女人的故事。於是，與十七世紀中盧梭與華倫夫人複雜的情感，以及十八世紀時巴爾扎克四處用愛情獵取女贊助人的心獲取資本不同，十九世紀時，柴可夫斯基與大資本家梅克的遺孀梅克夫人之間的感情更像是兩人一生情感中涓涓不斷的潺細暗流。

梅克夫人既是柴可夫斯基的藝術贊助人和知音，也帶給他不可替代的情感慰藉。

讀過柴可夫斯基與梅克夫人的通信集《我的音樂生活》的人，一定會更深刻地體會到這個天才藝術家內心的怯懦與孤獨。柴可夫斯基結識梅克夫人時，他的第一次婚姻已經破裂，事業發展又停滯不前，關於他是否為同性戀的猜測在一個隱祕的圈子裡讓他承受了很大壓力。但梅克夫人卻在一個偶然的情況下聽到了他的《暴風雨》,而對他產生了激越澎湃的熱愛之情。1876 年，梅克夫人給柴可夫斯基寫了第一封信:「請讓我向您表示衷心的謝意，……您的作品如何使我陷入狂喜，這是不必告訴您，也不適於告訴您的，因為您已習慣於聽到比我這個音樂門外漢有資格得多的人們的感謝和欽佩。……我寫信請求您絕對相信，您的音樂確實使我的生活愉快而且舒適。」

可以說，梅克夫人幾乎在聽到柴可夫斯基旋律的那一剎那，就真正聽懂了這個男人脆弱的性格。她為了保護他的自尊心，以收藏樂曲為名委託柴可夫斯基作曲，每年支付六千盧布；為了避免刺激他對於女性施予贊助的疑惑，她堅持在柴可夫斯基使用她的別墅期間避居外地，並永遠承諾只通信不見面。他們交往了十三年，書信往來多達一千一百多封，從最初客套的欽佩與讚賞，逐漸向著藝術與人生、音樂與愛情的縱深處擴張。他們的書信雖有情意但並無熱烈表白，嚴格說來實在不算情書，卻涵蓋了人生百味，到達了兩個人心靈溝通所能到達的最高境界。

她們讓紐約藝術起來!

在現代，對於女贊助人來說，權力已然不再重要，財富和眼光才是藝術的堅實後盾。充裕的財富和前瞻的藝術眼光足以重建世界藝術版圖的格局。

二十世紀前半葉的巴黎成為世界現代藝術的先鋒地和中心，

然而斗轉星移，當二戰的戰火從歐洲的大地上被撲滅時，世人卻驚奇地發現，在短短的幾年間，紐約已經替代了巴黎的位置，而完成這項驚人轉變的卻是兩位嬌小柔弱的女人——格特魯德·范德比爾特·惠特尼和佩姬·古根漢 (Peggy Guggenheim)。前者是惠特尼美國博物館和美國藝術雙年展的建立者，而後者用自己龐大的藝術品收藏量成為古根漢藝術博物館的頂樑柱。這一切不僅僅因為她們口袋裡擁有著豐厚的財富，更因為她們超前於時代的眼光和特立獨行、堅持到底的膽量。

格特魯德·范德比爾特·惠特尼：和大都會美術館的對立

如果不是執著於現代藝術，格特魯德·范德比爾特·惠特尼也許和碌碌度日的普通貴婦小姐沒有兩樣。惠特尼出身於美國著名的范德比爾特家族，父親科尼利厄斯·范德比爾特不僅是在美國航海業和鐵路業占有一席之地的富商，且在社會上擁有卓越的聲望。在羅德島州的大宅中，惠特尼自由自在地玩著男孩子們的遊戲，度過了自己金色的童年時光。

1896 年，二十一歲的惠特尼大學畢業後不久就嫁給了出身金融世家的哈里·惠特尼。婚後三年裡，惠特尼迅速升格做了兩個孩子的母親。然而，在一帆風順的主婦生活背後，惠特尼心中卻深深埋著一個夢想——成為一名受人愛戴的雕塑家。然而讓她備感困擾的是，每當她宣告自己的目標時，卻只是贏得親朋好友善意的勸慰，在人們眼裡，她只是一個整日無所事事，憧憬於波希米亞式藝術家生活的闊小姐，而藝術只是她浮誇摩登生活的點綴，沒有人真的認為她有那個才華和毅力。

1900 年，前往歐洲的一次旅行徹底激發了惠特尼心中的夢想。在法國巴黎，她興奮地看到了正在蓬勃發展的現代藝術，巴黎正在發生的一切讓她下定決心將自己的夢想進行到底。於是，已經是兩個孩子母親的她重新回到了學校，在紐約藝術學生聯盟學習雕塑與美術，並遠赴法國拜在羅丹的門下。終於，在惠特尼不懈的努力下，幾年後，她的作品在巴黎和紐約同時聲名鵲起，在雕塑之外，她也開始涉獵公園、公共紀念碑等地標的設計。

如果不是贊助現代藝術的壯舉，也許惠特尼只是一個平凡的富家女。

然而，對於夢想成真後的惠特尼來說，雕塑家的夢想已經不能再滿足她，她希望能盡自己的力量為自己終身所癡迷的現代藝術做一些事情。一直以來，惠特尼和丈夫是美國現代音樂的贊助人，而此時惠特尼要將這種贊助普及到現代藝術上來，而范德比爾特家族和丈夫的財富給了她堅強的支持。

1913 年，惠特尼出資贊助了在美國藝術史上著名的紐約「軍械庫展覽」，第一次向美國公眾大規模地介紹美國和歐洲的現代藝術。惠特尼可以說是美國現代藝術的第一伯樂，上個世紀的第一

惠特尼美國藝術博物館（圖片出處／ Shutterstock）

個十年，西方的藝術中心一直是巴黎，美國的本土藝術一直被視為上不了臺面的支流末技，然而此時的惠特尼卻憑藉跨越時代的前瞻性已經開始大量收藏年輕藝術家的作品，甚至贊助有潛質的藝術家去歐洲留學。惠特尼還出資成立了惠特尼藝術工作室和惠特尼畫室俱樂部，目的是為那些熱愛藝術卻不為人知的藝術家們搭建一個相互交流以及展示藝術作品的平臺。

1929 年，一件讓惠特尼的命運發生轉折並最終讓她名垂青史的事情發生了。在這一年，她滿懷熱忱地找到紐約大都會美術館，打算將自己收藏的五百件美國現代藝術的精品捐獻出來，在大都會美術館內成立一個現代藝術展館，讓新興的現代藝術進入當時美國頂級的藝術殿堂。惠特尼甚至將建立展館和作品保養維護所需的經費都準備好了，準備作為那五百件作品的「陪嫁」一同捐給紐約大都會美術館。然而，讓人意想不到的是，大都會美術館的負責人和董事會竟然拒絕了她的捐贈，理由是「美國的現代藝術沒有收藏的價值」。

大都會美術館的冷漠和高傲徹底激怒了惠特尼。既然別人不願意接納，那麼只有我自己來做這件事了！惠特尼向來是不會認輸的。此時，惠特尼在 1918 年成立的惠特尼畫室俱樂部，經過十年的發展，從一開始僅限於藝術家俱樂部會員的成果展，到後來成為美國藝術界的年度大展，吸引了越來越多美國當代藝術家，到 1928 年時會員已經達到八百名左右。於是，在畫室俱樂部的基礎上，經過兩年的籌備，1931 年，以惠特尼家族姓氏命名的惠特尼美國藝術博物館 (Whitney Museum of American Art) 正式在美國曼哈頓上東區開幕。

這座博物館位於紐約上城麥迪遜大道的富人區，與大都會美術館比鄰而居，經過多年的發展，今日已經成為人們領略美國現代文化和藝術魅力的最重要的展示中心，而到這裡參觀過的人們無不為惠特尼的遠見、真誠，以及對藝術的熱愛而感動，因為就是她的堅持，才為美國現代文化和藝術爭得了一席之地。

除了美國藝術博物館，惠特尼還創辦了如今最為著名的美國全國美術展——惠特尼美國藝術雙年展。經過多年苦心經營，惠特尼雙年展已成為美國當代新潮藝術的坐標，也是美國當代藝術家展示自我的最重要平臺之一。

1942 年，六十七歲的惠特尼走到了生命的盡頭，按照她的遺囑，兒女們將她葬在丈夫哈里的身邊。而在惠特尼的身後，她所創辦的美術館和雙年展卻成為美國現代藝術史上最為重要的推動器。

佩姬・古根漢：四萬美元與五十件名作

古根漢，這是一個掛著藝術與財富雙重標籤的姓氏，在藝術界沒有人不知道這個姓氏，因為著名的國際頂級連鎖博物館——古根漢博物館 (Guggenheim Museum) 就是由這個家族建立的。而古根漢博物館因其龐大的館藏量，以及藏品一流的藝術水準，可以稱得上是美國現代藝術史上的驕傲。而說起古根漢博物館今日的地位，就不能不提起這個家族中一位傳奇的女性——佩姬・古根漢。

佩姬・古根海姆的情史和對藝術的貢獻同樣讓人眼花撩亂。

佩姬出生於1898年，父親是班傑明・古根漢，母親則是一位銀行家的女兒。然而，出身優渥的佩姬卻有個並不幸福的童年。在三個女兒降生後不久，班傑明和妻子的感情也走到了盡頭，佩姬的母親帶著三個女兒住在紐約，而班傑明則乾脆和情婦直接搬到了巴黎。在佩姬兒時的印象中，父親跟聖誕老人屬於同一國度，他的出現必定帶給她們新奇漂亮的禮物，也必定讓家中空曠的大屋被歡笑的聲音填滿，然而，這種節日一年沒有幾次。

1912年，代表著西方工業文明成果的豪華巨輪鐵達尼號在航行中撞上冰山沉沒，讓這一年成為西方文明史上摻雜著驕傲與哀愁的一抹留影。然而，對佩姬來說，和鐵達尼號一同沉沒的還有她的童年。她英俊的父親為了趕回紐約給她的小妹妹過生日，不幸搭上了這艘死亡之船。據說電影《鐵達尼號》裡，那個在人們都紛紛棄船逃命的時候，卻衣冠整齊地站在甲板上和祕書談笑風生、視死如歸的紳士就是佩姬的父親班傑明，他在關鍵時刻保持了最後的尊嚴，而被他送上救生船的情婦最後活了下來。就這樣，父親帶著最後的光環，從十二歲的佩姬的生活中消失了，最後留給佩姬的只有不知是帶著恨意還是驕傲的無盡追憶，以及一份將近五十萬美元的遺產。

幾年以後，長大成人的佩姬利用這筆遺產，遠赴歐洲學習藝術。1920年，二十二歲的她來到了嚮往已久的、曾經牽絆住了她父親腳步的巴黎。在這裡，她成了各種藝術沙龍的座上賓。她年輕富有、熱情活潑，同時又對藝術有著濃厚的興趣，這一切都讓她與許多藝術家結下友誼，也讓她的愛情異常豐富。就在這裡，佩姬結識了自己的第一任丈夫 Laurence Vail——一位達達主義藝術家。

不幸的是，這段婚姻並不和諧，在 Laurence Vail 帶領佩姬深入藝術精髓的同時，佩姬也發現，她這位魅力四射的丈夫在婚姻之外也隨處尋找著愛的激情。終於，這段婚姻沒有熬過七年之癢的大限。離婚後，佩姬的感情生活並沒有因此而沉寂，她熱愛藝術，也同樣狂熱地愛著藝術背後那一個又一個才華橫溢的男人，然而她所選擇的那些男人卻無不在豐富了佩姬的藝術視野後又棄她而去。

一段段失意的愛情，卻帶給佩姬日益精到的藝術眼光。1938年，佩姬在倫敦開了一家現代藝術畫廊並開始收藏藝術品。佩姬奔波於倫敦和巴黎兩地，把巴黎的現代藝術作品運往倫敦，在她畫廊裡做展出。同年，她策劃舉辦的當代雕塑展在英國成為轟動一時的社會事件，她還給現代抽象藝術大師康丁斯基在英國辦了第一個個展，她也成為把巴黎的超現實主義藝術介紹到英國去的第一人。佩姬的畫廊一時間成為倫敦最為前衛和時尚的人士的聚集地。

一年後，第二次世界大戰的爆發讓佩姬的展覽不得不中斷，但是卻讓她的傳奇在德軍占領巴黎的前夜拉開高潮的序幕。

就在這兵荒馬亂的時候，佩姬身上所流淌的猶太人精明的血液開始沸騰起來。在巴黎的藝術家紛紛拋售作品以套現逃命之際，身為猶太人的她不但不忙於逃命，反而順勢開始了大收購活動。在德國人與法國人戰火正酣之際，佩姬的電話也從早到晚響個不停，她的藝術品收藏生意從沒這麼好過，而那些畫家的畫作也從未如此低廉過。甚至就在德國的戰機烏雲般壓頂而來時，佩姬還在床上與雕塑家布朗庫西激烈地討價還價著。最終她在巴黎一共買下了五十件歐洲最重要的現代藝術家的作品，其中包括畢卡索、布朗庫西、杜象、雷捷、康丁斯基、布拉克、達利等人的作品。而這五十件作品總共只花去她四萬美元左右，這個價格在今天恐怕連她的半幅收藏都買不起。

1941 年，成功收購的佩姬也同樣成功地從歐洲戰火中脫身而出回到了美國，在紐約 57 街，她建立了自己的畫廊——世紀美術館。而她在曼哈頓東 51 街的宅第在當時幾乎成為流亡美國的歐洲藝術家們的大本營，媒體戲稱那裡為「超現實主義的司令部」。而她也對這些流亡的藝術家們異常慷慨，她甚至每月都出二百美元供養著法國超現實主義的「教父」普呂東，直到他能在紐約找到職業為止。

除了歐洲藝術家從佩姬那裡獲得庇護外，戰後，佩姬在紐約的畫廊也成為扶植美國本土藝術家的熱土，對於當時年輕的美國藝術家來說，誰的作品可以進入佩姬的畫廊，就必定會成為評論家的寵兒。在佩姬的資助名單中，最為著名的莫過於日後成為美國抽象表現主義代表人物的波洛克 (Jackson Pollock)，當初波洛克遇到佩姬的時候，他只不過是一個油漆工出身的失意畫家，半生潦倒，但在佩姬的資助下，他成為藝術界「新美國」的代表，在二十年後的拍賣會上，波洛克的每件作品在藝術市場上都以百萬美元計。

身為著名的藝術贊助人，佩姬的一生都在忙於收藏藝術，以及和她所青睞的那些藝術家談情說愛，以至於當晚年有記者問她曾擁有過多少任丈夫時，她聳聳肩：「我自己的五個，別人的就不清楚了。」然而，佩姬所享受的家庭和愛情帶來的幸福光陰卻少之又少，當她最後一個情人死於車禍後，她搬到了威尼斯，戴著誇張的太陽眼鏡乘著小舟徜徉於威尼斯河上，此時她唯一願意去做

位於西班牙畢爾包的古根漢博物館。除了紐約的原館，古根海姆博物館在拉斯維加斯、柏林、威尼斯、畢爾包等地都有分館。（圖片出處／wikipedia）

的工作就是展覽她的收藏品，而她的個人藏品成為她叔叔索羅門所創建的古根漢博物館的主要藏品。

1971 年，佩姬病逝於威尼斯，骨灰被安置在古根漢博物館的雕塑園內。儘管生前，沒有天賦美貌的佩姬曾無數次向她的藝術家情人抱怨，他們不把她當做繆斯般地在畫作中殷勤讚美，然而，只要古根漢博物館的名號一天沒有消亡，她就永遠不會被人們忘卻。

秦天　Chris

在廣闊無邊的晴空中，
尋找對歷史最純真的渴望

智慧的河流——談西洋哲學的發展

卓心美／編著

什麼是柏拉圖式的戀愛？希臘神話與哲學有什麼關係？「吾愛吾師，但吾更愛真理。」是哪位哲人覺得真理高於權威呢？何人以駱駝、獅子、小孩比喻人的精神的三種變化？他想傳達什麼？你對知識探求的態度，是「螞蟻囤糧」？還是「蜘蛛結網」？抑或「蜜蜂釀蜜」？如果你的思緒已被上述的哲學小語激發了，那就翻開這本書去一探究竟吧！

中國星占揭秘

陳久金／著

你一定曾經用西洋的十二星座來占卜自己的運勢，但是你知道嗎？中國也有星占術呢！本書依據古代星占文獻，介紹了中國星占術中的七種星占方法、歷史上發生異常天象時星占家所作的占辭，以及相關歷史事件，以達到互相印證的效果，為你揭開中國星占的神秘面紗。讀了本書以後，你就能懂得中國星占術是怎麼回事，自己也可以成為一名「星占師」。

古代中國文化講義

葛兆光／著

身在現代，而去認識古代中國的歷史，就像參加旅遊一樣。過去的古代中國文化論著，好比按一定行程規劃路線的旅行團，本書走的卻是「自助旅遊」的方式，帶著地圖穿越小徑，走過市集，我們可以看到另一個古代中國文化。作者為你繪製了一幅古代中國文化的地圖，讓你能依靠自己的閱讀和體驗，了解古代中國的文化和傳統。準備好了嗎？讓我們一起去古代中國旅行吧！

游道——明清旅遊文化
巫仁恕、狄雅斯(Imma Di Biase)／著

旅行團包套的「套裝旅遊」，你以為是現代的產物嗎？其實早在明清時期，中國已有各式各樣的旅遊活動，而且旅遊設施逐漸走向商品化，比起同時期的西方有過之而無不及。無論是美酒佳餚、游船肩輿、旅遊導覽、遊伴相隨，皆讓旅途可以更舒適、更盡興。士大夫更是明清旅遊文化興盛的一大推手，旅遊也成為明清士大夫文化的重要一環。

中西古代史學比較（修訂二版）
杜維運／著

中國先秦、兩漢的史學，與西方希臘、羅馬的史學，是兩個不同文化下的產品，在同一時間，出現於不同的地區，有其異亦有其同。本書從史學的起源、史學原理的創獲與史學著述的成績等方面，詳作比較。在史學原理的創獲與史學著述方面，中國獨占鰲頭，不過在問題的追蹤與闡釋上，則西方古代略勝一籌。比較二者，進而會通融合，學術盛事，孰大於此！